西游妖物志

赵爽——著

天津出版传媒集团
天津人民出版社

图书在版编目（CIP）数据

西游妖物志 / 赵爽著 . -- 天津 : 天津人民出版社，2022.2

ISBN 978-7-201-17996-4

Ⅰ . ①西… Ⅱ . ①赵… Ⅲ . ①《西游记》研究 Ⅳ . ① I207.414

中国版本图书馆 CIP 数据核字 (2021) 第 272181 号

西游妖物志

XIYOU YAOWUZHI

出　　版　天津人民出版社
出 版 人　刘　庆
地　　址　天津市和平区西康路 35 号康岳大厦
邮政编码　300051
邮购电话　（022）23332469
电子信箱　reader@tjrmcbs.com

责任编辑　李　荣
装帧设计　尚燕平

印　　刷　北京金特印刷有限责任公司
经　　销　新华书店
开　　本　880 毫米 ×1230 毫米　1/32
印　　张　11
字　　数　352 千字
版次印次　2022 年 2 月第 1 版　2022 年 2 月第 1 次印刷
定　　价　76.00 元

● 如何收听《西游妖物志》全本有声书?

① 微信扫描左边的二维码关注“领读文化”公众号。
② 后台回复【西游妖物志】，即可获取兑换券。
③ 扫描兑换券二维码，免费兑换全本有声书。

● 去哪里查看已购买的有声书?

方法 ①

兑换成功后，收藏已购有声书专栏，
即可在微信收藏列表中找到已购有声书。

方法 ②

在“领读文化”公众号菜单栏点击“我的课程”，
即可找到已购有声书。

序

这是一本“混搭”的《西游记》读书笔记。

《西游记》本就包含着相当丰富的“混搭”。小说文本中，神魔，凡人，佛道儒家，文化，科学，你中有我，我中有你，细细品读，如入宝山，目眩神迷；跳出文本，“取经故事”演进之中，移花接木、借尸还魂、层叠嵌套、抟土重塑，找寻这些“痕迹”，乐趣甚于神探断案；在此基础之上，再由“动物世界”角度去阅读，又往往有出乎意料的惊喜。所有这些，正是笔者在边读、边学、边写之中的亲历感受，大胆拿出来与观者诸君分享。至于“混搭”所不可避免的跳脱生涩，以及因自身学养之限造成的各种浅见，万望海涵。

本书共三十章，讨论了《西游记》中的大部分“动物妖精”。除了前三章讨论的是“取经团队”的成员孙悟空、猪八戒、沙和尚与白龙马（二者合为一章，因为沙和尚“非动物”），之后基本上是按照“动物妖精”在原著中的出场顺序来布局。有的章节用了“合传”，讨论一种或者一类动物，比如，《从青狮怪说起》，涉及“狮子成精”的三个故事，“乌鸡国”“狮驼岭”“玉华州”；《不出彩的老虎》，说到了小说中出现的八只老虎；《七虫之祸》，讲了“蜘蛛精”的七个“干儿子”——七种小虫，也顺便说了说孙悟空常常会变的几种小虫子。还有少量章节是“家族合传”，比如《牛魔王家族》《“佛亲”家族》（大鹏鸟家族）。

作为神魔小说，《西游记》中有相当一部分动物并非真实存在，而是传说中的动物，比如龙和龙的“九子”、凤凰、麒麟等，在原著中所占比重很大，因此，这些“神奇动物”，也都在本书的讨论之列。当然，所有的动物妖精甚至动物神仙，它们的动物特征都是小说作者为了故事的丰富性而“起用”的一些有趣的“素材”，小说更多的还是赋予了它们人的心理、性格，甚至影射了当时的某种社会现状，本书在相关章节中也做了简单的讨论，比如《“白鹿精”的隐喻》。

有一些角色在本书中并没有专题讨论，比如，唐长老。真实版的西天取经，主角玄奘大师是一位非常了不起的人物，不过在取经故事的演进之中，大师的主角地位逐渐被降妖伏魔的孙行者所取代，而小说《西游记》中的唐僧，与玄奘大师的差距已经相当大。不过，本书不为“唐长老”独立一章，主要是因为他是一个“凡人”，而非动物精怪。在小说文本中，“唐长老”的七情六欲、优点缺点，是伴随着“妖精”们的依次登场而展现出来的，因此“唐长老”和“孙悟空”“猪八戒”一样，会在本书的很多章节中进行讨论。

九九八十一难，有一些“难”是由仙、佛、凡人制造出来的，比如“四圣试禅心”“人参果”“女儿国”“灭法国”“凤仙郡”“铜台县寇员外”等；有一些妖魔的原型并非动物，比如白虎岭的白骨精（白骨成精）、小西天的黄眉老佛（弥勒佛的黄眉童子）、荆棘岭众树精（植物成精）——以上这些都没有专门的章节讨论，而是在相关的章节中有所涉及。

好吧，不再赘述，一起进入“西游动物世界”，共享探寻之乐！

目录

◇

1. 大圣，你到底是谁？

猴子这类动物，总是有点与众不同，创作于五百多年前的小说《西游记》，已经把它们，特别是把孙悟空，和其他的物种区别开来。先来看一个概念——“五虫”。

“五虫”与“灵长”

话说东胜神洲傲来国花果山的那只天产石猴，自打发现了水帘洞，当上了“美猴王”，一直和众猴过得很快乐，这一过就过了三五百年。突然有一天，美猴王想到了一个特别可怕的问题——自己会在将来的某一时刻死去，于是就开始哭，众猴得知原委以后，也跟着哭。这时，手下一只通臂猿猴提出来一个说法：“如今五虫之内，惟有三等名色，不伏阎王老子所管。……乃是佛与仙与神圣三者，躲过轮回，不生不灭，与天地山川齐寿。”

这是“五虫”的概念第一次在书中提出。如果看人民文学出版社出版的《西游记》，下面会有注释：一般认为，人为“倮

（裸）虫”，兽为“毛虫”，禽为“羽虫”，鱼为“鳞虫”，虫子之类的是“介虫”，是为“五虫”。从通臂猿猴的话来看，包括美猴王在内的猿猴，也是包含在“五虫”之内的，无法像神、仙、佛一样不生不灭、躲过轮回。

这只通臂猿猴，显然是猿猴中的智者，不过从后文来看，他所掌握的“五虫”知识，只是个“大概其”，并不特别准确。

【明】文俶绘《金石昆虫草木状》中的猕猴

且看第二个场景。

孙悟空从菩提祖师处“学成”归来，结交了牛魔王等六位魔王，常常饮酒欢聚，一日醉酒酣睡之时，却被两个鬼使带到了“幽冥界”。孙悟空恼怒之下打上森罗殿，将自己和许多猿猴的名字，都从“生死簿”上画掉了，即所谓“九幽十类尽除名”。不过，这本记录着孙悟空和其他猿猴名字的“簿子”，却并不在“五虫”之中：“裸虫、毛虫、羽虫、昆虫（即‘介虫’）、鳞介（说‘鳞虫’更准确）之属，俱无他名。又看到猴属之类，原来这猴似人相，不入人名；似裸虫，不居国界；似走兽，不伏麒麟管；似飞禽，不受凤凰辖。另有个簿子。悟空亲自检阅，直到那魂字一千三百五十号上，方注着孙悟空名字，乃天产石猴，该寿三百四十二岁，善终。”阴曹地府的“官方”分类，应该是更准确一些，因为猿猴与“五虫”都不像，所以并不在“五虫”之列，而需要另外造册。

“五虫”的概念再次出现，是在“真假美猴王”一段。两只猴上天入地找人辨真假，最终闹到了如来佛祖那里，佛祖不慌不忙地给大家上了一堂科普课：

“周天之内有五仙：乃天、地、神、人、鬼。有五虫：乃蠃（即‘倮虫’‘裸虫’）、鳞、毛、羽、昆（即‘介虫’）。”“五仙”加“五虫”，凑成“十类”，而“十类”之外，“又有四猴混世，不入十类之种。”这四种特殊的猴子是：“第一是灵明石猴，通变化，识天时，知地利，移星换斗。第二是赤尻马猴，晓阴阳，会人事，善出入，避死延生。第三是通臂猿猴，拿日月，缩千山，辨休咎，乾坤摩弄。第四是六耳猕猴，善聆音，能察理，知前后，万物皆明。”真悟空应该就是第一类“灵明石猴”，而假悟空，佛祖指出，是“六耳猕猴”。

从以上三种大同而小异的“五虫”“三界”“十类”“四猴”之说可以看出，古人早就发现猿猴这类动物与众不同，很难归类，所以才把它们单列出来。

今天，从现代动物分类学的角度来看，猿猴类，因为和我们人类有着较近的亲缘关系，所以被划入了“灵长目”——人类自己也在此目之下，所谓“万物之灵长”。

灵长类是个大家族，现存的种类不算少。比较“原始”的猴子在外形上和人类、甚至和其他猴子都不大像，比如在非洲马达加斯加岛分布最多的各种狐猴，脸和狐狸很像。动画片《马达加斯加》的四位主角中，就有一只狐猴。

我们在动物园经常见到的那种尾巴黑白相间的节尾狐猴，也是一种狐猴。

还有一种身体很小、眼睛巨大的“眼镜猴”，喜欢在夜间活动。

猿猴类和人亲缘关系最近的是非洲的黑猩猩，研究表明，它们有将近百分之九十九的基因和人类相似。幼年期的黑猩猩，很多行为和我们人类的小孩子很接近。

如来佛提到的“四猴”，有两种是真实存在的，一种是通臂猿猴，还有一种是赤尻马猴。他们是大圣在水帘洞的四健将，各两只，叫作“马流二元帅”“崩芭二将军”。它们出场时就是“老猴”，应该比大圣年纪大得多，也确实见多识广。早期大圣初创家业的时候，他们经常给出好主意。第一个主意就是那只通臂猿猴出的，大王要得长生，应该去外面寻仙访道。第二个主意是四只老猴一起出的，为了壮大山寨，大王应该去傲来国借兵器（其实就是弄一阵风，“抢”来兵器）。第三个主意，大王你自己的兵器，可以去东海龙宫找（结果大圣找来了金箍棒）。“四

【宋】牧谿 绘 《猿猴图》

健将”应该就是生死簿上被销了名的长寿者，孙大圣被压在五行山下五百年，以及后来随唐僧取经，他们一直负责管理山洞，让大圣总有个“家”当念想——猪八戒不是评论过吗，好大一份家业，换了我也不去取经。是啊，花果山比高老庄的家业可大多了，也兴旺多了，多亏四健将的治理。

通臂猿猴的“原型猴儿”，应该是——长臂猿，它们的长胳膊使它们更容易攀爬。我国境内有好几种长臂猿，比如白颊长臂猿、白眉长臂猿等。它们的叫声凄婉，记得那句诗吗，“两岸猿声啼不住”。顺便提一句，“猿”是比猴要进化不少的，和大猩猩、黑猩猩属于一大类，它们在外形上跟猴有个最大的区别——没有尾巴。

再说说赤尻马猴。其实关于它最有名的一句话来自《红楼梦》——呆霸王薛蟠说，“女儿愁，绣房钻出个大马猴”。马猴，学名叫山魈。我们在迪士尼动画片《狮子王》中见过他，就是那个给小狮子施洗礼、又会点巫术和中国功夫的老猴子，他有一个分外醒目的彩色大鼻子。

至于“四猴”中的另外两种猴子，石头缝里蹦出的“灵明石猴”，也就是孙悟空，还有“六耳猕猴”，这两种在灵长目里是找不到的，因为它们都不是真实存在的物种，而是吴承恩先生创造出来的艺术形象。不过，孙悟空在动物界，还是有原型猴子的。

“金猴”与“哈奴曼”

关于孙悟空的动物原型，有人认为是——金丝猴。曾有一部动画片叫作《金猴降妖》（讲的是“三打白骨精”的故事），“金丝猴”之说有可能是由这个“金猴”衍生出来的。

我国有三种金丝猴：滇金丝猴、黔金丝猴、川金丝猴。滇金丝猴，主要生活在云南维西县海拔两千米以上的冷杉林中，以冷杉上的地衣植物松萝为食，最突出的特点是它们红红的嘴唇，不过它们的毛色其实是从头顶到身上渐变的灰色。黔金丝猴，主要生活在贵州梵净山，头部的毛是金黄色，身上的毛偏灰褐色。川金丝猴，分布在四川、陕西、湖北交界的大山之中，湖北的神农架、陕西的周至都是它们著名的栖息地。川金丝猴是这三种金丝猴中毛色最漂亮的，尤其是公猴，浑身金光闪闪，面孔则是淡淡的蓝色，实在美得令人惊叹。外国人最早在中国外销的瓷器上见到川金丝猴，曾经以为它们是艺术形象，并非真实存在。这种惊人的“美艳”倒是和“美猴王”的称谓挺相称，因此会有人认为，孙悟空的原型就是金丝猴中的川金丝猴。

只是，小说里的孙大圣，和金丝猴长得并不是很像。虽然孙悟空有很多和“金”有关的“配件”，比如，一出生就发出两道金光、震动天庭的一双眼睛（后来又炼成了“火眼金睛”），威力无比的“如意金箍棒”，当大圣时的紫金冠、锁子黄金甲和当和尚之后的“金箍儿”，但是，偏偏没有写过他的毛色是金色的。还有，川金丝猴鼻孔朝天（其实以上三种金丝猴都是），而孙大圣的鼻孔是否朝天，原著中也没有写。

从另一个角度说，如果孙悟空一身金毛、鼻孔朝天，那可是很显眼的外貌特征啊，原著怎么会不提呢？

其实“金猴”一词，应该源于小说中孙悟空的一个称呼“金公”。“金公”，本意并不是指孙悟空的毛色是金黄的，而是从五行来说，猴属金，所以《西游记》里常用“金公”来代指悟空，而用“木母”代指八戒（猪属木）。

“金丝猴说”是不大靠谱的，而另外一种说法，认为孙悟空的原型在印度——印度神话中有一只神猴，名叫“哈奴曼”，神通广大，有移山倒海之能。2016年北京的首都博物馆做过一个印度文物的展览，其中有一个哈奴曼的塑像，看上去真的很像孙悟空，他的头上也有一个类似“金箍儿”的头饰！而哈奴曼的动物原型是印度长尾猴。这种猴子在印度很常见——常常是满大街溜达，毫不怕人的。

不过，也有很多学者认为，孙悟空的原型并非“哈奴曼”，不仅因为他并非“中国原产”，更重要的是，哈奴曼和孙悟空的性格差异比较大。哈奴曼本领高强，完成了很多别的神祇不能完成的任务，但是他的性格却是驯顺听话型的，而孙悟空正好相反，追求无拘无束，玉帝、如来都敢反抗，这种性格，在哈奴曼身上是找不到的，倒是在另一只“国产猴”——无支祁的身上，能发现一些孙悟空的影子。无支祁是谁？从无支祁的角度看来说，孙悟空的“原型猴”又是什么猴呢？来关注一下“大圣”这个称呼。

那只叫“大圣”的猴子

“大圣”是孙悟空最得意的称呼，代表着他辉煌的过往。其实这个称号，在小说《西游记》诞生之前，已经存在好久了，而且，叫“大圣”的，大多是猴精。

宋元时期的话本小说《陈巡检梅岭失妻记》中的猴精“申阳公”就叫“齐天大圣”，他共有兄弟姐妹四人，“弟兄三人：一个是通天大圣，一个是弥天大圣，一个是齐天大圣。小妹便是泗州圣母。”

元代杂剧《二郎神锁齐天大圣》中的“齐天大圣”自报家门：“吾神三人，姊妹五个：大哥哥通天大圣，吾神乃齐天大圣，姐姐是龟山水母，妹子铁色猕猴，兄弟是耍耍三郎。”

【清】京剧《泗州城》中的水母娘娘

元末明初杨景贤的《西游记》杂剧中，主角是“通天大圣”而非“齐天大圣”，他的家族成员，“大姐骊山老母，二妹巫枝祇圣母，大兄齐天大圣，小圣通天大圣，三弟耍耍三郎”。

这三部作品中，“大圣”家的兄弟姐妹略有不同，杨景贤《西游记》中甚至把“骊山老母”（即“黎山老母”，小说《西游记》中与观音、文殊、普贤三位菩萨一起化作母女四人试探过唐僧师徒）也拉进来做了“大姐”，不过，“齐天大圣”“通天大圣”这两个非常近似的称号已经都有了。而《二郎神锁齐天大圣》中，“耍耍三郎”出场时，居然说自己是“耍耍三郎孙行者”——“大圣”一家，在这时已经姓“孙”了。

不过，以上三部作品中最值得注意的细节是，“泗州圣母”“龟山水母”和“巫枝祇圣母”，其实指的是同一个

“妖”——吴承恩老家淮安附近著名的淮河水怪“无支祁”。淮河在古时是特别能“折腾”的河流之一，传说就是这个“无支祁”在兴风作浪。无支祁长得和猿猴很相似，本领高强，大禹治水时，费了好大的力气才把它抓住，用大铁链锁在盱眙的龟山下。在后来的故事演变中，无支祁的性别逐渐固定为女性，因为水属阴，所以她才有了“龟山水母”“巫枝祇圣母”“泗洲圣母”等称呼。

“无支祁”在小说《西游记》中其实是提到过的。“小西天”一段，孙悟空想要搬救兵，日值功曹就给他出主意，去请盱眙山玭城（盱眙的古称，又称“泗州”）请大圣国师王菩萨和他的徒弟小张太子，说他们“曾降伏水母娘娘”。当孙悟空见到国师王菩萨时，菩萨却说自己去不了，只能派小张太子去：“时值初夏，正淮水泛涨之时。新收了水猿大圣，那厮遇水即兴；恐我去后，他乘空生顽，无神可治。”这里的“水母娘娘”“水猿大圣”，指的应该都是淮河水怪无支祁或者由她演化出的水怪。至于“大圣国师王菩萨”，指的是唐朝一位叫作“僧伽”的高僧，相传他因降伏了淮河水妖，被朝廷封为“泗州大圣”。

虽然很多人认为“无支祁”是女性，但是，她这种特别能折腾的个性，还有最终被降伏压在山下的经历，和孙悟空很相像，所以，从鲁迅先生开始，认为孙悟空的原型是“无支祁”的学者很多。

当然，从“妹子铁色猕猴”这个角色，我们也可以推测出，“齐天大圣”这一家子兄弟姐妹，大概率都是“猕猴精”。猕猴在我国分布范围很广，自古至今都有耍猴儿的习俗，这耍的就是猕猴。在没有公共动物园的古代，人们见过最多的猴子，应该就是它。

从“人”到“猴”

除了“大圣”，孙悟空还有很多名字。出世时的名字是“石猴”；发现水帘洞被尊为王，将“石”字隐去，称为“美猴王”；拜菩提祖师为师，祖师看他长得像个“猢狲”，就给他起名“孙悟空”；初到天宫，被封“弼马温”，这名字是他的“软肋”，谁提他跟谁急；跟随唐僧之后，正式使用“孙悟空”的名字，诨名“行者”或者“孙行者”，当然，八戒、沙僧、白龙马都叫他“大师兄”“猴哥”，而他对师父师弟及各种熟人，自称“老孙”，对妖精，则喜欢自称“外公”。

这些名字，可以说是吴承恩版《西游记》之前猴子名字的一次“总集合”，我们从中能捋出孙悟空形象的演进过程。

唐僧取经的真实故事发生在唐朝太宗年间，唐僧法名玄奘，俗家姓陈名祎，后世一般尊称为“三藏法师”。

有一种说法，真实版的玄奘大师，真的有一个叫“悟空”的徒弟！而且收“悟空”的地点，和《西游记》里提到的两界山（五行山）有类比关系——是当时大唐边界的“瓜州”。此“瓜州”不是“杜十娘怒沉百宝箱”里长江边的瓜州古渡，而是今天甘肃酒泉的瓜州县，在“春风不度玉门关”的玉门关附近！

在玄奘的弟子为他写的《大唐大慈恩寺三藏法师传》中，记载了玄奘到达瓜州时发生的一段故事。玄奘取经，其实并没有奉唐王的圣旨，还被认为“御弟”，而纯粹属于偷渡。因为当时唐朝建立的时间不长，边界很不安定，所以朝廷禁止人员随便出境。玄奘一心要去天竺“那烂陀寺”求学，只有偷渡一条路。偷渡，不仅要躲避官府的追捕，还要面临自然的考验。玄奘到了瓜州，打听西去之路，发现真不是一般的难：出了瓜州，要渡过一条水流湍急的葫芦河，才能到达玉门关；除了玉门关有重兵把守的之外，关外还有五座烽火台，也就是“五烽”；过了“五烽”，则是一片荒凉的大戈壁沙漠，人称“莫贺延碛”，只有过了“莫贺延碛”，才能到达那时候的“外国”。

听起来，似乎每一步都是不可逾越的。不过玄奘很幸运，在瓜州，他收了一个年轻的胡人石磐陀为徒弟。石磐陀是本地人，熟悉路径，答应送玄奘过“五烽”，玄奘自然喜出望外。一开始很顺利，石磐陀带路，在距离玉门关十多里的地方就地取材，“遇水叠桥”，渡过了葫芦河，也就相当于绕过了玉门关。可是当晚，变生不测，“徒弟”居然悄悄挥刀想砍死玄奘！在玄奘的追问之下，石磐陀说，前路太难走了，家里还有家累，等等，不想去了；同时，他又担心万一玄奘被捉供出他来，他也是死罪，所以想把玄奘杀了灭口。玄奘答应他，哪怕自己被捉住，被碎尸为尘埃，也不会供出他来（好毒的誓，比“碎尸万段”还厉害），石磐陀才放下了刀。之后，师徒二人分道扬镳。

甘肃省酒泉市瓜州县东千佛洞第二窟南壁西侧壁画《唐僧取经图》中的行者

很多人认为，石磐陀，就是“孙悟空”的原型。小说中，孙悟空刚刚皈依，因为打死了六个强盗被唐僧骂，气愤之下弃了唐僧想回花果山；被东海龙王劝回后，被骗戴上了金箍，又想暗中偷袭打死唐僧，这故事和石磐陀的故事是不是有点

甘肃省酒泉市瓜州县东千佛洞榆林窟第三窟壁画上的玄奘取经图

山西省稷山县青龙寺大雄宝殿拱眼处唐僧取经壁画

像？石磐陀有始无终，不过有名有姓有故事基础，这让他在后来的西游故事里经过“从人到猴”的转变，成了——“猴行者”。

有图有真相——“猴行者”真真实实地出现在西夏时期的壁画中，而且不止一幅。今天瓜州县的东千佛洞和榆林窟是敦煌莫高窟的姊妹窟，壁画中有好几幅画了“玄奘取经”的故事，画中唐僧、白马（对，“白龙马”的原型也在这一段出现了，后文将专题讲述）的旁边就站着个猴脸人身、酷似孙悟空的人儿。这个“猴行者”还戴着发箍——发箍倒并不少见，因为带发修行的“头陀”（也叫“行者”），头上本来就会戴这么个箍儿，比如著名的“行者武松”。

有学者认为，瓜州的壁画是照着南宋话本《大唐三藏取经诗话》（也有人说是元代的）画的。的确，在这个话本的第二章，玄奘法师启程不久，遇到了一个白衣秀才，自称是“花果山紫云洞八万四千铜头铁额猕猴王”，说要助他取经。玄奘收他为徒，改名为“猴行者”。不过也可能，在《大唐三藏取经诗话》之前，这“猴行者”的故事在瓜州已经流传很久了。石磐陀是胡人，在中原人看来，他们都是深目削颊卷发（头发颜色也很可能不同），和“猢狲”——猴子的长相是有点类似的。我们甚至可以再多想一点，“石磐陀”之“石”，会不会也给了吴承恩灵感，联想到和“石头”有关的神话传说（那可是太多了，比如女娲补天，比如禹的儿子启从母亲涂山氏所化的石头中生出等等），最终演绎出花果山天产“石猴”这个故事来。

至于“悟空”这个名字，也不全是空穴来风。“悟空”是比玄奘晚几十年的另一位唐代高僧。这位“悟空”原是一名武官，在去西域的途中得了一场“马瘟”（很巧，孙悟空在天庭最早的官职是“弼马温”）。“马瘟”危及生命，为了活命，这位武官

聲師父我岀不了三藏叫徒弟姓甚名誰從道我姓孫名悟空三藏道我与你取個混名稱為行者伯欽見有行者遂此分別行不多時過了兩界山忽然一隻猛虎跑哮而来行者放下行李耳躲拔出花針变成鐵棒把這虎照頭一棒打出腦漿再拔毫毛一吹变成尖刀剥了虎皮圍在腰間背着行李請師父上馬前進長老問道你那打虎鐵棒如何不見行者道師父不知這棒出自龍宮喚做天河鎮底神珍鐵又喚做如意金箍棒當年大反天宮甚是虧他隨身变化可大可小方纔变做

【明】《新锲三藏出身全传》 悟空拜师

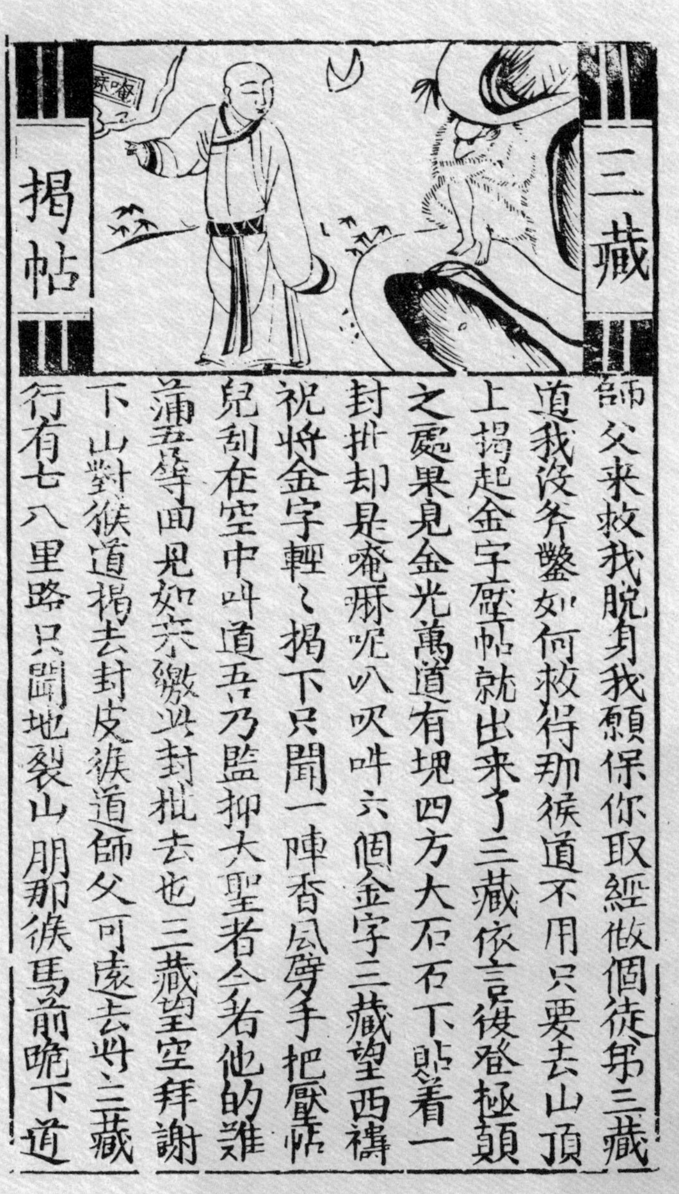

師父来救我脫身我願保你取經做個徒弟三藏道我沒斧鑿如何救得那猴道不用只要去山頂上揭起金字壓帖就出来了三藏依言後登極頂之處果見金光萬道有塊四方大石石下貼着一封批却是唵嘛呢叭𠺗吽六個金字三藏望西禱祝将金字輕輕揭下只聞一陣香風劈手把壓帖兒刮在空中叫道吾乃監押大聖者今看他的難滿吾等回見如來繳此封批去也三藏望空拜謝下山對猴道揭去封皮猴道師父可遠去些三藏行有七八里路只聞地裂山朋那猴馬前跪下道

只得出家。没想到病奇迹般地好了，武官就拜在当地“三藏法师”的门下，法名“法界”。注意，这位“三藏法师”并不是玄奘，是另一位同一称号的高僧。实际上，“三藏法师”是一种尊称，指的是精通佛法圣典“经”“律”“论”这“三藏”的高僧，当然不止一位。“法界”后来跟随“三藏法师”也到印度去取经，当他返回长安的时候，当时的皇帝唐德宗赐他法名“悟空”。就这样以讹传讹，后来很多人以为“悟空”是玄奘的徒弟，并把这个名字安在了“猴行者”身上。

重塑孙行者

绕来绕去，总算将孙行者的原型动物以及文学形象的源流，说了一个大概。不过，吴承恩版《西游记》不仅是之前取经故事的总结，更是提升和重塑。这么说吧，如果没有吴承恩“重塑”出来的“孙行者”，那么今天猴家族的文化地位想必会下降不少。

吴版《西游记》之前故事中的猴子，不管和取经有没有关系，大多都是有缺陷甚至有恶名的。

比如被视为孙行者原型的“无支祁”，不论性别是男是女，反正是个喜欢兴风作浪的水妖，而作为“镇压”他或者她的大禹或者僧伽，都是代表正义的一方。而吴版《西游记》之前出现的各种“大圣”（“通天大圣”“齐天大圣”等），大多有小偷小摸的毛病，偷老君的金丹，玉帝的仙酒……不仅偷，还抢——抢人家的老婆。

话说古时候有一个叫欧阳纥的人，漂亮的妻子被一只白猿抢走了。欧阳纥千辛万苦，终于找到了白猿的洞穴，设计杀死了白猿。不过此时，欧阳纥的妻子已经怀孕了，后来生下的儿子，长得像猴子……

这个故事出自唐传奇《补江总白猿传》，其实是带有人身攻击性质的。因为，唐代著名书法家欧阳询的父亲就是欧阳纥，而欧阳询本人，据说面目丑陋尖嘴猴腮……小说创作者的初衷大概是想"恶心"一下欧阳询，不过作品本身还是很有特色的，是早期"猿猴抢亲"的故事中最著名的一个。

我们前面提到的宋元话本《陈巡检梅岭失妻记》，陈巡检的妻子是被猴精申阳公"齐天大圣"抢走了，不过陈妻宁死不从，没有失身，这当然是为了照顾人们的贞洁观。

杨景贤杂剧《西游记》中的"通天大圣"，老婆也是抢来的，是金鼎国的公主。为了讨好老婆，"通天大圣"还去偷了王母的仙衣。然后，"通天大圣"被天兵天将擒拿，公主被送回了家。这位"通天大圣"后来随唐僧取经，时不时地还会显露出一些好色的本性，比如在女儿国，师徒四人被众女子"围困"求欢，终于逃脱之后，他居然为自己没"得手"而懊恼；为了"找补"一下，接下来在"火焰山"狠狠地调戏了一把"铁扇公主"（铁扇公主在杂剧中还是单身）！

以上这些猴子，品行实在不怎么样。吴版《西游记》虽然保留了猴子们"大圣"的"曾用名"，但是他们的故事却被打散后重新排列组合，删除和"转移"了很多元素，又注入了很多新元素，最终，塑造出了一只完全不同的猴子。

首先，把"好色"的行为"转移"给了猪八戒：在天上调戏嫦娥，在凡间强霸高小姐，取经一路，好色的毛病也时有发作。实际上，对取经团队来说，"色念"是一大考验，既然要唐僧、孙悟空包括沙僧都"干干净净"，这个毛病只能扔给"呆子"。

而以“呆子”的整体人设来看，“好色”在他身上，只是“缺点”而不是“恶行”。至于更加恶劣的“抢亲”行为，则“移植”到了“宝象国黄袍怪”“朱紫国赛太岁”等故事中。

然后，从“无支祁”那里“移植”来了猴子的身份和无边法力，而像兴风作浪、涂炭生灵之类的“坏事”，则“转移”到了“通天河灵感大王”等的故事里。

至于“偷盗”，叙述方式也和以前很不同。偷蟠桃、盗御酒、偷仙丹，祸闯得很大，可是——偷玉皇大帝、王母娘娘、太上老君的东西，说到底只是挑战“权威”、冒犯至尊，并不会妨碍到弱小者；反而是那些“至尊”们，就因为一点吃的喝的，就天罗地网、十面埋伏来捉人，太小题大做了！所以，孙悟空闯下了天大的祸，我们反而看得津津有味——就像，一个好奇心重又喜欢恶作剧的孩子，完成了那些别人想做但不敢做的事，可恼可恨，但是也很可爱。

如此重塑之后，取经“正片”中的孙悟空，变得有始有终、有情有义、疾恶如仇……这些大家说了很多年的优点就不多说了，且说说他的缺点。这些缺点，往往与“猴脾气”有关。

性急多动。

这来自猴子好动的天性。大多数猴子的主要生活空间在树上，手脚并用，迅速敏捷，没人计算过它们每天在树上要“迁移”多远，反正普通人在树下跟踪，是很难跟上的。这种“没半刻宁时”的生活状态，自然不会锻炼出多好的耐性来。在流沙河，孙猴子和八戒商量好了，由八戒将“妖精”也就是沙和尚引上岸再打，可是他们刚在水中露头，铁棒子就打下去了。结果，“妖精”学了个乖，“猫”在水里不出来了。在五庄观，猴子受不得清风、明月两句损话，一怒之下就推倒了“天下灵根”人参果树。

人说猴急猴急，说的就是他。

恶作剧。

前面说过，猿猴们的智力水平、行为习惯和我们人的童年时期差不多，其中也包括“恶作剧”。话说研究非洲丛林黑猩猩的英国女科学家珍妮·古德尔，某次发现黑猩猩们“拜访”了她的帐篷，把什么都翻了出来，搞得乱七八糟。珍妮不以为忤，她认为，黑猩猩在“恶搞”当中玩得很开心，而它们能到“她家”来拜访，说明已经“不把她当外人儿”。某种意义上来说，孙悟空“大闹天宫”闯的那些祸，也是恶作剧，想表示“看看我的本事有多大，天戳个窟窿也不怕”。俗语说，“淘小子出好的，淘丫头出巧的”，孙悟空后来在取经路上降妖除魔，往往也是出奇制胜，都是“淘猴子”才能想出的歪点子。比如，为了降服高老庄的“妖精女婿”，变成“高小姐”来套妖精的话；在车迟国，半夜叫八戒、沙僧起来变“三清”吃东西、玩“显圣”，最终让虎力等三仙拿猴尿、猪尿当“仙水”喝；在朱紫国，和妖精玩“雌雄铃铛”的游戏（实际上是真假铃铛）。

猴子的恶作剧还有一大功用，就是捉弄猪八戒。“呆子”到底上了多少回当，真是数也数不清。好在这些恶搞不过是诈点私房钱（狮驼岭）、让“呆子”多出点力巡山打妖精（平顶山）等，无伤大雅。“呆子”的本性还是宽厚的，不怎么记；而“呆子”一旦真的被捉进妖洞，大师兄自然会出手相救。这点恶作剧，倒是增进了哥俩的感情，也为我们贡献了很多很多笑料。

当然，孙悟空的“缺点”或者说“特点”，并不是他的猴子本性就能概括的，还有相当多的缺点，其实就是人的缺点。

最突出的比如——好面子。

“孙大圣”是他最自我陶醉的称呼，“弼马温”是他最忌讳的过往，二者都是百发百中，虽然不是驴，却是天生的顺毛。再大的事，只要几句好话，都好办。“无底洞”一回，李天王因为一时性急，没问清楚就把孙行者绑了起来，搞明白之后人家要给解绳子，孙行者一通撒泼耍赖、不依不饶，却禁不得太白金星晓之以理动之以情的几句好话，立马“投降”。反过来，妖精一旦叫“弼马温”，他轮铁棒就揍。

好名。

好面子自然就特别在意自己的名声，包括降妖的时候。“盘丝洞”一回，在濯垢泉看到几个女妖在洗澡，觉得这样打杀几个女流会低了名头，就变只老鹰叼走她们的衣服。这些名声不大好的降妖机会，他都“送”给猪八戒，可是结果呢，一般是妖没降住，还会把“呆子”给搭进去——猪八戒想在濯垢泉占蜘蛛精的便宜，却被她们的“超级蜘蛛网”弄个鼻青脸肿。更严重的是，蜘蛛精受了这一番“性骚扰”，又丢了到口边儿的唐僧肉，对取经团队恨之入骨，给后面蜈蚣精下毒埋下了伏笔。类似情节，在“隐雾山”等段落里也有。

从玄奘取经到吴承恩的《西游记》，九百多年的时间里，这只猴子逐渐取代玄奘成为取经故事的主角，又经过“八卦炉”一般艰难的淬火“重塑”，最终定型为有猴的特点也有人的缺陷、人见人爱的孙悟空，完全能够胜任百回巨著的绝对男一号。下一个问题是，他的搭档为什么是一头“猪”？

2. "猪"从何处来？

话说东胜神洲傲来国海外有一山名花果山，山上有一块天产仙石，一日雷电交加，石头崩裂，爬出来一只——猪！

以上摘自中国台湾漫画家蔡志忠的《西游记》。下一幅画面是：一只猪作挑灯码字状，回头咧嘴笑道：对不起，如果不喜欢，就改回猴子好了。

开个玩笑。孙悟空是当之无愧的第一男主角，但是大家有没有想过，为什么要给他搭配一只猪，而不是别的动物呢？

"错投猪胎"

猪八戒虽是二师兄，但是从历史源流来说，他却是"取经团队"中最晚出现的角色。真实版玄奘取经的"瓜州—莫贺延碛"段落中，"孙悟空""白龙马""沙和尚"的原型就都已经出现了（后两个我们下一章会详细讲述）。在西夏时期（1038—1227年，

【清】陈士斌 诠解 《西游真诠》中的猪悟能

余性剛強能穀朱它揖學
得朱龍隸亞似朱須皆以
一朱變余作繯紫纏一生
寺實霖間歲三六三宮邑
元懷壽情林喜貞元縣民
證函乃惠不諱

相当于北宋中后期到南宋时期）的取经壁画中，真人“石磐陀”已经“转化”为“猴行者”，而相隔一百年甚至更长时间，在一件元代磁州窑出产的“唐僧取经”瓷枕上（现藏于广州博物馆），“取经团队”才成为“师徒四人”，走在队列第一个的是“孙悟空”，第二个看得出很明显的猪嘴和手执的“钉钯”，就是猪八戒。

这只出现得这么晚的“猪”，到底是什么来头呢？

小说《西游记》中，观音菩萨在寻找取经人的途中遇到了猪精“猪刚鬣”，他说自己本是“凡人”，修道成仙后受封“天蓬元帅”，犯罪被贬，下界错投猪胎变成了一只猪。这个说法，有不少人表示怀疑。

按照“投胎”的既定“程序”来说，投胎之后是不会对前世有记忆的，因为会喝“孟婆汤”或者会用其他方法“抹去”记忆。比如唐僧，就不记得做“金蝉长老”时的任何事，都是别人，孙悟空或者如来佛本人告诉他，你前世怎样怎样。而这个猪精呢，在天庭“犯罪”的经过却记得清清楚楚，这不大对啊。

此外，猪刚鬣的这段叙述中，还有一件触目惊心的“血案”——他在错投猪胎之后，咬死了母猪和同一窝出生的小猪。表面看来，这一句血腥味儿很重的话，除了有吓到观音菩萨的风险，说不说是没什么必要的，如今关于《西游记》的影视作品等等，叙述到猪八戒的来历时，也都会很自然地删除这个“血案”。那么，吴承恩为什么要写上这么一句呢？这跟猪刚鬣“自述”中其他的疑点有什么关联吗？

其实，小说中猪八戒的“自述”并不是只有这一处，后文“隐雾山”一段中，猪八戒说给花豹精的“自述”，和他说给观音菩萨的“自述”，就有不少的出入，透露出一些信息。

这一段“自述”的第一句是：“巨口獠牙神力大，玉皇升我天蓬帅”。看上去，好像他在做“天蓬元帅”之前就是“巨口獠牙”，这些特征实在不大像人的特征，而像是——野猪的。第二处，猪八戒说他调戏嫦娥之后，还借酒撒疯大闹了天庭，“一嘴拱倒斗牛宫，吃了王母灵芝菜”。“拱”这个动作，人基本上是不会做的，而猪最在行了。再看“天蓬遭贬”的经过：“玉皇亲打两千锤，把吾贬下三天界。教吾立志养元神，下方却又为妖怪。”根本没提“错投猪胎”这回事。

猪八戒是不是说了谎？他并不是什么“错投猪胎”，原本，他就是一只猪，所以在天界酒醉调戏嫦娥未遂，才会“大闹天庭”“一嘴拱倒斗牛宫”？他所说的“遭贬下界”，其实就是被打回了“原形”？

御车将军

还是来看看现存最早的详细描述猪八戒来历的杨景贤杂剧《西游记》。剧中，猪八戒出场时是这么介绍自己的：“某乃摩利支天部下御车将军。生于亥地，长自乾宫。搭琅地盗得金铃，支楞地顿开金锁。潜藏在黑风洞里，隐显在白雾坡前。生得喙长项阔，蹄硬鬣刚”。

“生词”很多。

我们先看中间那句“搭琅地盗得金铃”。“搭琅地”可以理解为一个象声词，就是“金玲”的声音，约等于“当啷”。不过这个会“搭琅”响的金玲，却关联着一段很有趣的故事。

据说有一位王生，坐船回家时在某处码头巧遇一美女。春宵一度，王生解下随身带的金铃系在美女的臂上。王生派人尾随美女，见她进了一处人家。敲门询问，这家人却说家里都是男人，没有女子。大家找来找去，终于发现圈里的猪——前腿上系着王生的金铃！

美女是猪精，口味够重。

这个“猪臂金铃”的故事，出自东晋干宝的志怪小说集《搜神记》，是比较早的一个关于猪精的故事。杨版《西游记》引用这个故事，当然是要说明“这一个妖精”也是猪精，跟“生于亥地”要表述的意思是一致的（猪的生肖对应的是“亥”）。至于“长自乾宫”，“乾”为天，“乾宫”就是天上，也就是说，这只猪来自天上。

下一句“支楞地顿开金锁”，“支楞地”也可以理解为一个象声词，是金锁被“顿开”时发出的声音，不过“顿开金锁”这事儿，却要和开头那句“摩利支天部下御车将军”放在一起来理解。

“御车将军”，貌似是个车夫。那么他的“主人”“摩利支天”是谁呢？

“摩利支天”是印度佛教中的一位菩萨，“摩利支”梵语的意思是“光明”，“天”就是“天神”的意思，所以，她又被称为“光明天母”。虽然名字如此高大上，但是这位菩萨却跟猪脱不开干系。“摩利支天”的形象，有时候是三头八臂或者更多臂，她的三个头中，一定会有一个猪头——不开玩笑，真的是猪头，而且猪嘴很长，应该是野猪。在有的图像中，“摩利支天”是庄严而和善的女性形象，坐在一辆车上，但重点是——车前有一群小猪在拉车，这些小猪的数量是固定的数字，七头或者九头。有的时候，“摩利支天”还会骑在一头大猪的身上！这些猪，有

北京法海寺壁画　摩利支天像

时全为金色，有时全为黑色。

明白了吧，猪八戒所谓的“御车将军”，并非“车夫”，而是“坐骑猪”或者拉车的猪，和文殊菩萨的青狮、普贤菩萨的白象、观音菩萨的金毛犼是一样的。他的下界方式，也和这几位很像，“顿开金锁”，也就是弄开自己脖子上的车笼头、宠物链儿什么的，胜利大逃亡了。

“摩利支天”这位菩萨为什么这样有个性，偏要骑着猪或者坐着“猪车”到处溜达呢？据说，这和她的职责有关。前面提到，“摩利支”的原意是“光明”，这位菩萨就是管理“光明”的使者，每天清晨伴随着第一缕阳光出现，她就开始工作了，一整天与太阳同出同落。这么一项辛苦的工作，菩萨总得有个座驾吧。恰好印度古代有一个习俗，在天明之前要把家里的公猪圈打扫干净，也就是说在黎明之前，猪儿们就都醒了，所以，“摩利支天”就选了猪来帮她驾车。

猪，特别是野猪，在古代印度本来就是比较重要的动物。印度教三大神之一的毗湿奴，就曾经化身为一头野猪战胜了妖魔，救出了被锁在海底的大地女神。和猪脱不开关系的“摩利支天”菩萨，在元代，她常被尚武的蒙古武士视为战神、保护神到处供奉，所以，她的“拉车猪”或者“坐骑猪”私自下凡为妖，又成了唐僧的保镖、徒弟，也是顺理成章的事。

“天蓬元帅”

到了小说《西游记》中，猪八戒的“拉车猪”身份就消失了，转而有了一个很高贵的天界身份——天蓬元帅。这是因为

【清】铜鎏金摩利支天像

由元入明，蒙古人崇拜的“摩利支天”不那么受待见了，不过，猪八戒这个“天蓬元帅”的新身份，还是和老主人“摩利支天”脱不开关系。

原来，“摩利支天”菩萨传入中土之后，逐渐化身为道教中的一个重要角色——斗姆元君。所谓“斗姆”，即北斗众星的母亲，传说这位元君一共生了九个孩子，老大是“勾陈大帝”，老二是“紫薇大帝”，其他七个就是北斗七星。且说老二“紫微大帝”，名气是很大的，代表着皇权，为历代帝王所尊崇，位于“紫微垣”中，人称“北极紫微大帝”。紫微大帝手下有四位护法大神，即所谓“北极四圣”，为首的就是“天蓬元帅”。那么，有没有可能，斗姆元君的一头“拉车猪”，通过老主人的关系，在“紫薇大帝”这里谋得了“天蓬元帅”的位置呢？而到了小说

《西游记》中，因为北方从五行来说属水，所以就给“天蓬元帅”造出了“统帅天河八万水军”的职责。

“天蓬元帅”这个身份对于猪刚鬣的重要性，就跟“齐天大圣”对于孙悟空、“卷帘大将”对于沙和尚一样，绝对是吹牛的最大资本。他曾经对孙悟空变化的“高小姐”说，“就是你老子有虔心，请下九天荡魔祖师下界，我也曾与他做过相识，他也不敢怎的我。”这位“九天荡魔祖师”，其实就是后文“小西天”段落中派了龟蛇二将、五大神龙帮助孙悟空降妖的武当山真武大帝。在明朝，真武大帝的地位差不多仅次于玉皇大帝，不过，这位大帝在早期，曾经是“天蓬元帅”的同事，在“北极四圣”中排名第四。

和“九天荡魔祖师”的这种“同事友谊”，是“天蓬元帅”身份带给猪刚鬣的众多好处、资源之一，是可以好好吹一吹牛的；相反，“拉车猪”的身份则是他最不想提起的往事，就像“弼马温”之于孙悟空一样。所以，他就编造出了“错投猪胎”的谎言，而咬死母猪和同窝小猪那段血腥的细节，正是“谎言”的精彩部分。估计他是这么想的，大家都知道一头母猪一胎要生七八只甚至二十来只小猪，假如有人问起——那你的“猪妈妈”和“猪兄弟们”现在在哪儿？那可不好回答。所以，干脆就把它们“编死”算了，反正自己已经是妖精了，编得血腥一点，“妖气”不是更重、“可信度”不是更高吗？

这让我们想起了“平顶山”巡山一段，“呆子”为了让谎话说得圆一些，特意把几块石头当成唐僧、孙悟空和沙和尚进行“排练”，你有来言我有去语，什么“石头山”“石头洞”，连洞门上的钉子都想好了：“问门上钉子多少，只说老猪心忙记不真。”估计关于“错投猪胎”的这番谎话，“呆子”不知道事先预演过了多少遍。为了维护自己“前天蓬元帅”的形象，真可谓是煞费苦心。

关于这个“咬死猪”的故事，观音菩萨的确没有再问什么，或许是觉得这和“猪精”的本性“挺搭”、没必要再追问，或许是根本就不感兴趣。总之，“呆子”想象中的“被追问”并没有出现。不知“呆子”在松了一口气之后，是不是也有点扫兴呢？

当然，以上这些“谎话”，都是吴承恩先生替“呆子”编出来的。不管是“御车将军”还是“天蓬元帅”，都和剧情关系不大，一笔带过即可；至于我们在文本中找到的那些“bug”，或许是吴先生特意为“御车将军”形象保留的一点痕迹，也让后人有机会循着它们探奇寻幽一番，不失为一乐事。

好吧，回到小说《西游记》，不管之前有什么波折，在取经故事中，猪刚鬣一出现就已经是一头猪了。有一个科普问题需要讨论一下：这只“猪”，到底是家猪，还是野猪呢？

“家猪”还是“野猪”？

由前面提到的“巨口獠牙”，可以推测猪刚鬣一开始是一头野猪。观音菩萨在福陵山遇到他的那段，对他的外貌做了详细描写：“卷脏莲蓬吊搭嘴，耳如蒲扇显金睛。獠牙锋利如钢锉，长嘴张开似火盆。”有獠牙！还有他的名字——“猪刚鬣”，有鬣毛！这头“猪”跟观音的保镖木叉打了个平手，还声称要抓个人“肥腻腻地吃他家娘”，生猛程度还是很高的。

观音菩萨说服“猪刚鬣”等候取经人，并给他摩顶受戒，起了法名“猪悟能”之后，他就开始吃素了——忌了五荤三厌。

但是，山中岁月实在难熬（食物匮乏），猪刚鬣的意志本来也比较薄弱，所以没等多久，他居然离开了福陵山，去做了高员外家的上门女婿。

这一段故事，和杨景贤杂剧《西游记》里的猪八戒故事已经很不一样了。

在杂剧《西游记》中，那位“摩利支天部下御车将军”住在黑风山黑风洞（在小说《西游记》中变成了黑熊怪的住所，“黑”得更搭），山下村庄里有一位裴太公，因为嫌贫爱富，不肯将女儿裴海棠嫁到已经定亲的朱家去。这事被猪精知道了，猪精就变成朱公子的样子，半夜到后花园诱骗裴小姐“私奔”，把她带回了山洞。后来唐僧师徒路过这里，孙悟空特意请了二郎神来降伏了猪精（杂剧中的猪八戒只怕“二郎细犬”），成了唐僧的三徒弟。

“猪精抢亲”的故事在小说《西游记》中变成了“猪精入赘”，估计这是吴承恩先生的原创。做上门女婿，和“抢亲”的区别是很大的。话说在传统中国社会，上门女婿是很让人看不起的，大家普遍认为，一个男人一定是因为有某种缺陷——身体残疾，贫困交加，父母双亡等，才不得不到人家“上门”；而一旦“上门”，不仅要低眉顺眼俯仰由人，连子女都要随女家的姓。前“天蓬元帅”猪刚鬣，居然愿意忍受这样的“委屈”，而且在高家三年，可以说干活相当卖力气。他后来在“四圣试禅心”一段黎山老母化身的“准丈母娘”吹过牛，说自己什么活都会干：

“我虽然人物丑，勤紧有些功。若言千顷地，不用使牛耕。只消一顿钯，布种及时生。没雨能求雨，无风会唤风。房舍若嫌矮，起上二三层。地下不扫扫一扫，阴沟不通通一通。家长里短诸般事，踢天弄井我皆能。”

这里里外外，上上下下地忙活，基本上算是一个“长工”了，而“老丈人”高员外还私下里抱怨他吃得太多。宁愿忍受“上门”的委屈，用辛苦劳动换个媳妇和一份安定的生活，应该说，这样的猪八戒，“妖气”并不那么重，更容易让人接受。

从生物学的角度来看，猪刚鬣从吃人的野猪变成了这么一只“家务全能猪”，其实很类似于一个野猪被驯化成家猪的故事。

大约在八千五百年前甚至更早的时候，野猪在我国被驯化成了家猪。野猪是原始人类狩猎的对象之一。为了获得稳定的“肉食来源”，有时人们会把逮来的一些野猪先养起来，等到外面天气不适合捕猎的时候，再杀了吃。在此过程中，人们发现猪这种动物很容易“随遇而安”，用猪圈圈住它，发几次脾气之后就适应了，只要有好吃的就行。养得时间长了，野猪还会生小猪，而从小养大的猪，性格更加温顺，更好养，那就再把小猪养大，生更多的小猪……于是，原始畜牧业开始了。

猪刚鬣入赘高老庄，过上了有吃有喝还有媳妇的生活，居然和野猪变家猪的情景神似，其中甚至包含了接受“圈养”生活（类似于寄人篱下）必须承担的委屈——必须听话，必须好好给人家干活。不过，毕竟是“第一代野猪”，忍了三年，原来的“猪嘴脸”就渐渐地露出来了，活也不干了，“天明就去，入夜方来。云云雾雾，往回不知何所”。这倒像是如今提倡的“溜达猪”，白天散养到处溜达，晚上回圈吃饭睡觉。猪刚鬣这种兼具野猪和家猪特点的“散养猪”生活，直到遇到孙悟空，才彻底终结。

靈感大王之神

呆呆的幽默

猪刚鬣正式成为“猪悟能”，一路取经，一路贡献着小说《西游记》带给我们最重要的精神享受之一——幽默。

“猪悟能”有很多缺点。有些是猪的特性，比如，懒惰，动不动就偷着打瞌睡。再比如，贪吃，书中经常能铺陈出大段的斋饭描写，那排场，那花样，一点儿不比俗世的宴席差，不过，再精致的斋饭，到了猪八戒这里都是一股脑倒进嘴里。

猪八戒还有一些毛病，其实就是人的毛病。比如好色，调戏嫦娥捅了那么大的篓子并没让他长记性，“四圣试禅心”“戏弄蜘蛛精”，继续吃亏，继续不长记性。其他缺点还有，爱占小便宜，喜欢打小报告，总闹着分行李。但是，这个角色的人缘，却出奇的好。

因为他憨厚朴实、不记仇——唉，真的被大师兄黑过很多次，不过事情过了就翻篇儿，这点还真是难得。肯干活——抡起钉钯在八百里荆棘岭开路，把臭烘烘的千年稀柿衕拱出一条路。在这些事情上，“呆子”任劳任怨，更别说在很多降妖故事中，猪八戒都是孙悟空的主要帮手。猪八戒的缺点，就是普通人身上的缺点，有时很可恶，但是又没触及底线，可以被原谅；更重要的是，他有一种貌似呆笨实则智慧的幽默。

细读很多片段，你会发现如今动画片里那种常见的蠢萌“慢半拍”的情境，居然是“呆子”玩儿剩下的。比如“黄袍怪”对“呆子”和沙僧说，你师父在我家里呢，我请他吃人肉包子，你也来呀！“呆子”居然真的就要进洞去。还是沙僧机警，说“师兄你糊涂了，你几时又吃人肉了？”才算把“呆子”叫醒。就连变个小孩子，也是搞笑的，“大师兄”妥妥地变成了一模一样的“陈关保”，“二师兄”呢，头脸虽然变成了清俊可爱的小姑娘“一秤金”，肚子却还是自己的猪肚子，怪不得蔡志忠的漫画里让“一秤金”崩溃地说：“还是让妖精吃了我吧！”

猪八戒不是真的“呆”，而是有着憨憨的智慧。有人曾说堂·吉诃德的随从桑丘有猪八戒风格，俗语一套一套，什么“出去剪羊毛，自己给剃了个秃瓢”。猪八戒的俏皮话多得是。别人嫌他吃得多，他会说“斋僧不饱，等于活埋”；有女人嫌他难看，他会说“粗柳簸箕细柳篓，世上谁嫌男儿丑”。讽刺朱紫国的太监们，他说“你这反了阴阳的！他二位老妈妈儿，不叫他做婆婆、奶奶，倒叫他做公公！”“五庄观”一段，“福禄寿”三星骂他“夯货”，他说“我不是夯货，你等真是奴才！……既不是人家奴才，好道叫作‘添寿’‘添福’‘添禄’”！

更为精彩的“猴”与“猪”的对手戏。“乌鸡国”“背死人”一段就很经典。猪八戒被孙悟空大半夜地骗到井里去背乌鸡国国王的死尸，搞得异常狼狈，所以，一旦把“死人”驮到师父面前，就开始反攻了，硬说孙悟空跟他吹牛，能把死国王医活。而棉花耳朵的唐僧偏就信了，力逼着孙悟空赶紧医，不医就念紧箍咒，“呆子”还要增加难度：“师父莫信他。他原说不用过阴司，阳世间就能医活，方见手段哩”。唐僧“咒儿”念得紧，八戒笑得满地打滚：“哥耶！哥耶！你只晓得捉弄我，不晓得我也捉弄你捉弄”！

有时候真觉得，这金箍使用权不是如来的、不是观音的，更不是唐僧的，而应该属于猪八戒，十足的报复“神器”。只是孙行者岂是吃亏的？一边答应着要上“三十三天之上离恨天宫兜率院内”向太上老君讨“九转还魂丹”，一面提出自己的条件来：他去讨药，这边必须有人举哀哭死人，而且还提出具体的

“哭法”：干号不行，必须号啕大哭。“呆子”也真有本事，“号啕大哭”说来就来：“他不知那里扯个纸条，拈作一个纸捻儿，往鼻孔里通了两通，打了几个涕喷，你看他眼泪汪汪，黏涎答答的，哭将起来，口里不住的絮絮叨叨，数黄道黑，真个像死了人的一般。哭到那伤情之处，唐长老也泪滴心酸”。不但长老辛酸，孙行者见他如此投入，也不好再多计较，转头去干自己的事了。

这一段来言去语，反复交锋，足写了千字不止，可见吴老先生写作时也是蛮愉悦的。悟空捉弄“呆子”的方式“邪恶”得不一般，而“呆子”的回应也“妙”得不一般。如果你从小就熟悉了《西游记》的故事，而还喜欢一遍一遍地看，多半是因为对这俩“活宝”斗嘴的片段放不下。

“猴儿哥”和“猪师弟”，虽然二人“出场”的相隔时间那么长，可是一旦“搭档”在一起，真个是天造地设的绝配。“主角”已经把本事、脾气、情义等占得全了，“搭档”必须贡献他的有缺点又好笑的幽默和平凡。想一想吧，假如没有猪八戒，孙悟空一天到晚和唠唠叨叨没重点的唐僧、人不错但是话很少的沙僧，再加上通常不说话的白龙马在一处，兀的不闷煞人也么哥！

所以，要想笑，“呆子”很必要。

3.“沙和尚”·白龙马

为什么把“沙师弟”和白龙马放在一起说呢？理由很直接，因为——

沙和尚“非动物”

沙和尚在下界之前是玉帝的卷帘大将，下界之后在流沙河做吃人的水妖，再之前呢？他是怎么成为“玉帝近臣”的呢？且看他的自述：

“自小生来神气壮，乾坤万里曾游荡。英雄天下显威名，豪杰人家做模样。

万国九州任我行，五湖四海从吾撞。皆因学道荡天涯，只为寻师游地旷。常年衣钵谨随身，每日心神不可放。沿地云游数十遭，到处闲行百余趟。因此才得遇真人，引开大道金光亮。先将婴儿姹女收，后把木母金公放。明堂肾水入华池，重楼肝火投心脏。三千功满拜天颜，志心朝礼明华向。玉皇大帝便加升，亲口封为卷帘将。”

整整一大段，找不到沙僧原型是什么动物的信息，在书中的其他地方也没有。看起来，“沙和尚”就是由一个凡人修道成仙的，而不是其他的什么“动物”，某些影视剧把“沙和尚”描述成一条怪鱼，这个在原著中是找不到的。所以，我们不再专门为他立题，就在这里补充一点他的信息。

在玄奘法师的传记中，“孙悟空”的原型“石磐陀”，中途离开了玄奘，玄奘只带着一匹“瘦老赤马”前行，独自穿越大沙漠“莫贺延碛”。

“莫贺延碛”，即现在甘肃玉门关外的“哈顺戈壁”，那时又称“八百里瀚海”，自然条件极其恶劣：目力所及看不见飞鸟，地上看不到走兽，也找不到任何草木水源，比现在所说的“无人区”还要可怕，还有两句更吓人的话，“夜则妖魑举火，灿若繁星；昼则劣风拥沙，散如时雨。”所谓“妖魑举火”，应该不是什么真的妖精鬼魅，有可能就是死在戈壁中的人和动物尸骨发出的磷火，当然也有可能是置身荒漠中的人达到生理极限后产生的幻觉。至于“昼则劣风拥沙，散如时雨”，相当于整日的沙尘暴，这也是“莫贺延碛”的另一个名字——“沙河”的来历。

是的，“莫贺延碛”就是《西游记》中“流沙河”的原场景。这个真实版的“流沙河”不是大河而是大戈壁，凶险程度一点儿也不比小说里差。玄奘走进大沙漠不久，就迷路了；接下来还有更致命的，他的水袋里的水都洒光了。玄奘走到第五个夜晚，已接近死亡的边缘。就在这一夜，一位高达数丈、手持长戟的神人出现在玄奘的梦中，对他说，还不快快赶路，睡在这里做什么？玄奘惊醒，起身继续赶路，不久，果然遇到了水源，走出了大漠。

【清】陈士斌 诠解 《西游真诠》中的沙和尚

夫婦匹配合天真認得長生無
主人煉已立基存妙用離明郭
坎兒原因金水淨性還同類木
去虎情癒倫二土金物成寧
茂調和秋火浸纖塵

这位大沙漠中的神人，后来被称为“深沙神”。其实在唐宋时期，“深沙神”是一位拥有不少信众的神祇：像“莫贺延碛”这样让人九死一生的大沙漠，人们在穿越它时祈求沙漠“神人”的庇护，那是再正常不过的事了。后来，“深沙神”又从“大漠之神”一变而成为“大河之妖”，“莫贺延碛”也变成了取经故事中的“流沙河”。

在小说《西游记》中，“流沙河”算不得“大难”，因为沙悟净的本事最多也就和猪八戒打个平手，而且很快就皈依了，但是其中的一个细节，显示这一难并不像看起来那么简单：

观音菩萨在访求取经人的路上遇到了“前卷帘大将”，给他取名“沙悟净”，并命他等待取经人。此时，沙悟净向菩萨汇报了一件诡异的事，说他在流沙河为妖吃人，流沙河本来是“鹅毛漂不起，芦花定底沉”的，他吃完剩下的人骨头一般都会沉下水去，但唯有九个取经人的头骨浮在水上，所以他就把这九个头骨戴在脖子上玩儿。后来，唐僧来到了流沙河，观音派来的惠岸行者（哪吒的二哥木叉）让沙悟净将九个骷髅头串起来按“九宫”排好，中间再安上菩萨给的一个红葫芦，做成一条法船，唐僧师徒就坐上这条船渡过了流沙河。过河之后，九个骷髅头就化作九股阴风，寂然不见。

我们都知道取经路上的妖精们流行一句话，唐僧是“十世修行”的好人，源头就在这里——原来，唐僧的前九世都是取经僧人，只不过都被“沙和尚”给吃掉了，前九次的取经之路，也都是走到流沙河就终结了。这倒很像是一种暗喻，因为如前所述，“流沙河”的原场景“莫贺延碛”之于玄奘，就是一场生死考验。

这个细节，透露出“沙和尚”原型“深沙神”的另一面——

曾经吃掉过取经人。这个情节，在《大唐三藏取经诗话》中就已经出现了。“猴行者”刚刚皈依，说自己知道的事情很多，曾经九次见到黄河水由浑变清。唐僧不信。猴行者又接着说，师父，我知道你前两世都去西天取过经，但是中途遇害，所以现在你是第三世取经，你知道你的前两世是在哪里遇害的吗？唐僧觉得这猴子在胡说八道，于是怼了他一句，你说你什么都知道，那你知道今天天宫有什么事吗？猴行者马上回答：“今日北方毗沙门大梵天王水晶宫设斋。”唐僧于是又“进逼”一步：那么就借你的洪大法力（这应该是意带讽刺的反话），我们去赴斋如何？

结果呢，猴行者立马带唐僧上天参加了毗沙门天王的斋会。此次赴会，唐僧不仅受到了天王的礼遇，得到了很多礼物（其中有锡杖和钵盂），更重要的是，他还得到了一道“护身符”——天王告诉他，前路如果遇到难处，只要叫一声“天王”，他就会得救。后面的故事证明，这一句“天王”真的很有效的，屡试不爽，特别是在“流沙河”。原来，住在那里的“深沙神”，就是吃掉前两世取经的唐僧的妖精。不过这一次，因为有“天王”的庇护，深沙神对唐僧毕恭毕敬，还点化了一座金桥助他过河。

这位毗沙门天王，就是如今庙宇中“天王殿”里“四大天王”之首的“多闻天王”——关于他还会牵扯出不少话题，后文将在“黄风怪”“牛魔王”“无底洞”等章节详细讲述。只说《大唐三藏取经诗话》中的这一段，“天王”对“深沙神”有如此的威慑力，所以有传说他就是“天王”的手下大将。到了杨景贤的杂剧《西游记》中，“深沙神”从“天王”的部下变成了玉帝的“卷帘大将”，吃人的次数也增加了，从“两世”变成了“九世”。“卷帘大将”被猴行者征服后，成了唐僧的第二个徒弟“沙和尚”，排在“猪八戒”之前。

小说《西游记》中，“沙和尚”成了三徒弟，他吃掉的前九世取经僧人的骷髅头，有了一个实实在在的用途——载唐僧过河的“宝船”，他作为吃人妖精的特征，已经淡化了不少。不过，这种“妖气”被淡化之后，“沙悟净”的光彩也减少了很多，在之后主要的降妖故事中，他往往是缺位的。推测其中原因，大概是猪八戒实在太“有戏”，做孙悟空的降妖助手和谈话对手太合适，而照顾师父、白马和行李，这样一些没什么技术含量、却也很必要的工作，总要有人去做，那就只能交给沙和尚了。

话说这种“锵锵三人行”，在小说《西游记》中有很多组，悟空、八戒、沙僧仨徒弟（白龙马的任务是做“脚力”，基本上不说话，也不参与战斗），车迟国虎力、鹿力、羊力三法师，狮驼岭青狮、白象、大鹏鸟三老怪，金平府的三个犀牛精辟寒、辟暑、辟尘……

“三”是中国人喜欢的数字，“三兄弟”的人设，能造出比较复杂的故事情节，比较多样的人物性格和人物之间的关系，参差错落，甚是好看。也因为“剧情需要”，三兄弟必得有强有弱，内中必得有一个打酱油的，起到“缓冲”和“平衡”的作用。沙和尚正扮演了这样一种角色——当取经团队出现矛盾的时候，他往往充当“和事佬”。比如“无底洞”一段，老鼠精脱下一只绣鞋变成自己，骗住了孙悟空，腾出真身去把唐僧抓走，孙悟空气得追着八戒、沙僧直打，猪八戒躲都来不及，沙僧却跪下服软：“兄长说那里话！无我两个，真是‘单丝不线，孤掌难鸣。’兄啊，这行囊、马匹，谁与看顾？宁学管鲍分金，休仿孙庞斗智。自古道：‘打虎还得亲兄弟，上阵须教父子兵。’望兄长且饶打，待天明和你同心勠力，寻师去也。”必须给老沙来个赞，一番道

【清】佚名 绘 《彩绘西游记》 八戒与沙和尚在流沙河中大战

理，说得孙悟空熄了火，不简单。

而遇到实在需要出头的时候，“沙和尚”也义不容辞，比如“真假美猴王”一段，去花果山找要回行李和通关文牒（实际上是六耳猕猴抢的），唐僧怕八戒与孙悟空不睦，特意派沙僧去，沙僧也就谨遵师命前往；被六耳猕猴赶出来，沙僧又遵师命跑了趟南海去找观音。这一趟对于会筋斗云的孙悟空自然算不得什么，而“云程”慢的沙僧，足足走了四个昼夜，真个不辞劳苦。

从某种程度上说，基本没话的白龙马和话少的沙和尚经常会承担相似的工作，所以，说完了“沙师弟”，我们来重点谈谈这匹非同一般的马。

白马非凡马

陪伴真实版玄奘穿越“流沙河”的那匹“瘦老赤马”，是瓜州的一位老胡人送的。这位老胡人说，这匹老马跟随他往返“伊吾”十五趟，熟悉路径，其他的马走不了西去之路。后来，当玄奘梦到“深沙神”、醒来继续赶路的时候，就是这匹“赤马”发现了水源，帮助玄奘走出了大漠。不用说，“赤马”就是白龙马的原型。

杨景贤杂剧《西游记》中，专门有一折叫作“木叉售马”，说西海龙王的火龙三太子，因为“行雨差池”将要被玉帝问斩（和泾河龙王犯的错差不多），被观音菩萨救下，变成一匹白马，派徒弟木叉变成卖马商人送白马给唐僧。这时，“赤马”已经变成“白马”了，估计是因为联想到了佛教故事“白马驮经”；不过在它的原身份中保留了近似“赤”的“火”字——火龙三太子。

而到了小说《西游记》，“火龙三太子”又变成了“玉龙三太子”，和“白马”搭配更加一致。

虽然在普通人看来，白龙马就是一匹“坐骑”，但是他自己，还有取经团队里的其他人都知道不是。第二十三回，唐僧的徒弟们“凑齐”的日子还不算久，八戒嫌行李担太沉，提出让白龙马驮一点，孙悟空于是向他和沙僧说明，白龙马不是凡马，是西海玉龙三太子，因为犯罪要将功补过，“……退鳞去角，摘了项下珠，才变做这匹马，愿驮师父往西天拜佛。这个都是各人的功果，你莫攀他。”

孙悟空的意思很明确，虽然大家岗位不一样，却都是师父的徒弟，不要拿人家当苦力使。而后文白龙马不多的几次出场，都是管唐僧叫“师父”，管悟空三人叫“师兄”。所以，白龙马，虽然在排行顺序上不那么讲究，也没有正式的法号和“诨名”，但他的身份和悟空三人是一样的。

给唐僧配上这样一匹龙马，是为了和他其他的“配置”更相称。取经故事演化到小说《西游记》，唐僧已经不是第一男主角，但是他仍然非常重要。孙悟空经常说唐僧肉眼凡胎，也正因为是凡人，才必须具备一些“非凡之处”，才好做前齐天大圣、前天蓬元帅等的师父。

先看出身。唐僧的前世是如来佛祖的二弟子金蝉子，够强了。唐僧的人间父母，父亲是状元陈光蕊，母亲是宰相家的小姐殷温娇，而且还是“抛绣球撞天婚”撞出来的姻缘，真真的金童玉女，又是天作之合。唐僧的出身已经是一等一的了，为了让他更加“非凡”，又加了一段“江流儿复仇”的传奇。刚出娘胎就体验野外漂流，而且大难不死，长大剃度为僧之后又是寻亲，复仇。来历如此不平凡，才好担当取经重任。

【金】赵霖 作 《昭陵六骏图》(局部)

再看看唐僧随身的“配置”。观音菩萨赐给的九环锡杖和锦斓袈裟都是佛家珍物。还有那个最后被换了真经的紫金钵盂，是唐王钦赐。所以，真正的“凡品”就只剩下了唐王赐的那匹马，虽然也不能算差，但是骑着去西天，还是很不够的。

这里要说到“好马”的标准了。“高头大马”是大家对好马的一般印象，其实失于偏颇。马的用途，虽然通称为“脚力”，其实分类很细致。所谓“高头大马”，外表俊美，体格匀称，皇上出行时走个仪仗什么的，绝对撑门面。不过，“高头大马”还远远算不得头等。第一等是战马。应对沙场上的刀光剑影，血雨腥风，要有足够的胆量、速度，以及机变反应力。此外，马的体力要好，冷兵器时代，战将们身披重甲，手持长枪大刀，都是金属打造，死沉死沉的，上阵厮杀还要刀枪撞击硬碰硬，偶尔还要来个高难度的“卧马回身枪”“拖刀计”什么的，这马没有好体格是禁不住的。

唐太宗是马上皇帝，懂马爱马，连他的昭陵都要特意竖上六匹骏马的石雕，即所谓“昭陵六骏”，这六匹马，就是跟随他打过六场大仗的“战友”。不过，懂马的唐太宗对取经之路的“路况”却预见性不足。能想到的也就是路途遥远（十万八千里），需要有耐力的马，至于胆量、反应力等，大概就没有充分考虑了。

而实际上呢，取经的马比战马的要求还高，尤其是——胆量。不要说狮驼岭青狮、白象那样的大妖精，只是双叉岭“前面有两只猛虎咆哮，后面有几条长虫盘绕”，这一匹唐王钦赐的马，就已经被吓得“腰软蹄弯，便屎俱下，伏倒在地，打又打不起，牵又牵不动”，若不是猎户刘伯钦及时赶到，唐僧险些丢了性命。西天路上，比这大的阵仗多了去了，身为坐骑，动不动就被吓瘫，唐僧岂不是随时都有性命之忧？所以，观音菩萨说得对，“你想那东土来的凡马，怎历得这万水千山？怎到得那灵山佛地？需得是这龙马，方才去得。”而白龙马本来是龙子，见过大阵仗，不论风吹雨打，不论狼虫虎豹、魑魅魍魉，我自岿然不动，这才能稳稳地同时也是安全地驮着唐僧。

其实好马还有一条重要的标准，忠诚。白龙马的忠诚，表现在他的全始全终，以及危难之时挺身而出的勇气。“宝象国”一段，唐僧被黄袍怪变成了虎，悟空早被赶回了花果山，八戒、沙僧出去降妖未回，危急时刻，白龙马出手了。“他只捱到二更时分，万籁无声，却才跳将起来道：‘我今若不救唐僧，这功果休矣！休矣！’”虽然没有战胜黄袍怪，白龙马却成功阻止了八戒分行李散伙，还力求他去请回大师兄。“小龙闻说，一口咬住他直裰子，那里肯放，止不住眼中滴泪道：‘师兄啊！你千万休生懒惰！……你趁早儿驾云回上花果山，请大师兄孙行者来。

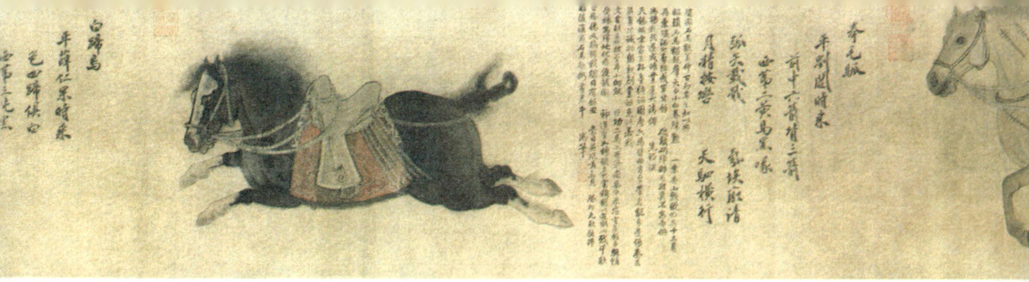

【金】赵霖 作 《昭陵六骏图》(局部)

他还有降妖的大法力，管教救了师父，也与你我报得这败阵之仇。'”这一番相劝相求，言辞恳切，猪八戒才能远赴花果山请回孙悟空，挽救了取经功业。

龙与马

玉龙三太子做了取经人的“脚力”，我们会觉得很好接受，因为，龙和马会相互转化，这一观念早已深入人心。有人说龙和马交合，生下的就是“天地之精”“马身而龙鳞”的龙马，还有人直接将骏马说成是“龙马”。

白龙马对于自己“龙子”的身份很看重。比如“朱紫国”故事中，悟空给国王配药，要用一点马尿，派八戒去取，没有取来，为什么呢？一是因为八戒态度不好。“那马斜伏地下睡哩，‘呆子’一顿脚踢起，衬在肚下，等了半会，全不见撒尿。”早说过人家是龙子，也是唐僧的徒弟，八戒这么干就有点不地道了。待到三人都去找白龙马，他又说出了第二个“不肯”的理由：“师兄，你岂不知？我本是西海飞龙……我若过水撒尿，水中游鱼，食了成龙；过山撒尿，山中草头得味，变作灵芝，仙童采去长寿；我怎肯在此尘俗之处轻抛却也？”孙行者和八戒不同，

求人要东西，当然要好好说话：“兄弟谨言，此间乃西方国王，非尘俗也，亦非轻抛弃也。常言道：‘众毛攒裘’。要与本国之王治病哩。医得好时，大家光辉。不然，恐惧不得擅离此地也。”既给对方相当的尊重，又希望顾全大局，有这么一套说辞，白龙马才会乖乖地给尿。

顺便说一下白龙马和他的几位“师兄”的关系。他虽然大多数时候演“默片”，心中对大家却自有一套看法。白龙马尊重“大师兄”，不只是因为孙行者曾经是管马的“弼马温”，而是心服口服，听听他对孙悟空的赞美就知道了——“有仁有义的美猴王”。沙僧性格没什么棱角，所以白龙马和他的关系是不好也不坏。和八戒就不同了。

有一个情节有点奇怪，孙悟空明明在第二十三回就向八戒、沙僧说明了白龙马是龙子，可是，似乎隔那么一段时间，就得再重复一遍——师父的马是西海龙子，不是一般的马……什么意思呢？作者怕故事太长，读者给忘了？或者，写作时间跨度太大，他自己记不得了？这种可能性是有的。可是从人物的角度来说，像谁是什么来头这样重要的信息（龙族的背景说大不大，说小也不算小），以猪八戒这位前天蓬元帅，难道真的说一遍记不住？

其实，人群达到一定规模，都会出现个等级序列，也会出现一个经常被欺负的对象。像猪八戒这样有缺点的“凡人”，自然而然地会有那么点恃强凌弱，因为白龙马很少说话和刷存在感，所以八戒就认定对他是可以发发威的，你说你是西海龙子，我偏就记不得了，就当你是匹普通的马，踢呀赶呀随我便。而白龙马呢，自打“宝象国”那回八戒想临阵脱逃，白龙马就有些瞧不起他了，更何况之后他一碰到困难，还总想把白龙马给卖了，给师父当棺材本……恶性循环，白龙马本就看不起他，这样一来，也就更加不听他的话了，你让我快走我偏不，你要取马尿我就是不给——杠上了。

“西海龙子”

如果要选一条龙变成马，西海龙王家的肯定更合适一些，因为，取经是往“西”走。而且，即使没有“西天取经”，好马也大多是“西边”来的。

有个问题值得引起注意，《西游记》《封神榜》及诸多民间故事传说中，很少有马修炼成精怪的。只记得《聊斋》有一篇《五通》，写的是江浙一带流行的邪神“五通神”（一般认为是五个），有义士杀死了三个，其中之一是一匹小马。民间传说中的“马妖”很少，相反，受到祭祀供奉的“马神”却不少，比如在北京，有人统计过，旧时至少有八座马神庙，如今北京大学西南角就保留着一座。马之所以受到祭祀，主要是因为它们在战争、皇家仪仗以及邮传驿站等方面的作用很重要，而马和普通的农业生产关系不是很大，不是人人都能“亲近”的动物，所以也就少有“成精”为害的机会。

马是草原动物，它们需要足够的草类食物，也需要足够大的任其驰骋的地盘儿。所以它们的主要产地，是北部的蒙古草原，也有西域的广大地区。这也是为什么历朝历代的草原民族，总容易在战争中取胜的原因——人家有骑兵，而中原王朝，是以步兵为主。很多关于古代战将的传奇故事中都会强调其坐骑的难得，这也从一个侧面说明，在中原农耕地区，得到一匹好马是多么的不容易。比如著名的赤兔马，先是被送给吕布，所谓“人中吕布，马中赤兔”，后来又成了关羽的坐骑，以至于大家都不大记得它的第一任主人是——董卓。董卓之所以拥有像赤兔这样的宝马，是因为地利之便，身为当时的西凉刺史，与西域各部落的交往更为便利，获得宝马的机会当然也就更多。

再上溯到西汉武帝时代，张骞通西域，带回了乌孙国的乌孙马（即今天的伊犁马），汉武帝非常喜欢，封之为“天马”。后来，汉武帝又听说大宛国的宝马更好，不但神骏无比，还出汗如血，特意派人去索要。不想大宛国不肯给。武帝那暴脾气——立即发兵打仗，大宛屈服之后，贡献了汗血马。武帝得此宝马，甚是喜爱，又转封大宛马为“天马”，给乌孙马改名为“西极马”。

汗血马在它的原产地“大宛”（古代中亚国名），被称为“阿哈尔捷金马”，简称“阿哈马”，并没有“出汗如血”的记载。有专家曾推测过“汗血”一说，可能是因为马得了一种寄生虫病，从患处流出了“汗血”；也可能是红色或者栗色的“阿哈马”，出汗时在血色夕阳的映照下，给人以“汗血”的错觉。实际上，是不是“汗血”并不重要，重要的是它的确是一个优良的有着三千多年历史的马种。汗血马的突出特点之一是耐力强。速度比它快的马是有的，不过持续几十天保持一定的速度就不容易

【清】周兴嗣 撰 孙枝秀 辑 《千字文注》 龙马负图，神龟献书

龍馬負圖
神龜獻書
鳳居寫

了，汗血马恰恰是这样的“马拉力赛”优秀选手。

这倒让人联想到“白龙马”的原型“瘦老赤马”。“老”强调它能“识途”，“瘦”可以理解为不健硕，但是也可以是马种本身的特点。比如汗血马，整个马看起来就是“偏瘦”的，没有草原蒙古马发达厚实的鬃毛，马毛细、密、短而光滑，紧贴着皮肤，仿佛个子不大却身材矫捷的武士。短毛最大的好处是散热快，穿越大漠流沙，这一点很重要，而汗血马正是一个比较典型的沙漠马种。在此大胆联想一下，白龙马的这匹“原型马”，是否就是与汗血马类似的“沙漠马”呢？

4. 龙族

除了猴子，小说《西游记》中最早露面的“动物”是什么？

龙。

种群庞大、露面次数特别多的“动物”是什么？

龙。

是的，龙是传说中的动物，并不真实存在，不过他们在《西游记》特殊的“动物世界”中，真的占着不小的分量。

龙，人称“鳞虫之长”。虽然并不真实存在，但是龙的长相倒是有一套很细致的标准，即所谓“九似”：“头似驼，角似鹿，眼似兔，耳似牛，项似蛇，腹似蜃，鳞似鲤，爪似鹰，掌似虎”龙背上有八十一片龙鳞，合“九九阳数”。还有一些细节：“口旁有须髯，颔下有明珠，喉下有逆鳞，头上有博山”。“龙须”“龙珠”“逆鳞”，都是大家比较熟悉的词，“博山”是什么呢？有人研究说，是龙头顶的山形冠冕，也就是龙冠，龙没有龙冠不能升天飞腾。

龙这种“集成型”的长相，估计形成过程是比较漫长和复杂的。比如说，一个以蛇为图腾的部落，合并了一个以鹿为图

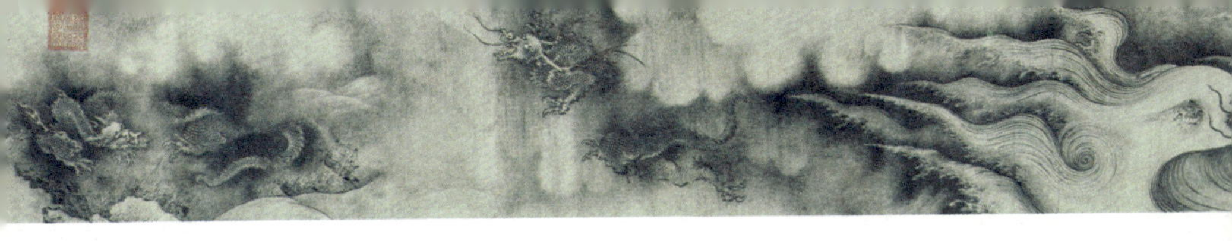

【宋】陈容 绘 《九龙图》

腾的部落，为了表示亲如一家，当然要把鹿图腾的特征加在原来的“蛇图腾”上面，于是“蛇”就“长”出了“鹿角”。然后，又有“牛图腾”“鹰图腾”“鱼图腾”的部落先后加入，于是，大部落的图腾一再修改和添加，最终形成了“龙”这一“综合性新图腾”。

龙在中国人的精神生活中一直占着非常主要的位置，不过“龙王”的概念却出现得比较晚。上古的龙是“龙神”，地位崇高，能量强大；后来随着佛教的传入，印度佛教中的“龙王”概念也进入中土，与传统的“龙神”概念逐渐合并。其实到了《西游记》的时代，对“龙王”的崇拜虽然在民间很普遍，但是“龙王”在仙界，甚至在“人界”的地位都不高。比如小说第三回孙悟空第一次拜访东海龙王讨要兵器，龙王一开始对他毕恭毕敬，称之为“上仙”，虽有客气的成分，但也表明在龙王的自我认知里，自家的地位并不算高。

《西游记》里的龙族是个很大的群体。先看看都有哪些龙吧。

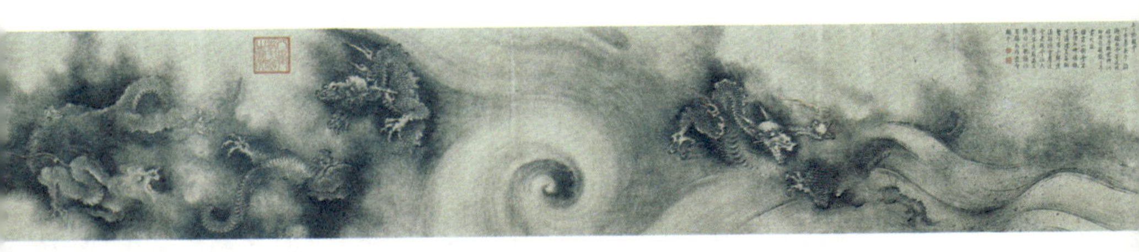

四海龙王：东海敖广、西海敖闰、北海敖顺、南海敖钦。这四位龙王的背后是四个龙家族，里边总得有龙婆（也许还分大小老婆），若干的龙子（应该也有龙孙），龙女。

四海龙王是龙族中势力范围最大的，各管一海嘛；小一个级别的，管着——江（特指长江）、河（特指黄河）、淮（淮河）、济（济水）。这个级别的龙王，其实在《西游记》中没有出场，我们是借着乌鸡国井龙王，这位“最小龙王”之口知道的这个信息。

再下一级，管着中小型河流，比如向唐僧的父亲陈光蕊报恩的洪江口龙王，当然更典型的是泾河龙王。

最后一级，只能管一口井，乌鸡国故事里的井龙王。虽然只有一口井，可人家的住宅也叫“水晶宫”。

还有一类龙，很显然是妖不是神。孙悟空在花果山时结交的七兄弟，有一个蛟魔王，自封“覆海大圣”。蛟还没有成龙，修为还差着等级，和孙悟空、牛魔王同属“妖仙”。还有就是乱

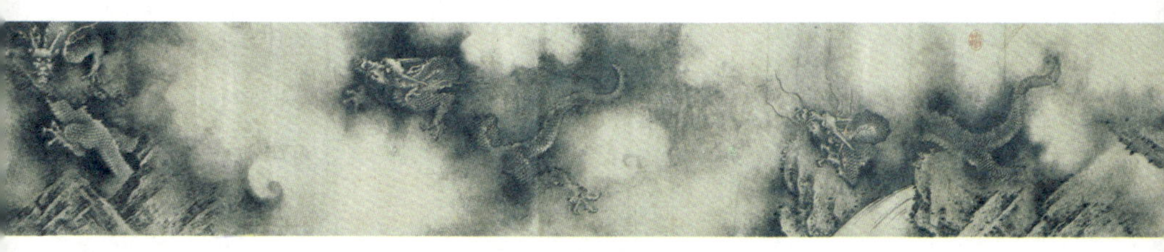

石山碧波潭的万圣老龙，道德水准实在不怎么样，和牛魔王是朋友，还和女婿九头虫一起偷舍利子，类似于所谓地头蛇。（详细情况将在“神秘‘九头虫’”一章叙述）

四海龙王

在“大闹天宫”段落中，与孙悟空交集最多的是东海龙王。敖广是花果山的邻居，因为花果山是“东胜神洲傲来国”的一个海外仙岛，方位上应该就是在东海之中。孙悟空没有衬手的兵器，他的部下老猴就提供了一个重要的信息，说我们这洞里桥下的这股水直通东洋大海，大王如果“水里功夫来得”，可以去龙宫找找，那里宝贝多。果然，孙悟空从东海龙王那里得到了定海神针，也就是他的如意金箍棒，还强逼另外三位龙王送他紫金冠、锁子甲、战靴，惹得人家上天庭告状。大闹天宫，可以说龙宫故事是导火索。

待到取经故事开始，敖广作为孙悟空的老邻居，并没有记恨他，而是相当地帮忙。第一件大事，就是说服孙悟空“归队”。孙悟空刚刚被唐僧救出五行山，就碰到一帮劫道的贼，棒子一挥，六贼丧命。接下来，唐僧开始了第一次令人生无可恋的“唠叨”，孙悟空也还没从“大圣”的身份转变过来，一气之下弃了唐僧，要回花果山继续为妖。眼看着取经大事就要搁置，就因为大圣一时口渴，去东海龙宫喝了个茶，居然就有了转机。此时敖广这位老友的态度，可以说起着关键性作用。借着墙上的那幅画，龙王讲了一个张子房拜黄石公“圯桥三进履”的故事，很能够打动人：“大圣，你若不保唐僧，不尽勤劳，不受教诲，到底是个妖仙，休想得成正果。”金身正果，恰是孙悟空此时最想得到的，因此特别管用。“悟空闻言，沉吟半晌不语。龙王道：‘大圣自当裁处，不可图自在，误了前程。’悟空道：‘莫多话，老孙还去保他便了。’”孙悟空有敖广这样一位老朋友真的很幸运，会在剧情需要的时候输出“正能量”。

不过，在之后的取经故事中，敖广却逐渐被淡化了，他虽然也经常出现，“作用”却基本上都和“下雨”有关：

“红孩儿”段落：四海龙王被孙悟空请来灭三昧真火，结果火没灭成，差点要了孙悟空的命。

“车迟国”段落：四海龙王被虎力大仙的“五雷法”拘来，却被孙悟空拦截，最终看“金箍棒”的号令下雨。然后，四海龙王和风雨雷电全套人马在空中“真神秀”一把。

“朱紫国”段落：国王吃药需要“无根水”，孙悟空请来敖广，打了几个喷嚏，下了“三盏”雨，正好够送药的。

“凤仙郡”段落：东海龙王被孙悟空请来下雨，却让他去找玉帝请下雨的旨意，实际上是指引他去天庭查凤仙郡“不该下雨”的原因；后来凤仙郡侯纠正了错误，披香殿“三事”已破，龙王兄弟按规定下雨，并应孙悟空的要求“真神秀”。

龙王是民间公认的水神加雨神，东海龙王为四海龙王之首，所以凡有降雨之事，基本上都是他撞响铁钟金鼓，招其他“三海”龙王前来，同时还要携带足够强大的“降雨”部队。这个“部队”在“红孩儿”一段曾经集中展示过一回：

“鲨鱼骁勇为前部，鳠痴口大作先锋。鲤元帅翻波跳浪，鯾提督吐雾喷风。鲭太尉东方打哨，鲌都司西路催征。红眼马郎南面舞，黑甲将军北下冲，鱑把总中军掌号，五方兵处处英雄。纵横机巧鼋枢密，妙算玄微龟相公。有谋有智鼍丞相，多变多能鳌总戎。横行蟹士轮长剑，直跳虾婆扯硬弓。鲇外郎查明文簿，点龙兵出离波中。”

标准的“海底总动员”啊，借此机会，我们倒是可以了解，在吴承恩时代，人们都知道哪些海洋动物。

除了参与各种降雨，东海龙王在取经路上就不做其他的事了，取而代之的是西海龙族，表现很突出。

自打玉龙三太子，也就是后来的白龙马出场，西海龙族就变得重要起来，他的父亲西海龙王本人，他的大哥摩昂太子（当然还应包括表哥小鼍龙，相关人物后文会有专述），都多次出场。西海龙族之所以变得重要，是因为取经是往西走的，那自然要和“西方”的海打交道。

小说中是这样描述“西海”的位置的：孙悟空离开位于“东胜神洲”傲来国的花果山，先是渡海（这个应该还是敖广管辖的东海）来到“南赡部洲”，在那里待了八九年，寻仙仿道未得，一日来到“西海”边，又渡过西海，来到“西牛贺洲”，才找到了“灵台方寸山”“斜月三星洞”，拜在了菩提祖师门下。有趣的是，我国的西部有两片大水面都有“西海”的别号，一个是青海的青海湖，一个是新疆的博斯腾湖。古人的认识有限，把大湖当成海也正常，这两个“西海”都位于大唐之“西”，位置大体不错。曾有网友说“西海”是地中海，这个想象力有点太丰富了。

西海龙王是个治家比较严谨的家长。玉龙三太子纵火烧了龙宫殿上明珠，被父亲也就是西海龙王告发给玉帝，被判处斩刑——典型的“大义灭亲”啊！不过，当这个“逆子”被观音菩萨救下，有了赎罪的机会和光明的前程，西海龙族对取经团队也是真的肯帮忙：西海龙王派长子摩昂太子捉回了黑水河的

【清】佚名 绘 《彩绘山海经》中的应龙

小鼍龙；到了“四木禽星捉犀牛”的段落，三个犀牛怪跑到了“西洋大海”，龙王父子主动派兵，配合悟空、八戒、“四木禽星”捉到了妖精。

再说说北海吧，和西海的情况也相似，一定不是北冰洋，而有可能是北方的大湖——贝加尔湖。有人认为北海龙王和西海龙王的职务曾经对调过，因为名字对不上号，不过，这一点应该理解为吴老先生的笔误，也就是说，是一个“bug”。北海龙王单独出场只有两次，都和寒冷冰封有关：

“车迟国”段落：孙悟空和羊力大仙比下油锅洗澡，羊力下锅后，悟空发现油是凉的，就叫来了北海龙王，大骂：“我把你这个带角的蚯蚓，有鳞的泥鳅！你怎么助道士冷龙护住锅底，教他显圣赢我！”唬得龙王赶紧解释：“这个是他在小茅山学来的‘大开剥’。那两个已是大圣破了他法，现了本相，这一个也是他自己炼的冷龙，只好哄瞒世俗之人耍子，怎瞒得大圣！小龙如今收了他冷龙，管教他骨碎皮焦，显什么手段。”然后，龙王收了妖怪的冷龙，羊力大仙瞬间就变成一道菜——现炸羊排。

知道了这个巧综，以后大圣自己也开始用——在狮驼国，师徒四人都被捉上了蒸笼，悟空脱身出来，赶紧拘来北海龙王，请求保护，龙王赶紧遵命：“随即将身变作一阵冷风，吹入锅下，盘旋围护，更没火气烧锅。他三人方不损命。”

有趣的是，南海龙王从没有单独露过面。其实孙悟空曾经多次去过南海，但都不是找龙王，而是找菩萨——观音菩萨。是的，普陀落伽山是观音菩萨道场，有这么一位“大神”在那里，南海龙王只能作“隐形”状。

龙王中的最高等级——四海龙王，其实整体上来说都是听招呼、懂法度也受人尊重的“长者”，而管着内陆水系的龙王，反而没那么消停，最能折腾的是泾河龙王。

泾河龙王

泾河龙王的手下曾经恭维他“八河都总管，司雨大龙神”，听起来官儿似乎大得不得了，可是实际情况呢？

我们都知道有个著名的成语叫“泾渭分明”，说的是在泾河汇入渭河的地方，一边是带黄沙的黄水，一边是清清的河水，区分得很清楚。这个成语其实还有另外一个信息，泾河，其实是渭河的一个支流，而渭河又是黄河的一个支流。至于“八河”，应该指的是泾河的八条更小的支流。也就是说，泾河龙王管辖的，就是渭河的一个支流——泾河流域内的事情。当然，因为泾河紧挨着唐都长安，泾河龙王的权力可能比其他同级别的龙王大一点，或者说，不是权力大一点，而是脾气大一点。

一天，长安城外的一个樵夫和一个渔夫闲着没事聊天。他们聊天的方式很特别，不是说话，而是对诗、对词——好吧，这个应该是吴老先生自己诗兴大发，按照樵夫的语气写一首，再根据渔夫的生活写一首……有滋有味地写了很多首，让读者摸不着头脑，他却乐此不疲，直到玩儿累了，才开始说正事——大概是因为一直没“对”出高下来，所以渔夫和樵夫彼此不服气，到了分手的时候，二人互祝对方有可能赶上“不可抗”的天灾：渔夫请樵夫当心上山遇虎，樵夫请渔夫注意别翻了船。结果，渔夫回嘴说，他不会翻船的，而且必定网网有鱼，因为——“这长安城里，西门街上，有一个卖卦的先生。我每日送他一尾金色鲤，他就与我袖传一课，依方位，百下百着。”

事实证明，还有比樵夫和渔夫更闲的，那就是泾河龙王手下的一个夜叉，偷听到了这话，就当个宝一样献给了大王——泾河龙王，还附送一番拱火的话：“若依此等算准，却不将水族尽情打了？何以壮观水府，何以跃浪翻波，辅助大王威力？”

其实，水族中总会有那么一部分被人捕去吃，属于正常的食物链损耗范围，得了算命先生指点的渔人就那么一个，每天就下一网，能损耗到哪里去？更何况，泾河就在人类的“天子”脚下，少生是非为上！假设听汇报的是四海龙王中的一个，一定会把夜叉臭骂一顿：没事找抽，退下！——是啊，假设是四海龙王，或许根本没有哪个夜叉有胆子做这种汇报吧？

可是，偏遇到的是泾河龙王，沾火就着的脾气，登时就发作了，“急提了剑就要上长安城，诛灭这卖卦的。”幸亏，他的手下有一些明白人，委婉地相劝，“大王此去，必有云从，必有雨助，恐惊了长安黎庶，上天见责。”下属们的话说得隐晦，翻译过来就是，您不能就这么连妆也不化就出门。就您这骆驼头、花鹿角、兔眼、牛耳、蛇项……“九不像”的尊容，现身在全国人口最密集的大唐首都长安城，不要吓死人了？真出了事，您可是担待不起的。龙王想想也对，于是就变了一个白衣秀士去找袁守诚，两人于是打了一个关于下雨的赌。

原本，这下雨的赌就是泾河龙王下的一个套儿，觉得自己一定会赢。再加上手下人一通吹捧，“大王是八河都总管，司雨大龙神，有雨无雨，惟大王知之，他怎敢这等胡言？那卖卦的定是输了！定是输了！”谁不爱听好话呢，于是泾河龙王满心高兴，憧憬着赢了之后怎样去砸卦摊、赶人。没想到，天庭突然来了下雨指令，居然跟算命先生对下雨的时辰、雨量的预测一模一样！泾河龙王当时就被吓晕过去：“唬得那龙王魂飞魄散。少顷苏醒，对众水族曰‘尘世上有此灵人！真个是能通天地理，却不输与他呵！’”

如果泾河龙王吃这么一吓，知道了畏惧，不再去找袁守诚讨说法，也就没事了，可他偏生就是一副“作死”的脾气，都被吓成这样了，还惦记着输赢。有这样的主子，就有来“献芹”的奴才，于是，鲥军师（应该是个鲥鱼精）给出了一个送命的主意——可以更改下雨的时辰和点数。结果呢，打赌赢了，卦摊也砸了，但是泾河龙王也将自己逼上了“问斩”之路。

唐太宗李世民，是泾河龙王抓住的最后一根稻草。袁守诚指点泾河龙王去哀求“斩龙刽子手”魏徵的“主子”唐太宗。太宗虽然想办法将魏徵的躯壳留住了——让他散朝后留下来下棋，可是没想到魏徵做梦也能杀人，泾河龙王最终没有逃过这一刀。这位得理不让人的泾河龙王，做了鬼也不消停，到太宗的梦里去“骚扰”：“唐太宗！还我命来！还我命来！……你出来，你出来！我与你到阎君处折辨折辨！”虽有观音菩萨用杨柳枝暂时驱走了泾河龙王，唐太宗却因此得了重病，饶是秦叔宝、尉迟敬德在前门做门神，魏徵在后门守卫，还是挡不住太宗病情加重，最终不得不到阴司走一遭。

帮人（帮龙）居然帮出了这么大的不是，这件事上，唐太宗实在是被绑架了。

有网友说，泾河龙王是被观音给“黑”了。观音奉命寻找取经人，但是当她来到大唐地界，发现凭自己和木叉师徒两个来找取经人很是困难，所以就想办法由泾河龙王犯天条引出唐太宗游地府。太宗到了地府，从十代阎罗的口中得知，泾河龙王的案子其实已经销了：“自那龙未生之前，南斗星死簿上已注

【清】周培春 绘　袁天罡

定该遭杀于人曹之手，我等早已知之。但只是他在此折辨，定要陛下来此，三曹对案，是我等将他送入轮藏，转生去了。”也就是说，泾河龙王的事根本不是太宗到地府来的理由，真正的原因是他的阳寿已经到了。好在，魏徵在阴司的朋友崔判官，悄悄为太宗增加了二十年阳寿，又平安地送回到阳间。

既然已经来了，当然要“随喜”一下，到此一游。此游真正让太宗心惊的，是见到了被他害死的父亲李渊、兄弟李建成李元吉，以及在隋末唐初被他扫灭的“六十四处烟尘，七十二处草寇，众王子、众头目的鬼魂”。先前为了上位杀人无算，阴司鬼神报应难道真的不怕吗？所以，在崔判官的建议下，回阳之后的太宗下旨超度亡魂。委派重臣在全国甄选做法会的大法师——然后，“江流儿”玄奘被选出来了。再然后，观音菩萨终于可以面授取经之事了。

有一点道理。你可以说观音是故意指使袁守诚惹怒泾河龙王的。不过，观音能不能指挥得动袁守诚呢？不一定。因为，袁守诚是“当朝钦天监台正先生袁天罡的叔父”，袁天罡是道家的著名人物，给著名的二十八宿起动物名的就是他，他的叔父袁守诚算卦问卜，也是道家的本事，而观音菩萨是佛家，道家传人会不会那么听佛家的话呢？

此外，从泾河龙王和袁守诚打赌，到太宗游地府，再到甄选出玄奘做法事，这“战线”拉得太长，不可控因素太多。如果泾河龙王听了夜叉的汇报时不去惹袁守诚，或者在收到天庭的降雨指令后严格执行，不更改雨量和时辰，那是怎么样也死不了的。如果不是崔判官去接引太宗，“改寿”的事就没有了，那么太宗阳寿已到，怎能再回阳间？如果甄选高僧的官员，选的不是玄奘呢？……有一个环节出了问题，就引不出玄奘来。所以，观音是不是“主动出击”，在情节推动上起的作用不大。

后文到了“黑水河”一回，我们终于知道了泾河龙王为什么这么目空一切、好勇斗狠——因为他是西海龙王的妹夫，又管着长安附近的水域，级别虽不高，身份却有点特殊。估计在遇到袁守诚之前，别人都是很给他面子的，一路顺风顺水，养成了一副不知敬畏、听不得反对意见的“大爷脾气”。有这样脾气的“主子”，自然就会有像夜叉、鲥军师这样出馊主意的下属，不“作”到死不算完。就算是观音菩萨想“黑”泾河龙王，也应该是事先了解到了他“作死”的脾气，才好“下手”，是吧?

5. 牛魔王家族

按照和神、仙、佛的关系，《西游记》中的妖精分两种，一种是神仙家的坐骑、宠物、童仆甚至干舅舅，总之跟神或仙或佛有关，大圣举棒要打，救驾的一定会赶到，跟好莱坞类型片一样准。还有一种是纯草根或者说纯野生动物，不和任何神、仙、佛沾亲带故，可就是豪横，就是要吃唐僧肉；甚至，连唐僧肉都懒得吃，就为赌一口气。这个，自然非牛魔王及其家族莫属。

牛魔王第一次出场是在“大闹天宫”段落中的“七魔王结拜”。孙悟空自称“齐天大圣”之后，请六位魔王“哥们儿”喝酒，说哥哥们也都自称大圣吧。第一个响应的就是牛魔王：“贤弟言之有理，我即称作‘平天大圣’”。在取经故事中，牛魔王和他的家族时隐时现，出现多次：儿子红孩儿，出现在号山火云洞，被观音菩萨收为善财童子；弟弟如意真仙，出现在女儿国城外的解阳山，孙悟空为取落胎泉水和他周旋了一番；家族大戏是“三调芭蕉扇”，牛魔王本人、他的妻子铁扇公主、小妾玉面公主都出场了；余波则是乱石山碧波潭，万圣老龙和

【五代】敦煌莫高窟第六十一窟中描绘耕种与收获的壁画

九头驸马是牛魔王的朋友（此段在“九头虫”部分分析）。在《西游记》中，这样“彼此联络有亲”的妖精家族，牛魔王家算是独一份儿。

先来解决一个问题，牛魔王，到底是哪一种牛呢？

黄牛？水牛？

牛被驯化成人类的伙伴，大约是在八千多年以前。那之后，这种动物在人类的生存和发展中发挥了很大的作用，游牧民族享用牛肉、奶制品，农耕民族靠它耕田、负重，所以在很多国家的神话系统、民间传说中，都有牛的故事。故事中的牛，有的很神圣，有的很邪恶。

古希腊神话里有个著名的“欧罗巴”的传说：众神之王宙斯曾经变成一头公牛，将腓尼基公主欧罗巴拐骗到大海对岸一块陌生的大陆，这块大陆后来就以欧罗巴的名字命名，即欧洲。

另一个克里特岛米诺斯怪牛的故事，讲的是一张牛头人身的怪物藏身迷宫之中，每年要吃七对童男童女，直到英雄忒休斯破解了迷宫之谜，杀死了怪牛。

印度教奉牛为神，有不杀牛的习俗，牛在大街上随便溜达算是街景之一。当然，并不是所有的牛在印度都被叫作“神牛”，只有长着一个高耸的类似“驼峰”的“肉瘤”、大名“瘤牛”的母牛，才被奉为神牛。印度教三大神之一的湿婆神，坐骑是一头白色公牛——南迪；而湿婆神的妻子杜尔迦女神，则杀死过一头作恶的怪牛。

在西周甚至更早的时候，中国人已经开始养牛了。依照我们以前在历史课本中学到的，铁器和牛耕的使用，对生产力的提高起着特别关键的作用。牛在耕地之外还负责拉车，古代的马匹一向都是稀罕物，所以在农耕地区，普通人主要坐牛车（很晚之后，驴、骡开始普遍使用，牛车才逐渐减少）。

好吧，不是要讲历史课，而是要说明，在中国的农耕地区，牛主要是“役用”的（个别游牧民族统治的王朝除外），所以传统的中国牛，也都是力量型的，这倒是符合牛魔王的整体形象设计——个头大，力量足，所以叫“大力牛魔王”。

在“三调芭蕉扇”中，老牛与孙悟空斗法，最后现出本相，是一头大白牛：“头如峻岭，眼若闪光。两只角，似两座铁塔。牙排利刃。连头至尾，有千余丈长短；自蹄至背，有八百丈高下”。这副长相显然有想象的成分，单说这“牙排利刃”，就跟普通的牛不同——牛为草食动物，而且是反刍动物，所以牙齿都是“板牙”，以方便磨碎草植，并没有锋利的犬牙，何来“利刃”？至于“两只角似两座铁塔”，的确是很厉害的武器，“你看他东一头，西一头，直挺挺，光耀耀的两只铁角，往来抵触；南一撞，北一撞，毛森森筋暴暴的一条硬尾，左右敲摇。”我们

【明】文俶绘《金石昆虫草木状》中的水牛

可以由此猜测一下牛魔王的“原型牛”。我国的牛就那么几大类，基本上是南方水牛、北方黄牛，还有青藏高原的牦牛。单就这直直的铁塔一样的牛角造型来说，牛魔王应该跟黄牛比较接近。

不管哪一种牛，都有着好斗的天性。南方、北方都有很多地方有斗牛的传统，牛一旦斗红了眼睛，不分出个胜负来，绝不罢休，这就是俗话说的“认死理儿”，一条道儿跑到黑。牛魔王家族的故事中，核心也是这个“牛脾气”。

“老牛家”的臭脾气

牛魔王在“大闹天宫”段落中只露了一个小头儿，到了取经“正片”中，“老牛家”第一个正式出场的是红孩儿，他也是孙悟空和“老牛家”结仇的起因。

先说说红孩儿。这个“牛孩儿”真不是一般地“牛”。名字就很牛——“圣婴”，不是“圣人的孩子”，而应该是“大圣的孩子”，因为牛魔王自称“平天大圣”。给孩子起这么个名儿，说明——他太拿这自封的“大圣”当回事了。

“圣婴”是“牛孩儿”，更是个标准的“熊孩子”。且不说变成被强盗绑架的小孩子骗唐僧上钩一事，单说唐僧被劫持后，孙悟空情急之下一路棒子“打出一伙穷神来”，穷到什么程度呢？“披一片，挂一片，裩无裆，裤无口的”，这些穷神居然是号山的当方山神土地，是被“圣婴大王”折腾成这样的：“‘爷爷呀，只有得一个妖精，把我们头也摩光了；弄得我们少香没纸，血食全无，一个个衣不充身，食不充口，……常常的把我们山神、土地拿了去，烧火顶门，黑夜与他提铃喝号。小妖儿又讨甚么常例钱。’行者道：‘汝等乃是阴鬼之仙，有何钱钞？’众神道：‘正是没钱与他，只得捉几个山獐、野鹿，早晚间打点群精；若是没物相送，就要来拆庙宇，剥衣裳，搅得我等不得安生！’”

依照“妖仙”的标准来看，三百岁的红孩儿还是个“未成年妖精”，他这种蛮横欺人、变相收“保护费”，还带有一定的恶作剧成分，而从后面的故事来看，他显然是有样学样，跟大人学的。

解阳山破儿洞落胎泉，原先是女儿国一处很重要的“公共资源”，自从红孩儿的叔叔如意真仙来到，就将泉水占为私有，成了他勒索别人的“本钱”：“但欲求水者，须要花红表礼，羊酒果盘，志诚奉献，只拜求得他一碗儿水哩。”

红孩儿的母亲铁扇公主，也拿着芭蕉扇做生利的宝贝：“我这里人家（火焰山周围的居民），十年拜求一度。四猪四羊，花红表里，异香时果，鸡鹅美酒，沐浴虔诚，拜到那仙山，请他（铁扇仙）出洞，至此施为。”所谓“施为”，就是扇上几扇子，让火焰山的火暂时熄灭，好让农家好歹有点儿收成。

牛魔王的小妾玉面公主，仗着老爸万岁狐王留下的巨额遗产，也蛮横得很。孙悟空假称是铁扇公主差来找牛魔王的，大小姐登时就不再装优雅（什么“娇娇倾国色，缓缓步移莲”），破口大骂起来：“这贱婢，着实无知！牛王自到我家，未及二载，也不知送了他多少珠翠金银，绫罗缎匹；年供柴，月供米，自自在在受用，还不识羞，又来请他怎的！”再怎么说，铁扇公主是妻，玉面公主只是妾，却敢如此撒泼，所以大圣忍不住替铁扇公主骂了几句：“你这泼贱，将家私买住牛王，诚然是赔钱嫁汉！你倒不羞，却敢骂谁！”

牛魔王的家人，都是一副刁蛮霸道，仗势欺人的“地头蛇”

嘴脸，这与牛魔王这位“家长”的纵容是脱不了干系的。正所谓，上梁不正下梁歪。

铁扇公主是牛魔王的原配夫人，从“罗刹女”的称号来说，样貌应该也是极美的（稍后将会论述），又拥有芭蕉扇这样一件功能强大、能够不断“赚”来供养的宝贝，还生了儿子红孩儿，这老婆已经算不错了。可是，玉面公主的百万家私和青春美貌一摆在眼前，老牛立即变心，甘愿去做人家的上门女婿，“他这向撇了罗刹，现在积雷山摩云洞，……久不回顾”。牛魔王自己的家长形象维护得不好，也就没有底气去管理和约束家人，只能任其蛮横了。这样横行霸道惯了的一家人，一旦被“冒犯”或者自认为被“冒犯”了，那就是件了不得的事。

红孩儿被观音菩萨用“金箍儿”收了做善财童子，过程中虽然吃了苦头，不过从“妖”变“仙”，用孙悟空的话说，“实受了菩萨正果，不生不灭，不垢不净，与天地同寿，日月同庚”，也算是歪打正着，得了天大的好处。但是他家的人，似乎被气得不轻。

如意真仙说：“这泼猢狲！还弄巧舌！我舍侄还是自在为王好，还是与人为奴好？”

铁扇公主说：“你这个巧嘴的泼猴！我那儿虽不伤命，再怎生得到我的跟前，几时能见一面？”

牛魔王说：“那泼猴夺我子，欺我妾，骗我妻，番番无道，我恨不得囫囵吞他下肚，化作大便喂狗……！”

话说得真狠。但是，红孩儿已经在观音那里有一段时间了——“号山”和“火焰山”之间，隔着黑水河、车迟国、通天河、女儿国等，从事发到唐僧师徒走到“火焰山”，怎么说也有几年了，为什么不见他们这些“亲人”组团去南海要人呢？而

【清】陈士斌 诠解 《西游真诠》中的沙和尚

道自虛無生一炁便從一
炁產陰陽陰陽再合成三
體弎體重生萬物昌坎電
烹轟金水方火發崑崙陰
与陽二物會還穌合了自
肰月變徧身香

且本来，把“未成年”的红孩儿安排到离家那么远的号山去镇守，就有点不合乎常理——再强调一遍，三百岁在妖界真的不算大啊，黑熊怪的邻居、凡人金池长老得了些养生法，还活了二百七十岁呢。

话说很多熊孩子刚学会组织语言的时候，常会在不满时抱怨一句：“有你们这么当爸爸妈妈的吗？”所以，让“老牛家”的臭脾气“飞”一会儿，这问题倒是先来问问铁扇公主和牛魔王。

是亲生的吗？

哈，答对了，“我们”的确不会当爸爸妈妈，因为“你”不是“我们”亲生的。

不开玩笑。早期取经故事中的“红孩儿”，的确不是牛魔王、铁扇公主这两夫妻“亲生的”，而这“两夫妻”，原本也不是夫妻。

有点绕？我们先来说说“红孩儿”的原型故事“鬼子母揭钵”。这个故事最早起源于印度教，后来被佛教所吸取。鬼子母，又称“母夜叉”，原为一恶神，有五百个儿子，每天要去捉人间的小孩来吃。后来佛用一个钵盂将鬼子母最小的一个孩子“宾伽罗”扣住——就像如来用钵盂将假美猴王六耳猕猴扣住那样，鬼子母向佛哀告，佛于是借机劝化她说，我扣住你的一个孩子你就急成这样，你每天捉别人的孩子来吃，于心何忍？鬼子母听了教化，从此不再吃人，后来成了佛教的护法天神之一。

宋元时期，有不少话本小说、戏剧以鬼子母的故事为题材，杨景贤的杂剧《西游记》中，鬼子母的这个孩子名字叫——“爱奴儿”（词意约同于“亲爱的宝贝”）。鬼子母作恶吃小孩，“爱奴儿”也不消停，他变成林中小孩向唐僧师徒求救，趁机摄去了唐僧。佛祖正好想降伏鬼子母，于是就用钵盂扣住了“爱奴儿”，鬼子母只好皈依。而“铁扇公主”也是杂剧《西游记》中已有的角色，剧本中芭蕉扇、火焰山都有，只不过铁扇公主是“单身”，既没丈夫也没孩子。

到了小说《西游记》中，“鬼子母揭钵”的情节整个被拿掉了，“爱奴儿”变成了“红孩儿”，捉唐僧的故事保留了下来。不过，这么一个“小妖精”得给他安排父母才合理，于是，杂剧《西游记》中“单身”的铁扇公主被选中，做了小说《西游记》中“小妖精”红孩儿的母亲，这样既给后面“三调芭蕉扇”埋了一条“导火索”，顺便还可以送给“红孩儿”一样新本事——在“火焰山”炼成的三昧真火。

“红孩儿”的这位“新妈妈”，还保留了“鬼子母”一点儿痕迹的，即“铁扇公主”的另一个名字——“罗刹女”。“罗刹”是印度传说中的一种食人恶鬼，男罗刹奇丑无比，女罗刹则美艳如花——所以我们前面会说铁扇公主的样貌应该也是很美的。记得吗？“鬼子母”还有一个别名是——“母夜叉”。“母夜叉”和“罗刹女”在印度佛教中是相互敌对的两个“物种”。“夜叉”，别名“药叉”，对人怀有一定的善意，而“罗刹”是纯粹的食人族。但是，这两个名称传到中国以后，两者之间的区别就没那么大了，大家经常两词连用，来形容凶神恶煞的女人（一般不是指容貌，而是指行为、态度）。所以说，给红孩儿的“新妈妈”铁扇公主起名“罗刹女”，就是为了拐弯抹角地纪念一下他的亲妈妈“鬼子母”。

“红孩儿”这名字也有来历。在北京法海寺的明代壁画当中，鬼子母是一个和蔼可亲的贵妇形象，身旁偎依着一个红衣

北京法海寺壁画　鬼子母

北京法海寺壁画　鬼子母（局部）

小孩，正是那时代最常见的孩童打扮。自从“皈依”佛门并且传到中土之后，鬼子母逐渐演变成了类似于“送子观音”一样的孩童保护神形象，她的孩子，自然也从佛教故事中的“宾伽罗”、杂剧中的“爱奴儿”，变成了外表普通的孩童形象“红孩儿”，而“红”字又和“三昧真火”很搭。

其实，“鬼子母”在小说《西游记》中也出场了，就是孙悟空去落伽山请观音来帮忙降伏红孩儿的时候，落伽山这边迎接他的是“二十四诸天”，而到潮音洞向观音菩萨通报的，就有“鬼子母”。“诸天”大体上就是“诸位天神”的意思，佛教有“二十诸天”“二十四诸天”之说，“鬼子母”皈依之后，在“二十诸天”中排名第十五位。小说特意把护教诸天安排在观音菩萨这里，又让观音菩萨收红孩儿为善财童子，从某种意义上说，这也算是特殊形式的“母子”团聚。

从“阎王兄妹”到牛魔王夫妇

“铁扇公主”和“红孩儿”的母子关系确定了，那原本单身的“铁扇公主”又是怎么和“牛魔王”成为夫妻的呢？她为什么会被叫作“公主”呢？

这就要说到印度神话中一个叫作“阎魔天”“焰摩天”或者“焰魔天”的人物。看着有点眼生。其实，“阎魔”“焰摩”或者“焰魔”都是音译，这个人物在佛教中是掌管冥界的神，一般骑着一头牛，或者长着一个巨大的牛头。“阎魔天”还有一个和他在同一天出生的妹妹，兄妹两人住在烈火包围的“焰魔山”（真正的地狱之火啊），分别管理男鬼和女鬼，我们可以叫他们“阎王兄妹”。这对“阎王兄妹”，在小说《西游记》里就变成了牛魔王、铁扇公主夫妇，而他们原先居住的“焰魔山”，可能是因为“焰”这个字的中文联想，成了这对夫妻用来“发财生利”的火焰山。

从这个故事来看，“铁扇公主”的原型是“阎王”的妹妹，自然应该是“公主”了（严格说，应该叫“长公主”）。“阎魔天”和他的整套“冥界”班底传入中国以后，派生出牛魔王和铁扇公主这对妖界夫妻的故事，只算是一个小枝节，更重要的是，这个传说，就跟前文“摩利支天”最终成为道教的“斗姆元君”一样，也影响了道教，最终建立起了中国式的阴曹地府、十代阎罗、牛头马面（这个好像保留了一点“牛魔王”的特征），等等。

从“鬼子母”“爱奴儿”到“铁扇公主”“红孩儿”母子，从“阎王兄妹”到“牛魔王”夫妻，这一家三口“凑”在一起的过程实在是蜿蜒曲折。“红孩儿”一个未成年小妖，为什么会单独住在远离翠云山的号山、红孩儿是否为牛魔王夫妇亲生等疑问，在此可以得到一定的解释。其实，这些都是“凑成一家子”

的过程中留下的“痕迹”。发现和追查这些“痕迹”是很有意思的，但是，关于“亲生不亲生”的问题，对于主故事“三调芭蕉扇”来说，只能算是一条导火索，故事最要紧的关节还是——“牛脾气”。

牛脾气惹奇祸

牛魔王家族不去找观音算账，有一种比“红孩儿不是亲生的”更简单的解释——不敢。观音姐姐是谁，地位高本领大名门正派，就是打到南海去，也未必能把红孩儿要回来。所以，干脆不去了。

这就是恃强凌弱者的心态。逮着比自己弱的就可劲儿欺负，遇到真正比自己高明的，连出头都不敢的。至于孙悟空呢，很有趣，牛魔王家族是把他归入“弱的”或者说“可以惹”的范围了。因为，昔日老孙和老牛结为兄弟、同为妖仙，论本事和老牛也是半斤八两，何况还有“绑架红孩儿”的“梁子”，更何况他还是主动上门来借东西的，自然就“倒欠三分”。在火焰山、翠云山、积雷山，“老牛家”绝对是主场，不收拾猴子等什么？

但是，“老牛家”不知道的是，五百多年不见，当他们坚持不懈地摆架子、收保护费、闹家务的时候，孙悟空却经过了五行山下的苦熬思过，还有已经走了一半多的取经之路（“三调芭蕉扇”是“八十一难”中的第四十六、四十七、四十八难），此时的孙悟空，早已不是当年和“老牛”不相上下的妖仙“老孙”了。硬碰硬地打，二人似乎还是平手，但是胸怀方面，老牛就比老孙差得远了。

【日】水岛尔保布 绘 《绘本西游记》中的牛魔王

在铁扇公主的翠云山，孙行者路遇一樵夫，得知铁扇仙就是牛魔王之妻、红孩儿之母铁扇公主，吓了一跳，没想到找到仇家门上来了，樵夫是这样安慰他的："大丈夫鉴貌辨色，只以求扇为名，莫认往时之溲话，管情借得。"《西游记》里的樵夫都不是凡人，比如菩提祖师灵台方寸山的樵夫，为美猴王指点了仙山洞府；翠云山的这位樵夫呢，则是一位看问题很有穿透力的智者。他的话很能抓住重点，你的目的是求扇子，不要试图理论之前的恩怨道理，得让且让，自然能成功。孙悟空当即表示感谢，一开始也是努力地"得让且让"。对铁扇公主的埋怨，他一直赔着笑脸，还特意说可以帮红孩儿请探亲假："嫂嫂

要见令郎，有何难处？你且把扇子借我，扇熄了火，送我师父过去，我就到南海菩萨处请他来见你，就送扇子还你，有何不可！那时节，你看他可曾损伤一毫？如有些须之伤，你也怪得有理，如比旧时标致，还当谢我。”如此低声下气，这在禀性高傲的孙行者，已经是难得的了。可惜铁扇公主太过执拗，砍上十几刀，不够出气；一扇子把猴子扇出五万里，还不够出气；逼得孙悟空钻进她的肚子求扇子，这回不是不解气，而是更气了，所以——拿了把假扇子给他。

扇子是非借不可的，而铁扇公主因为赌气，将矛盾升级，推到了牛魔王面前。牛魔王一开始比女流之辈还是要大方些。

至少，孙悟空关于红孩儿的说辞，他还是听进去了。可是，旧恨不提，新恨已成：“你原来是借扇之故，一定先欺我山妻，山妻想是不肯，故来寻我，且又赶我爱妾！常言道：‘朋友妻，不可欺；朋友妾，不可灭。’你既欺我妻，又灭我妾，多大无礼？上来吃我一棍！”牛脾气上来，任什么也不行。列举之后的连锁反应：

牛魔王和孙悟空打到一半，乱石山碧波潭老龙王来请，牛魔王骑着辟水金睛兽赴宴。

孙悟空混进龙宫偷了辟水金睛兽、变作牛魔王哄骗铁扇公主（为此大圣也够丢人的了，似乎全书里只有这么一段儿近似于出卖色相），骗出芭蕉扇。——然后是牛魔王变成猪八戒，骗回芭蕉扇。两人开打。

猪八戒恼怒加入战队。

牛魔王、孙悟空斗七十二变，逃往芭蕉洞。猪八戒灭掉摩云洞众妖，杀死玉面狐狸。

牛魔王遇天兵天将围追堵截，最终被哪吒擒拿。铁扇公主被迫交出扇子，永远熄灭了火焰山的火，从此不再使用。

简直是多米诺骨牌。只因死活要赌一口气，本可以好商好量的一件事，最终导致一场大祸，是否值得呢？

不管是谁，拘泥于自己小世界里的那一点小得意，一旦遇到真正的对手，都是容易摔跟头的。所以，眼界、格局需如孙大圣，放宽放大、能屈能伸才好。

【清】周培春 绘　哪吒

征服者“哪吒”

最后，说一说“牛魔王”的征服者哪吒。

本文开头提到印度教传说中降伏怪牛的女神“杜尔迦”，在佛教中，有一位莲花部的“大威德明王”，正是“死神”焰魔王的征服者。佛教传到中国，“莲花部明王”又逐渐演变成了“莲花化身”的李天王三太子哪吒。在小说《西游记》的孙悟空形象出现之前，哪吒是神界仅次于二郎神的降魔高手，而且二者还是好朋友。有一部杂剧叫《二郎神醉射锁魔镜》，说的是二郎神有一天去看望他的好兄弟哪吒（这里的哪吒还是成年人），哥儿俩好久不见，开怀畅饮，二郎神喝得高兴，就弯弓搭箭这么一射，结果射穿了一面重要的镜子——锁魔镜，镜中逃出来两个妖魔——九首牛魔王和金睛百眼鬼（可以看作是“黄花观”蜈蚣精的原型，后面有专文论述）。这下子，二郎、哪吒的酒醒了，赶紧抄家伙降魔吧。最终，哪吒用火烧的办法，降住了牛魔王和百眼鬼，天下太平。后来又有一部明杂剧，叫作《猛烈哪吒三变化》，说的是哪吒到“焰魔山”降伏五大鬼王的故事，鬼王之一就是“无边大力鬼王”，跟“大力牛魔王”也很接近。

牛头怪、“阎魔王”（或者“焰摩王”）、“九首牛魔王”“杜尔迦”“大威德明王”“哪吒三太子”，哪吒降伏牛魔王的故事，就是按照这个轨迹发展过来的。到了小说《西游记》，牛魔王已经没有九个头了，不过那种砍下头又长出来的本事，估计灵感是从“九首牛魔王”来的。

砍头不能把牛魔王怎么样，最终，哪吒还是使用了老套路火攻，“哪吒取出火轮儿挂在那老牛的角上，便吹真火，焰焰烘烘，把牛王烧得张狂哮吼，摇头摆尾。”不知哪吒风火轮上带的是不是三昧真火，不过，老牛借着火焰山生利，最终自己却败在了“火攻”之下，正所谓“报应不爽”。

6.“哮天犬”和“谛听”

“哮天犬”大家都知道，它的主人是二郎神。

“谛听”呢？“真假美猴王”一段，俩猴子打到了地府，让十代阎罗帮忙辨真假，阎王们辨不出，地藏王菩萨叫他的宠物“谛听”来听。这“谛听”本领非凡，“他若伏在地下，一霎时，将四大部洲山川社稷、洞天福地之间，蠃虫鳞虫毛虫羽虫昆虫，天仙地仙神仙人仙鬼仙可以顾鉴善恶，察听贤愚。”那么，“谛听”有没有探明假猴王的来历呢？听他怎么跟地藏王汇报：“怪名虽有，但不可当面说破，又不能助力擒他”，因为，地府里没有谁能打败假猴王、地藏王接着追问那该怎么办。“谛听”含蓄地说“佛法无边”，意思是让他们找佛祖去。

关于“谛听”，《西游记》中就这么点文字，不过真的让人印象深刻。它到底是什么动物呢？

其实，“谛听”是一只白犬。跟“哮天犬”是同类。

从狼到狗

先来介绍狗这种动物的一些“科普”知识。我们人类饲养的哺乳动物中，驯化最早的就是狗。据研究，狗的驯化大约是在距今四万年至一万五千年前。狗的祖先是狼。关于驯化这个话题，我们通常会说人驯化了狗、猪、鸡等家禽家畜。不过也有学者通过实验研究提出另一种观点，认为在从“狼”到“狗”的过程中，是狼选择了人，而不是人选择了狼。

这事初听起来没什么道理。人为“万物之灵长”，怎么可能是狼选择人呢？但是，自然界的很多真相恰恰就是这样。举一个我们身边的例子——花与蜜蜂的关系。蜜蜂以及其他采集花蜜花粉的蝴蝶、金龟子、蚂蚁等昆虫，都有个名称叫作“访花昆虫”。表面看来，它们是“动”物，在花朵间忙忙碌碌，采花酿蜜，似乎一直处于主导地位，而实际上，花朵从昆虫身上获利更多。真相是，植物为了把自己的花粉传播出去，逐渐进化出了漂亮耀眼或者芳香诱人的花朵，来吸引昆虫采集花蜜，顺便把花粉粘在它们身上的细毛上，当昆虫访问其他花朵时，自然也就把花粉带过去了。所以说，在花朵和访花昆虫之间，不是昆虫“利用”了花朵，而是花朵“驯化”了昆虫。

狗，以及其他家养动物与人类的关系，也有类似的情况。狗的祖先狼是很聪明的一种动物（具体内容将在“奎木狼”一节论述），而“聪明”最大的表现，就是善于生存，善于变通，通俗地说，就是“识时务者为俊狼”。在人类从狩猎逐渐走向农耕的过程中，有了剩余的食物，一部分狼，特别是幼崽，选择逐渐靠近人类，以“听话”为代价换取食物；而人类也发现，这些“小狼”长大之后，忠诚度很不错，还能帮上很多的忙，

【清】佚名 绘 《十犬图册》

诸如看家、狩猎、做伴等，于是，从“狼”到“狗”的驯化就开始了。

现在的狗不但品种多，功能也分得很清楚。比如著名的德国“黑背”，特别适合做警犬、搜救犬；“边境牧羊犬”，适合管理羊群；“藏獒”，高原牧民的好伙伴；“金毛”“贵妇”“比熊”“泰迪”等，是听话乖巧的宠物。其他还有猎犬、缉毒犬、导盲犬等。那么，“哮天犬”和“谛听”，各自是什么品种呢？

“战神”的好伴侣

在《西游记》中，“哮天犬”曾帮助主人二郎神两次获胜。

第一次自然是“小圣（指二郎神，人称‘二郎显圣真君’）施威降大圣”。有一种不大严谨的说法，说二郎神之所以能擒住孙悟空，是因为孙悟空有七十二变，二郎神则是“七十三变”，多的那一“变”就是“哮天犬”。二郎神正与孙大圣斗法之际，在天上观战的观音菩萨和太上老君想扔块“砖头”下去帮帮忙，观音菩萨想扔她的玉净瓶，太上老君却说瓷瓶子金贵，别摔破了，还是我的“金刚琢”结实。结果，“金刚琢”打中了大圣的头，大圣“立不稳脚，跌了一跤，爬将起来就跑”，“哮天犬”立即蹿上去补刀——“照腿肚子上一口，又扯了一跌。他睡倒在地，骂道：‘这个亡人！你不去妨家长，却来咬老孙！’急翻身爬不起来，被七圣（二郎神和他的‘梅山六兄弟’）一拥按住，即将绳索捆绑，使勾刀穿了琵琶骨，再不能变化。”

这一回孙大圣败得真惨，以致后来过了五百年，还不好意思见二郎神。这也是为什么在乱世山碧波潭，孙大圣看见二郎神路过想请他帮忙，自己却不好意思上前，非得派猪八戒去请的原因。孙悟空是很少服什么人的，只有二郎神他称之为“显圣大哥”，分外尊重。当晚还有一番欢聚，听听梅山兄弟那一番温暖的话：“孙二哥也是贵客，猪刚鬣又归了正果，我们营内，有随带的酒肴。教小的们取火，就此铺设：一则与二位贺喜，二来也当叙情。”真正的朋友情谊啊。

第二天，二郎神带着梅山六兄弟帮忙打“九头虫”，又是“哮天犬”蹿上去一口咬掉了“九头虫”的一个头，“九头虫”负痛而走，才结束了战斗。

其实，“哮天犬”这个名字虽然知名度很高，但是在《西游记》中，并没有这个叫法，二郎神的爱犬叫作“细犬”。到了后来的《封神演义》中，它才被叫作“哮天犬”。而“细犬”，是一个真实存在的犬的品种。

“细犬”是产在我国山东和陕西的一种猎狗。它头小、腿长、腰细，善奔跑，体形与动物界的捕猎高手——非洲猎豹相似。猎豹的身材是一个强劲有力的弓形，这种身材的好处是，当身体弓起来再弹开时，爆发力特别的大。有些资料说，猎豹在捕猎羚羊的时候，瞬间速度可以达到每小时一百二十千米，是陆地上的哺乳动物中速度最快的。和它身材相似的细犬，速度和反应力也相当了得。打猎是古人一项很好的运动和娱乐，猎犬和猎鹰则是打猎时主要的帮手，所谓“左牵黄，右擎苍”，细犬即是经过长期驯化的优秀猎犬之一，特别善于捕猎野兔。

《封神演义》中的“哮天犬”，威力又增加了，居然和孙悟空的如意金箍棒一样，不用的时候可以“隐形”，用的时候“祭起”才会出现，“仙犬修成号细腰，形如白象势如枭。铜头铁颈难招架，遭遇凶锋骨亦消。”这么一个大家伙瞬间出现，出其不意地咬上对手一口，杀伤力相当的强。《封神演义》中的重量级选手邓婵玉、赵公明、碧霄娘娘，都禁不得这突然的一咬，“哮天犬”的主人杨戬，借此多次反败为胜。

二郎神与孙悟空

“哮天犬”的主人二郎神，也是非常有说头的。小说《西游记》中的二郎神，是之前多个“二郎神”形象的集合体。在小说中，二郎神是玉帝的外甥，姓杨，是玉帝的妹妹思凡下界与杨姓男子所生，还曾有过一段类似“宝莲灯”中沉香劈山救母的故事。而《封神榜》中的杨戬，是玉鼎真人的徒弟，姜子牙的师侄。这两位二郎神，都是“杨二郎”。

孙悟空和二郎神斗变化，隐身逃到了二郎神的“大本营”灌江口，变成了二郎神的模样坐在上面。灌江口这个情节，则来自“李二郎”的传说。灌江口，一说就是四川成都的都江堰（一说是江苏灌南），当地有二郎庙，纪念治水的蜀守李冰的儿子二郎。不管在都江堰还是在灌南，二郎神都是被当作“水神”来祭祀的。“水神”的功能类似于龙王，和降雨、治水等有关，也就是跟农业生产有关。不过在“灌口二郎庙”这段中，

【清】《封神真形图》中的二郎神杨戬

孙悟空变化的“二郎爷爷”所处理的“日常事务”，又似乎和土地差不多：“他坐在中间，点查香火：见李虎拜还的三牲，张龙许下的保福，赵甲求子的文书，钱丙告病的良愿。”这也是意料之中的，民间常常赋予某个地方性神灵多种职司。

不过，小说《西游记》中的二郎神和《封神榜》中的杨戬，在主体故事中更像是“猎神”加“战神”，作为猎犬的“哮天犬”时时随侍身边。乱石山碧波潭那一回，二郎神就是打猎回家时碰巧路过，“领梅山六兄弟，架着鹰犬，挑着狐兔，抬着獐鹿，一个个腰挎弯弓，手持利刃，纵风雾踊跃而来。”二郎神的“猎神”加“战神”特点，据说来自南北朝时的氐族人英雄，另一位“杨二郎”的传说。这位二郎是“战神”，而且二目之间还有一立目，这正是如今二郎神形象的一大特点。在小说《西游记》中这“第三只眼”其实并未出现，后来的影视作品中倒是总会用上。有人推测，这是氐族“黥面”习俗的艺术化——即故意将双目间的额头割破，留下疤痕，涂以墨汁。既是战神加猎神，这位氐族传说中的“二郎”，自然会带着一只神犬。

而说到“小圣施威降大圣”，也就是二郎神打败孙悟空这件事，故事却来自一位叫作“赵昱”的二郎。传说“赵二郎”在隋朝时任嘉州太守降伏过水中的蛟龙，后来成仙。前文“牛魔王”一章提到的元杂剧《二郎神醉射锁魔镜》，其中的二郎神就是“赵二郎”，而元杂剧《二郎神锁齐天大圣》、元杂剧《西游记》中的二郎神则是“杨二郎”，小说《西游记》沿用了后一种说法。

不管姓什么，反正二郎神和哪吒，是孙悟空横空出世之前的仙界两大降魔高手。在《二郎神醉射锁魔镜》中，二人联手，擒拿了“九首牛魔王”和“金睛百眼鬼”；在《二郎锁齐天大圣》

【明】佚名 绘 《二郎搜山图》（局部）

中，二郎神擒拿了齐天大圣及其兄弟通天大圣和耍耍三郎；在元杂剧《西游记》中，哪吒擒住了“通天大圣”孙行者，而二郎神和他的“细犬”降服了猪妖“猪八戒”。吴承恩自己曾为一幅画题诗《二郎搜山图歌》，写的就是二郎神降服妖魔鬼怪之后搜山的事。而在小说《西游记》中，二郎神的英雄气概，很多都被“移植”到了孙悟空身上，并且发扬光大，不过二郎神仍然是光彩夺目的，还是孙悟空敬服的“显圣大哥”。

“谛听”和地藏菩萨

现在去九华山，有地藏菩萨像的地方基本都能看到“谛听”，只不过，它的外貌已经被神化了，长得角似鹿，头似驼，嘴似驴，眼似龟，耳似牛，鳞似鱼，须似虾，腹似蛇，足似鹰，比传说中的“四不像”更怪，人称“九不像”。谛听的原型，却是一只狗，而且是我们日常见到的最普通的白犬。

这就要追溯一下地藏菩萨的故事。地藏菩萨是佛教在中土的四大菩萨之一，他“主管”的工作，是在地狱中“度”那些为恶的灵魂，所以在小说《西游记》中，地藏菩萨会和十代阎罗住在一起。

有一个著名的“金地藏”的传说，说在那时，九华山来了一位新罗国的僧人金乔觉，随身带着一只叫“谛听”的白犬（有些文献称为“善听”“地听”）。这位僧人在九华山修行一生，多为善事，坐化之后面目如生，经久不朽，据说面目酷似地藏菩萨，人们就认为金乔觉是地藏菩萨转世，遂尊之为“金地藏”。与金乔觉形影不离的白犬谛听，也被尊为神兽，一起供奉。

至于谛听这条狗到底是什么时候、以什么机缘开始追随“金地藏”的，就没有确切的记载了。有一种说法是，谛听是金乔觉在路上收养的一条流浪狗。听起来有些可笑，但是细想想，不是没有道理。因为，金乔觉是从新罗国一路来到我国安徽的九华山的，路远迢迢，堪比真实版的玄奘西天取经。古代的行脚僧人，遇到寺院可以“挂单”休息，更多的时候遇不到寺院，也没有人家的时候，就只好风餐露宿了，其境遇，说得难听些，和乞丐不相上下。这种情况下，估计会经常遇到流浪狗。武侠小说中丐帮帮主有一套传世武功叫作“打狗棒法”，就是用来对付看家狗和流浪狗的。武林高手遇狗则打，而像金乔觉这样的有道高僧，估计会心存悲悯，把化来的吃的分给狗，而狗是讲情义的动物，受此恩惠追随报恩，这也是讲得通的。

有人研究了九华山兴起之前各地零星供奉的地藏菩萨的雕像、画像，发现了另外一件有趣的事——谛听的前身，应该是一只金毛狮子！

其实，“金地藏”的故事本身就能说明一些问题。就仿佛说，唐僧的前世是如来佛的二徒弟金蝉子，这个金蝉子远远地在灵山，在云端，而金蝉长老化身的唐三藏，却是近在眼前的，他有优点也有缺点，还有七情六欲，是一个活生生的凡人。“金地藏”也是如此，他是真实存在过的一个人，有国籍，还有故事，多亲切啊！所以与他相伴的动物，由传说中罕见的、威风凛凛的狮子，变成了一只普通人家都有的驯顺的白犬，那也是很搭的！

“谛听”最终被定型为一只狗，既有着忠诚不二的品格，又具备超凡的听力和洞察力。“谛听”一词出于《长阿含经》等佛经，本意是从心中明白地听闻佛法，以“谛听”为名的神犬，能辨别世间万物的声音，所以在《西游记》中，它能帮助地藏菩萨辨别出“真假美猴王”。

7. 黑熊怪是“熊”是“罴”？

黑熊怪，是唐僧遇到的第一个正经的“妖怪”。在收服悟空和白马之前，唐僧在双叉岭遇到的“寅将军”“熊山君”“特处士”，只知道见人肉就吃，连唐僧肉都不知道，等级太低。黑熊怪则不同。

如来给了观音三个金箍，本是让她在路上找三个神通广大的妖魔收服了，用金箍、咒语约束好，做取经人的徒弟。后来，只有孙悟空戴了金箍，而猪八戒、沙和尚比孙悟空本领低得多、也好管得多，所以另外两个箍儿，观音就留为己用，一个套住了红孩儿，一个就套住了黑熊怪。红孩儿是借助了三昧真火才几次赢了大圣，而黑熊怪，纯粹是硬碰硬，两次跟大圣打了平手，武功也算一流。黑熊怪在其他方面也很另类，他对唐僧肉没兴趣，而喜欢修道，他周围的朋友：灰狼凌虚子、白衣秀士白花蛇怪，虽都是妖精，凑到一起谈的却是“立鼎安炉，抟砂炼汞”，总之是跟修道有关的事。连观音菩萨也喜欢他的黑风山，才看中他做“守山大神”。尽管“黑熊怪”是这么一个“不俗”的妖精，却也有不能免俗之处，那就是“贪”。

都是“贪”字惹的祸

提起贪念，故事开篇的观音院金池长老，更有代表性。

金池长老的“修炼”水平不能算低。近旁住着黑熊怪这样的邻居，还是很得实惠的，“那黑大王修成人道，常来寺里与我师父讲经，他传了我师父些养神服气之术”，所以老和尚活到了二百七十岁。可惜，活了那么多年，“侍奉”观音菩萨这么多年，“贪”字却没有戒除。

唐僧师徒来到这荒山野岭孤寺借宿，发现这儿的和尚们生活真是有品质：喝茶的器具是“一个羊脂玉的盘儿，有三个法蓝镶金的茶钟，又一童，提一把白铜壶儿，斟了三杯香茶。真个是色欺榴蕊艳，味胜桂花香。”

招待远方来客，备上美食美器、喝点好茶还算是尽地主之谊，就算是炫耀也还有限。单说这位老和尚，出家二百五六十年居然攒了七八百件袈裟，一件一件从柜子里拿出来挂在衣架上，真个“满堂绮绣，四壁绫罗”。

够气派，但也很可笑。人，尤其是男人，和尚，又不是衣服架子，要这许多袈裟做什么呢？

话说袈裟这物事，本是和佛教一起从印度传过来的。印度的和尚之所以要披袈裟，是因为印度地处热带，一般人都以白衣为主，出家人为了在身份上区别于俗人，才披上了这种“杂色”的袈裟。早期的袈裟以朴素为主，而且必须是多块碎布拼接而成的。中土佛教中的袈裟类似于一种礼服，一般在重要场合穿着，材质上自然会讲究一些。只是出家人本该以修行自律为主，反观拥有十二大柜子、七八百件锦绣丝罗袈裟的金池长老，哪里还是修行的和尚，明明是喜欢炫富的土财主、守财奴。

孙行者看不惯金池长老的嘚瑟样，一定要展示一下自家的锦斓袈裟，唐僧则不同意："莫要与人斗富"。小说中的唐长老，和真实版的玄奘已经很不一样了，是个有不少缺点的"凡人"，不过他在观音院说的这一番话，却很有水平，洞察人心极其透彻："古人有云：'珍奇玩好之物，不可使见贪婪奸伪之人。'倘若一经人目，必动其心；既动其心，必生其计。如是个畏祸的，索之而必应其求，可也；不然，则殒身灭命，皆起于此，事不小矣"。

看着有点眼熟不？孙悟空的"授业恩师"——菩提祖师也说过类似的话。想当年在灵台方寸山、斜月三星洞，孙悟空刚刚学会了"七十二变"，禁不得师兄弟们撺掇，当场就变了一棵树给大家看，结果被菩提祖师一通教训："我问你弄甚么精神，变甚么松树？这个工夫，可好在人前卖弄？假如你见别人有，不要求他？别人见你有，必然求你。你若畏祸，却要传他；若不传他，必然加害：你之性命又不可保。"这件事的后果可不仅仅是"徒弟"被"师父"臭骂了一顿，还被赶下了山！

不得不说猴子是真不长记性啊，上一次是"七十二变"，这一次是"锦斓袈裟"，起因都是猴子的"卖弄"之心。而前后两位"师父"，教训的也都是同一个道理——高调、卖弄容易招祸。其实孙行者这种凡事要争个高下的脾气，是另外一种"贪"，贪图的是"赢"，以及"赢"带来的"名声"和心理满足。

唐僧的直觉是准确的，果然，一见袈裟，金池长老就起了歹心，想要不顾一切占为己有。1986年版电视剧《西游记》中，表演艺术家程之先生将金池长老的"贪"演绎得淋漓尽致。很多人都熟悉这个段落。老和尚先是借口灯光昏暗，要借袈裟一个晚上回去细看。唐僧不愿意但又不好意思说，孙悟空要显示

【清】陈士斌 诠解 《西游真诠》中的唐三藏

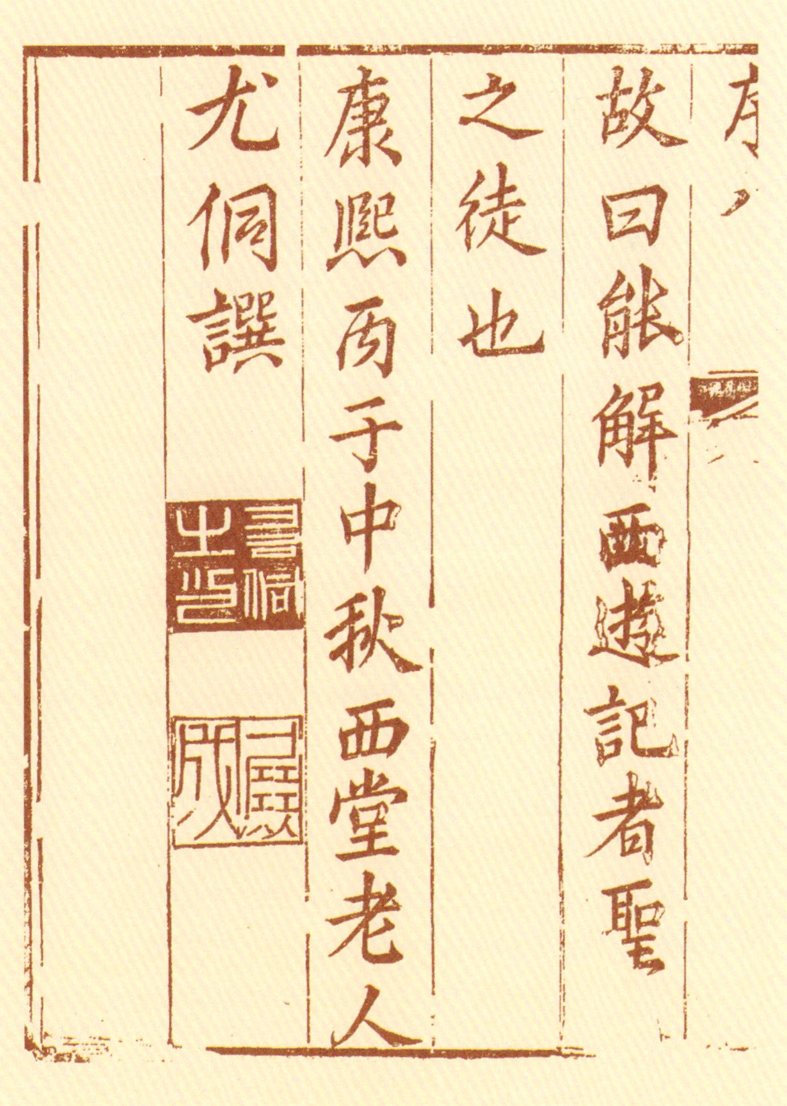
故曰能解西遊記者聖
之徒也
康熙丙子中秋西堂老人
尤侗譔

大方，还是借给了他。然后，老和尚回到禅房对着袈裟直哭到二更。众僧询问再三，他才说，袈裟光看不过瘾，要是能穿上一天，“死也闭眼——也是我来阳世间为僧一场！”可惜众多徒子徒孙，都没听明白“师公”的弦外之音，还出主意说可以多留唐僧几天，就能多穿几天了。其实呢，“师公”心里想的压根儿是另外一回事：“纵然留他住了半载，也只穿得半载，到底也不得气长。他要去时，只得与他去，怎生留得长远？”

接下来“师公”和“徒孙”的对话，基本上是策划犯罪：小和尚“广智”出主意杀了唐僧师徒灭口，可是——虽然并不了解孙行者到底有多大的本事，大家却都已经看出那“毛脸雷公嘴”不好惹，未必杀得成；另一个小和尚“广谋”又提出了第二方案——火烧比刀砍要强。于是，全寺和尚半夜起床，一起搬柴火准备火烧唐僧。

果然如唐僧所说，“既动其心，必生其计”，贪念一起，观音院瞬间变成强盗窝。不过，老和尚和小和尚都没想到，他们遇到的是不惹事就会死的孙行者。发现和尚们要放火，猴子就上天去找广目天王借来了“避火罩儿”，罩住了唐僧住的禅房，又在房檐上助了点儿风，观音院整个被烧。火光又招来了黑熊怪，顺手牵羊带走了袈裟。经营了二百多年的“家当”没了，挖空心思想占有的袈裟也没了，对于视财如命的金池长老来说，“命”已经没了，再加上害怕孙行者来索要，只有一头碰死。

是“熊”是“罴”？

金池的“贪财”有了终结，孙行者的“贪名”却引来了下一个“贪”——本意是来救火的黑熊怪，看见袈裟也起了贪念，不但“拿”回了家，还要大开“佛衣会”。黑熊怪的“贪”又与金池不同，带着点“不拿白不拿”“贼吃贼，越吃越肥”的味道。说实话，老和尚金池长老把袈裟当收藏品，倒也还有些道理，黑熊精一个修习道家的妖精，要佛家的袈裟有什么用呢？

黑熊怪的贪性，倒是符合古人对熊这种动物的认知。熊体大而贪吃，所以古书中早就将它与“贪残”联系在一起。先解决一个知识性问题，黑熊怪，到底是哪种熊呢？

【清】五品武职官服上的补子 熊罴图

看起来是没什么疑义的，因为作者一直在强调他的黑，“碗子铁盔火漆光，乌金铠甲亮辉煌。皂罗袍罩风兜袖，黑绿丝绦亸穗长。手执黑缨枪一杆，足踏乌皮靴一双。眼幌金睛如掣电，正是山中黑风王。”搞得行者都笑了：“这厮真个如烧窑的一般，筑煤的无二！想必是在此处刷炭为生，怎么这等一身乌黑？”这么黑，当然应该是黑熊。可是，在回目标题上，又出现了“熊罴怪”。这就有点歧义了。罴，指的是——棕熊。

【明】文俶绘《金石昆虫草木状》中的熊

是的，棕熊以北美的棕熊最为有名，美国人以它们为原型创造了不少可爱的卡通形象。其实棕熊不仅分布在北美，在亚洲、欧洲都广泛分布。真正的棕熊是相当凶悍的，又叫“人熊”或者“马熊”，是熊科动物里体型最大的，战斗力也最强。

“熊”“罴”二字在中国的古书中出现得很早，而且常常是放在一起用。《尚书·牧誓》中有：“如虎如貔，如熊如罴。”司马迁《史记·五帝本纪》中记载，轩辕氏，也就是黄帝，“教熊罴貔貅貙（chū）虎，以与炎帝战于阪泉之野”。“貔”“貔貅”是传说中的一种猛兽，据说是龙的儿子之一。“貙虎”指的一种长得像狐狸但是又比狐狸体型大的猛兽。从字面意思来看，黄帝似乎是一位驯兽高手，会驱动熊罴、貔貅、貙虎等猛兽做战士，与炎帝打仗，后世也常用“熊罴”来比喻雄师劲旅，与“虎狼之师”是一个意思。

还有一些和熊有关的神话传说，比较著名的是关于大禹的。传说大禹的妻子涂山氏，在大禹治水的时候去“探班”，没想到看见大禹变成了一头大熊，正在推山，涂山氏当场就被吓得变成了石头。治水需要“移山倒海”，所以大禹变成了力大无比的熊，可见古人对熊的膂力的认知和崇拜。吴老先生称黑熊精为“熊罴怪”，应该是沿用了这种自古就有的习惯用法，为了强调这个妖怪的战斗力之强。

“黑大王”慢生活

“黑大王”的确有着“熊罴”的勇猛，论武艺，他能够和孙悟空打个平手，可是，他又不是好勇斗狠一路的。二人一天之中两次交手，都是“黑大王”喊停，第一次的理由是中午了，该吃饭了，第二次打到日头偏西，人家又说天晚了不好打了，明天再打。真是个懂得养生的妖精，他的逻辑是，任什么事也不能耽误吃饭睡觉。不但懂得养生，心还挺大，趁着“中场休息”，把“佛衣会”请客的事儿也安排好了——注意，安排的还不只是事务性工作，怎么布置会场、怎么准备酒席之类的，还写了很多封给各洞妖王的请柬。

从后文孙悟空截获的给“金池老友”的一封来看，真称得起文采生动、花团锦簇：“侍生熊罴顿首拜，启上大阐金池老上人丹房：屡承佳惠，感激渊深。夜观回禄之难，有失救护，谅仙机必无他害。生偶得佛衣一件，欲作雅会，谨具花酌，奉扳清赏。至期，千乞仙驾过临一叙。是荷。先二日具。”这一封以“佛衣会”为主题的请柬，显然不是批量抄写的那种，而是个性化的，单独写给金池长老的。明明是趁火打劫“顺”来的袈裟，却写成了一封大大方方的邀请函，文字功底也是不差。

这里插几句关于“佛衣会”的来历。其实，这个“会”最早是孙悟空办的。

故事是在杨景贤杂剧《西游记》中，孙悟空的原型之一“通天大圣”，不但从王母娘娘那里偷了仙桃百颗，还偷了“仙衣一套”“银丝长春帽一顶”，与抢来的老婆金鼎国公主摆酒取乐，名之为“仙衣会”。小说《西游记》中的孙悟空经过重塑，“好色”的毛病已经全部“转移”出去了，“仙衣会”呢，则化身“佛衣会”，出现在了黑熊怪这里，也正好让唐僧的“宝贝袈裟”有个露面的机会。而“黑风山黑风洞”，在杂剧《西游记》中原是猪八戒的住所——对，猪八戒本应是一头黑色的野猪，不过在小说里，这个住处“转移”给了“黑大王”黑熊怪，倒是更搭。

继续说黑熊怪。和人打架，还能不耽误吃饭睡觉，还能静下心来写信，急性子孙悟空碰到这样的对手，也是醉了。跳着脚骂确实很过瘾，“你这个孽畜，教做汉子？好汉子，半日儿就要吃饭？似老孙在山根下，整压了五百余年，也未曾尝些汤水，那里便饿哩？莫推故！休走！还我袈裟来，方让你去吃饭！”——可是，人家就是闭门不出，你骂够了自然得先回去，有啥办法？

其实黑熊怪这种以静制动的策略，倒是和熊的慢性子有些相关。熊虽然威猛，但是因为个头大，行动算不上敏捷迅速，大多数时候都是慢吞吞的。居住在北方地区的熊，到了冬天还有冬眠的习惯，连饭都免了，一睡几个月。“慢生活”的基本要素就是好好吃饭、好好睡觉，闲下来养养心性，思考思考哲学，这些，正和黑熊精的修炼成果相吻合。连孙悟空都不得不对他的这种修道模式赞一下：“行者进了前门，但见那天井中，松篁交翠，桃李争妍，丛丛花发，簇簇兰香，却也是个洞天之处。又见那二门上有一联对子，写着：‘静隐深山无俗虑，幽居仙洞乐天真。’行者暗道：‘这厮也是个脱垢离尘，知命的怪物。’”

这些，也是观音菩萨能看上黑熊怪的原因——别看他长得乌漆麻黑，可是既有和“齐天大圣”打平手的本事，又有慢慢修道的耐心，审美、文字都不差，“菩萨看了，心中暗喜道：‘这孽畜占了这座山洞，却是也有些道分。’因此心中已此有个慈悲。”

为了将这样一个“人才”带回落伽山加以培养，观音菩萨真是下了本，居然不惜变成灰狼灵虚子的样子，携带孙悟空变的“仙丹”混进黑风洞，骗黑熊精吃下。接下来的事，就交给“仙丹”吧。西天路上，孙悟空多次钻进妖精的肚子，这一招必杀技从不失手，在“黑风山”是第一回试验。

“收悟空”“收龙马”“收黑熊怪”这三个连续的故事里，观音菩萨一直都在参与。“收悟空”的时候给唐僧送金箍、传授“紧箍咒”；“收龙马”时不但亲自出面将“龙”变成了“马”，又派落伽山山神送来一副鞍辔缯头。此外还许了孙大圣许多好处，“我许你叫天天应，叫地地灵。十分再到那难脱之际，我也亲来救你。”更重要的是还送了三根救命毫毛，到了“狮驼岭”一段，孙悟空钻透大鹏怪的“阴阳二气瓶”，靠的就是它们。而“黑熊怪”故事的“第一现场”居然是——观音院，正像孙悟空和观音耍无赖时所说的：“我师父路遇你的禅院，你受了人间香火，容一个黑熊精在那里邻住，着他偷了我师父袈裟，屡次取讨不与，今特来问你要的。”事情发生在自家的道场里，的确是够讽刺的，作为“家主”，这事更是必须管。

之所以有“观音三章”，或许因为观音菩萨是保证取经顺利进行的主要负责人，而此时“取经团队”刚刚开始组建，尤其孙悟空又是一只不好管的猴子，所以菩萨必须多管，“扶上马再送一程”。

8. 貂 · 鼠 · 鼬

“黄风岭黄风洞”的黄风怪，和“陷空山无底洞”的老鼠精有点儿像，他们都是偷吃了佛祖家的东西——一个偷了琉璃盏里的清油（灯油的一种），一个偷了香花宝烛，都因此被追杀；他们被捉到之后又都没被处死，而是被“看管起来”——灵吉菩萨看住了黄风怪，李天王父子看住了老鼠精（拜天王为父、哪吒为兄，也是一种“变相看管”，因为一旦出了问题，可以找他们“要人”）。这俩妖精，还有另外一点联系，很多人误以为他们是同类——老鼠。

科普帖：貂、鼠辨析

在古代，人们对于“貂”和“鼠”并没有区分得那么清楚，常把貂也叫“鼠”。在比《西游记》晚一百多年的《红楼梦》里，多次提到各种用“鼠皮”制成的高档服装，而书中的“鼠皮”其实是“貂皮”。比如凤姐家常穿的“银鼠皮裙”，“银鼠”指的银貂，也有的说是东北林区的一种小型鼬科动物——伶鼬；“灰鼠披风”，“灰鼠”指的是灰貂。

在小说《西游记》中，“貂鼠”和“鼠”也是混在一起说的。黄风怪被灵吉菩萨的飞龙杖制住，“现了本相，却是一个黄毛貂鼠”，孙悟空想打死他，灵吉菩萨马上说：“他本是灵山脚下的得道老鼠”。而实际上呢，“老鼠”和“貂鼠”，那是大不一样的。

貂鼠，就是——貂。

貂，食肉目鼬科，跟黄鼠狼是亲戚，跟老鼠却是不相干的。

老鼠，属于啮齿目。所谓“啮齿”，就是“磨牙”的意思。老鼠有一个重要的特征，牙齿会终身生长，所以它们一直需要磨牙，否则，牙齿就会一直长到撑开口腔，吃不了东西。这个特点，鼬科动物是没有的。

鼬科动物的主要特点是：第一，既然是“食肉目”，当然以肉食为主，它们都有尖利的牙齿，而且——大多数鼬科动物都是捕鼠能手。第二，鼬科动物大多有臭腺，会放臭气，比如黄鼠狼。笔者早年拍过一种宠物貂（安格鲁貂），虽然屋里只有一只貂，味道可是真够熏人的。大概就是因为这个，人们并没有把这些“捕鼠能手”驯化成像猫一样的“帮手”，而是主要“利用”它们的毛皮——在古代它们跟狐狸、貉子一样，是毛皮服装的主要来源。俗语云“一品玄狐，二品貂，三品穿狐貉”，是品级、尊贵的象征。鼬科的其他动物毛皮也被用作服饰，比如黄狼皮（黄鼠狼的皮）、水獭皮等。

吴承恩先生并没有把放臭气这个特征写在黄风怪身上，而是给了他一个等级很高的称号“黄风大圣”，——在小说《西游记》中，除了孙悟空、牛魔王等七魔王自称“大圣”，也就只有他自称“大圣”了。当然，这个自称是为了突出他“三昧神风”

的神通。孙悟空与黄风怪交手，用起了分身法，“把毫毛揪下一把，用口嚼得粉碎，望上一喷，叫声‘变！’变有百十个行者，都是一样打扮，各执一根铁棒，把那怪围在空中”。而黄风怪的破解之法则是——吹黄风：“冷冷飕飕天地变，无影无形黄沙旋。穿林折岭倒松梅，播土扬尘崩岭坫……”这阵黄风将那些毫毛变的“小行者”吹得满天飞，根本没法抡棒子，更厉害的是，风居然迷了孙悟空的眼：“又被那怪劈脸喷了一口黄风，把两只火眼金睛，刮得紧紧闭合，莫能睁开；因此难使铁棒，遂败下阵来”。如果不是护教伽蓝变成老者，及时送来“三花九子膏”，悟空的眼病估计不会好得那么快。

这一阵可怕的黄风，看着有点像沙尘暴。1986年版电视剧《西游记》中的灵吉菩萨，在收服黄风怪时又说他是“黄鼠”，所以有很长一段时间，笔者都认为它的原型是——草原黄鼠（老鼠的一种）。这家伙藏身地下，专门啃食草根，破坏草场很是厉害，因此可算是沙尘暴的元凶之一。

至于为什么要造出“黄风岭”一难，我们也可以推测一下：“黄风岭”的下面一难，就是“流沙河”。“流沙河”已经从《大慈恩寺三藏法师传》中的大沙漠“莫贺延碛”变成了一条真正的大河，不过大沙漠、沙尘暴的“素材”也不好浪费，所以，就用在了“黄风怪”的故事中。

灵吉菩萨猜想

从上面的讨论来看，黄风怪貌似一只具有老鼠的一些特征的“貂”，而他的“克星”灵吉菩萨，身份也是扑朔迷离的。

灵吉菩萨在小说《西游记》中出场了两次，都起了关键性的作用。第一次是用飞龙杖降伏了黄风怪；第二次则是在“三调芭蕉扇”中，孙悟空被铁扇公主的芭蕉扇一扇扇到了灵吉菩萨的小须弥山，灵吉菩萨将“定风丹”送给了孙悟空，孙悟空就再也不怕芭蕉扇了。这两段和“风”有关的故事，估计都给大家留下了比较深刻的印象，可是，“灵吉”这个名字，在佛教“诸神”中却是找不到的。

《西游记》中的大多数菩萨、佛爷，都是“实名”的，中土四大菩萨，观音、普贤、文殊、地藏，还有如来佛、弥勒佛、燃灯上古佛，佛祖身边的罗汉尊者，也都有名有姓。但是，“灵吉”的名字却不在其中。这位神秘的菩萨到底是谁，或者说，他跟佛教中的哪一个“人物”比较像呢？

关于这一点，历来有多种说法。一种说法认为，灵吉菩萨就是大名鼎鼎的“大势至菩萨”，因为这位菩萨的汉译名之一是“吉遍”——跟“灵吉”很接近。第二种说法，根据“小须弥山”，推测他可能是藏传佛教中的“胜乐金刚”。第三种说法，因为灵吉菩萨的两个故事都和“风”有关，也有人认为他就是中国神话中的“风神”或者“风伯”。而从“动物世界”的角度，我们可以从黄风怪这只“貂”的身上，来找找另外一种可能性。

黄风怪对待“唐僧肉”的态度，和其他的妖精是有一点不一样的。在“沙和尚·白龙马”一章中我们提到，唐僧所谓“十世修行”的概念是到了“流沙河”一段才出现的——他的前九世都是取经人，但是都被沙和尚吃掉了，就是沙和尚挂在项下的那九个骷髅头。而唐僧肉的“功能性”，首提的是白虎岭的白骨精：“几年家人都讲东土的唐和尚取‘大乘’，他本是金蝉子化身，十世修行的原体。有人吃他一块肉，长寿长生。”在白骨精之前出场的妖精，虽然有的也捉来唐僧要吃肉，却并不知道这个“巧宗儿”，黄风怪就是如此。

“黄风怪”一难出现在“流沙河”之前，更在“白虎岭”之前，所以黄风怪并不知道什么“十世修行”“长生不老”之类的信息，所以，他对于虎先锋捉来唐僧的反应，绝对会被白骨精笑掉大牙：“我教你去巡山，只该拿些山牛、野彘、肥鹿、胡羊，怎么拿那唐僧来！却惹他那徒弟来此闹吵，怎生区处？”接下来对于虎先锋的主动请战，黄风怪非但不提醒他对那只猴子不能大意，反而急着撇清自己：“我这里除了大小头目，还有五七百名小校，凭你选择，领多少去。只要拿住那行者，我们才自自在在吃那和尚一块肉，情愿与你拜为兄弟；但恐拿他不得，反伤了你，那时休得埋怨我也。”

黄风怪这种胆小怕事、喜欢推卸责任的性格，后面灵吉菩萨给解释了——原来他是有“案底”的，曾因偷过佛祖的灯油，而被灵吉菩萨追捕：“当时被我拿住，饶了他的性命，放他去隐性归山，不许伤生造孽。”

一个有案底还有菩萨看管的妖精，当然还是谨小慎微不惹事的好。不过，黄风怪这种胆小的劲儿，其实有一点像——文殊菩萨的坐骑青狮怪，还有嫦娥姐姐的宠物玉兔精。也就是说，是常待在大人物身边、见过一些大场面、知道敬畏和收敛的“宠物性格”。那么，可不可以这样认为，这只貂鼠，和灵吉菩萨并非普通的“看管”关系，而有可能本来就是菩萨的“宠物”呢？

有人提出了一个陌生的名字——“白财神”。这位“白财神”是藏传佛教中的一个形象，看看有关他的唐卡会发现，这种说法是有些道理的——这位“菩萨”骑着一条龙，手里拿着一只类似老鼠的动物。“白财神”又名“白宝藏王”，乃是观世音菩萨的眼泪所化。之所以被呼为“财神”，通俗地讲，就是他可以帮助贫苦人“致富”。“白财神”的各种“配置”，都和财富有关。比如他的“坐骑”是龙，因为龙宫里总有世间罕有的宝贝——想想孙悟空到东海龙宫寻宝的故事——所以龙是财富的象征。至于那只貌似老鼠的动物，则是著名的“吐宝鼠鼬”。

“鼠鼬”，顾名思义，是一种以老鼠为食的鼬，貂的同科动物。据说，中东一带的人在古代喜欢用鼠鼬皮做成钱包或者珠宝袋，这风俗传到印度，鼠鼬就变得和财富有关了。鼠鼬有一个特点，只吃不拉，而且吃的一定是闪闪发光的金银财宝；而鼠鼬的“主人”只要用手挤压鼠鼬的身体，它就会从嘴里吐出取之不尽、用之不竭的珍宝——呵呵，有点像《神奇动物在哪里》中的“嗅嗅”（原型是长着一张管状嘴的澳洲针鼹），相当于一个“活钱袋”。如果我们把白财神手里的这只“吐宝鼠鼬”看作是黄风怪的原型，那么白财神的坐骑龙，就约等于降伏黄风怪的“飞龙杖”。在印度，龙的原型就是蛇，而蛇，是鼠、貂、獴等小动物的天敌，自然是可以对付“鼠鼬”的。

“天王”的“活钱袋”

黄风怪的原型动物“吐宝鼠鼬”，其实我们在很多寺庙里都能见到，只不过拿着它的，不是“白财神”，而是“四大天王”之一的多闻天王。

现在一般的寺庙里，第一重殿是天王殿，中间供着弥勒佛，两边分列“四大天王”，其中绿脸的那一位，右手拿着一把华丽的大伞，左手攥着一只银色的类似老鼠或者貂的动物。这位天王就是“北方多闻天王”，也就是前文“沙和尚·白龙马”中提到的“深沙神”的上司——毗沙门天王，他拿的动物就是“吐宝鼠鼬”。

原来，“吐宝鼠鼬”这只“活钱袋”，并不是“白财神”的专属宠物，他的“同事们”，“五方财神”的其他四位——“红财神”“黄财神”“绿财神”“黑财神”，都各有一只。而毗沙门天王在印度一般也是被当作“财神”来供奉的，所以他也有一只“吐宝鼠鼬”。

看过动画片《大闹天宫》的人，可能对孙悟空被毗沙门天王手里的那把“伞”收进去，然后弄破了伞“越狱成功”那段情节印象深刻，而实际上，这把“伞”成为这位天王的标配的时间不算太长。

在“毗沙门天王”的信仰刚传到中国来的隋唐时代，这位天王的相关形象一般会有这么几件法器，一只手拿着一杆类似“方天画戟”的兵器，或者一把宝剑，一只手拿着一只“吐宝鼠鼬”（有的时候也由他身边的侍从抱着），或者托着一个小小的单层宝塔（类似一个小亭子），那么后来，“方天画戟”“宝剑”和“宝塔”都去哪儿了呢？这把“伞”又是怎么来的？

其实那座“塔”是很容易找到的——哪吒的父亲李天王李靖，不是托着一座塔吗？那正是毗沙门天王的塔。

毗沙门天王的塔，怎么到了李天王手里呢？这件事还得从“吐宝鼠鼬”说起。如前所述，貂或者说鼬，在长相上和鼠是有相似之处的，当“毗沙门天王”传到西域的时候，大家就把这只“鼠鼬”误认为是一只“大老鼠”，并且很快就有了一些关于“天王遣鼠兵”的传说。

玄奘法师本人在《大唐西域记》里就记载了这么一段故事：

西域有一个瞿萨旦那国（今新疆和田一带），都城之外有一沙丘名叫“鼠壤坟”，民间相传里边住着一只大如刺猬、长着金银两色毛的老鼠，是当地的“鼠王”，每次出游老鼠们都成群结队地跟从。有一年，匈奴十万大军进犯都城，屯兵在“鼠壤坟”旁边。国王兵少，病急乱投医，想起了“鼠王”，于是焚香祈祷希望得到“鼠王”的帮助。当晚，一只大鼠出现在国王的梦中，说，我愿意帮助你，明天一早你赶紧进攻吧，一定会取胜。国王惊醒，天不亮就调兵遣将，发动猛攻。匈奴人从睡梦中惊醒，赶紧起来穿衣、上马、拿兵器，怪事发生了——一夜之间，马鞍、衣服、弓弦、铠甲的系带，总之凡是有带子的地方，全部是断的——老鼠咬断的！不用说，一片混乱，瞿萨旦那国一战成功。

这个“老鼠助战”的故事，在唐玄宗时期吐蕃军队进攻西部另一座城池的时候也出现了，而这一次驱动“鼠兵”的是毗沙门天王。他放出很多“金鼠”咬断了吐蕃军的弓弦，又派五百穿金甲的神兵杀敌，战鼓震天，一举击败了敌军。

在唐宋时期，毗沙门天王在西域的信众很多，比如第一个故事里的“瞿萨旦那国”也就是“于阗国”，国王就自称是毗沙门天王的后裔，而天王本来就有一只类似老鼠的宠物，因此，像“鼠兵”这样灵异的故事，很容易记在了毗沙门天王的名下。而因为“鼠兵”的功劳，这位天王从此成了士兵眼中的战神、军队的保护神。

不过在唐代，还有一位真实版的“战神”，那就是唐太宗的大将李靖，就是“红拂女夜奔李靖”的那个李靖。李靖是唐太宗打江山的重要将领之一，唐朝建立之后，他又在对东突厥、吐谷浑等的战争中立下了赫赫战功，堪称“常胜将军”。到唐末的时候，李靖在军队中逐渐被神化，并且吸收了毗沙门天王的很多特征，成为“李天王”，受到后世军人的供奉——记得吗，《水浒传》中林冲发配到沧州牢城营，因为“柴大官人面皮”，得到的第一份工作就是看守天王堂。这座天王堂里边供奉的，应该就是“李天王”。

至于“李天王”从“毗沙门天王”那里吸取的元素，真是蛮多的，“方天画戟”“宝剑”，经常被李天王携带为兵器。而最主要的一件法器是“宝塔”，毗沙门天王手中的单层宝塔，到了李天王手里变成了多层，而且还附会出一个父子关系的传说。

大家可能已经猜到了，就是哪吒的故事。小说《西游记》在“无底洞”一段特别讲了这个故事，而且和众所周知的情节有一点不同：哪吒因在龙宫闯了祸，“割肉还母，剔骨还父”，是如来佛而不是他的师父太乙真人帮忙，“将碧藕为骨，荷叶为衣，念动起死回生真言，哪吒遂得了性命”。起死回生的哪吒想杀父亲李天王，如来想出的和解之法是，赐给李天王“一座玲珑剔透舍利子如意黄金宝塔——那塔上层层有佛，艳艳光明。唤哪吒以佛为父——解释了冤仇。”于是，李天王从此就被叫作“托塔李天王”。（“太乙真人版”是我们更熟悉的故事版本，出自许仲琳的《封神演义》，比《西游记》成书稍晚。）

不过，这个传说的深层含义是——李天王把毗沙门天王的孩子们也给“吸取”过来了。传说毗沙门天王有五个儿子，第三位太子就是哪吒。而在小说《西游记》中，李天王自述有“三子一女”，此外还有一个“义女”——金鼻子白毛老鼠精，正好凑足五个。李天王认老鼠精为义女，应该也是由毗沙门天王趋鼠兵的故事引发的一点联想——连老鼠为金银两色的细节都有！

至于毗沙门天王也就是多闻天王，以及他的“同事”广目天王（“黑熊怪”故事借给孙悟空避火罩的那一位）、增长天王、

【清】佚名 绘 《封神真形图》中的四大天王：持国天王、多闻天王、广目天王、增长天王

持国天王，则逐渐“降级”为李天王的部属。小说《西游记》中十万天兵捉拿孙悟空的时候，李天王是“总指挥”，“四大天王”则是主力大将。

因为“方天画戟”“宝剑”和“宝塔”都归了李天王，后人又为多闻天王另造了一件法器，就是他那把巨大而华丽的伞。当然，更早的时候，它应该是一把“经幢”。唯一给多闻天王留下的，就是他的宠物“活钱袋”“吐宝鼠鼬”，估计是不想让李天王显得太爱财。所以至今这只“鼠鼬”还和多闻天王在一起，只不过根据中原地区的习惯，它被塑造得更像一只普通而灵敏的“貂”，没多少人知道它曾是一只“活钱袋”了。

9. 黄袍怪：一只来自天上的狼

“流沙河收沙僧”“四圣试禅心”“五庄观人参果”“三打白骨精”，这四个很著名的故事中，基本上没有“动物”（白骨精是白骨成“精”，而不是动物成精），因此，黄风怪之后，唐僧师徒四人凑齐之后，遇到的第一个动物妖精是——碗子山波月洞的黄袍怪，而他出现的情境又很特别。

“三打白骨精”中，因为唐僧的糊涂和猪八戒的一再挑拨，孙悟空被赶回了花果山。大英雄身受大委屈，令人扼腕。为了让孙悟空光荣回归，黄袍怪——奎木狼，这只来自天上的“狼”出场了。

奎木狼是《西游记》著名的“群众演员”——“二十八宿”之一。古人将周天的恒星，按照东方青龙、西方白虎、南方朱雀、北方玄武的方位，分成四大群，每群又按照木、金、土、日、月、火、水分为七个小群，共二十八群，称为“二十八宿”。唐人袁天罡，也就是小说《西游记》中和泾河龙王有纠葛的算命先生袁守诚的叔父，用二十八种真实或者传说中的动物给二十八宿命名，其中，“西方白虎”的首宿“奎宿”，被命名为“奎木狼”。

【明】文俶绘《金石昆虫草木状》中的狼

这只来自天上的“狼”给取经团队造成的危机，可谓前所未有。沙僧被擒，唐僧被变成老虎，白龙马受伤，猪八戒要散伙，眼看就要“GAME OVER”，必须孙悟空“归队”才能挽救败局。既然造成这个大麻烦的黄袍怪——奎木狼以“狼”为名，我们不妨先来讨论一下他的“狼性”。

“狼性”奎木狼

提到狼，我们总会联想到凶恶狠毒，尤其是我们在动物园里见到的狼，眼睛里就透着一股阴森之气。不过，自然界中真实的狼，因为体形等原因，并不是兽中之王狮子、老虎那样的顶级捕猎者，所以它们“捕猎”是一定要“智取”的。

蒲松龄先生《聊斋志异》的《狼三则》中，描写过几头狼如何前后夹攻、企图吃人的“智慧”。近年流行几本以狼为题的小说，《狼图腾》（姜戎）、《重返狼群》（李薇漪），在这些作品中，我们可以了解到狼这种动物的一些特性。比如在《狼图腾》里的老牧人说，一只狼如果盯上了一头黄羊，会一整晚守在它休息的地方，就是“不出手”，直等到天亮了，黄羊憋了一夜的尿、跑不快的时候，狼才会发出致命一击，一击必中。

“奎木狼”的“妖精身份”黄袍怪，也是一只有智慧的“狼”。其实，碗子山波月洞并不在西去的必经之路上，黄袍怪幻化出那座金光闪闪的宝塔，是为了引路过的人“上钩”，给自己家弄点“补给”。这是他日常“捕猎”生活的智慧，典型的守株待兔，既省力气，又有收获。

因为意外地“钓”到了唐僧，百花羞的事被泄露了，黄袍怪于是变成英俊文雅、能言善辩的“驸马”来到宝象国，编出了一段公主遭老虎绑架、自己出面相救结为姻缘的美妙故事，骗得国王信以为真；然后一口水喷出，用“黑眼定身法”将唐僧变成了老虎，坐实了“虎精”的罪名。这一计可谓一举多得，既成功地惩罚了唐僧，“封了口”，又帮公主找回了面子，终止“公主嫁给妖精”的流言，够聪明。

奎木狼做这一切都是为了百花羞，这一点也与狼族重视情义、重视家庭的特点暗合。小说《重返狼群1》中，讲述了发生在川西若尔盖草原上的一个母狼殉夫的故事。一头公狼为了给家中母狼和新生的小狼找食，冒险去偷牧民的羊，被牧民打死。母狼为了报复，每天都去牧民家咬死几只羊，夜晚则哀号不止。牧民不堪其扰，最终猎人投了放毒药的肉，药死了母狼。据说，母狼不是闻不出毒药的味道，而是一心向死——公狼死了，“她”也不想活了。虽然是狼，如此情义也令人感动。

黄袍怪对百花羞也是很有情义的。天庭虽好，却容不下男女“私情”，奎木狼这位大天神，为了和披香殿玉女（百花羞的仙界身份）长相厮守，私自下界做了妖精，用“抢亲”的方式把爱人抢到身边，做了十三年夫妻。这十三年的日子是怎么过的呢？后文他在一次暴怒中时说：“我当初带你到此，更无半点儿说话。你穿的锦，戴的金，缺少东西我去寻。四时受用，每日情深。”也就是说，黄袍怪在这些年里，对百花羞物质、情感方面的需求可以说是有求必应，这等夫婿，也算难得。

黄袍怪是妖精，对公主也曾有过“家暴”行为——“不容分说，轮开一只簸箕大小的蓝靛手，抓住那金枝玉叶的发万根，把公主揪上前，摔在地下”，够狠！

不过，俗语“清官难断家务事”。记得早年间电影《茜茜公主2》中有个情节，茜茜在路上见一个吉卜赛男人猛揍自己的女人，看不下去了，命侍从去惩罚那个男人，不想刚才挨打的女人马上泼了茜茜一身水，怨她多管闲事。虽是搞笑，但是夫妻间的事，外人真的很难说清楚，所谓“床头打架床尾和”是也。而上面这一段“家暴”，也是事出有因，唐僧携了百花羞的“求救书信”到宝象国，国王求八戒、沙僧到碗子山波月洞救公主。这正是黄袍怪最忌讳之事，不但怨公主暴露了行踪，更气她不讲夫妻之情，所以才会如此怒不可遏。且看这两夫妻的“常态”。

唐僧被黄袍怪幻化的“黄金宝塔”骗进了洞，八戒、沙僧找上门来，和黄袍怪正打得热闹，谁知公主却在后门私放了唐僧，然后跑到前门去，一声“黄袍郎”，就让黄袍怪和八戒、沙僧休战，赶回去“搀着公主道：‘浑家，有甚话说？’”十三年的老夫老妻了，还能这么情切切意绵绵地说话，难得。公主编出“金甲神人来讨誓愿”的一套说辞，编得并不高明，可是，黄袍怪居然就信了，而且答应马上放唐僧，还一个劲儿地安慰：“浑家，你却多心呐！什么打紧之事。我要吃人，那里不捞几个吃吃。这个把和尚，到得那里，放他去吧。”

猪八戒请回了孙悟空，孙悟空将百花羞藏起，自己变成她的模样，对黄袍怪谎称因为孩子被抢走受了惊吓，心口疼得厉害，黄袍怪居然吐出自己炼的内丹舍利子来给“她”治病。机智凶狠的他，在百花羞面前，或者说在爱情面前，是不设防的，而悲剧正在于，他就是被爱的人出卖的。

“纠结”百花羞

百花羞是被这样的一个“妖精”爱着，那么她到底和黄袍怪有没有真感情呢？如果有，为什么还要私放唐僧托他到宝象国带信寻求解救呢？

小说《西游记》强调的理由是这段“孽缘”即将到期，其实隐喻的却是公主心理上的尴尬与纠结。其实之前的取经故事中，关于“被抢”女子的矛盾心理，多少会有所描述，比如杂剧《西游记》中，被“通天大圣”（孙悟空原型之一）抢去的“金鼎国公主”，被“野猪精”（猪八戒原型）抢去的“裴海棠”裴小姐，一方面强颜欢笑，得过且过，一方面思念家人父母，盼望回家。“通天大圣”向金鼎国公主展示偷来的王母仙衣、银丝帽，她还很有兴致地和他做“仙衣会”，可是待到“李天王”带天兵来捉妖，立即向天王求救，求他送自己回国，立即对“大圣”恩断义绝；裴海棠的情况也类似。这些还都是简单的“妖怪抢亲”故事，人、妖界限比较分明，是、非也比较分明。而百花羞这个角色，比她们要复杂得多。

百花羞和“黄袍郎”一起生活了十三年，而且如前所述，她的“妖洞生活日常”并不是“强颜欢笑”，对于“黄袍郎”，她是有感情的，甚至还带着点对男性的崇拜感。孙悟空抢走了她的两个孩子，看她怎么说的：“和尚莫无礼。我那黄袍郎比众不同。你若唬了我的孩儿，与他柳柳惊（压压惊）是。”翻译过来就是，我们孩儿他爹可厉害了，不好惹……可是，人心总有不足，百花羞一直不能面对这段“好姻缘”的“缺憾”——毕竟嫁的是“妖精”，毕竟这份“好姻缘”是用她“公主”身份所代表的全部好生活来交换的。

百花羞，听名字就知道其人极美，又贵为公主，前十几年锦衣玉食、无上尊贵不说，还有嫁得贵婿、荣华富贵的前程——公主总是嫁给别国的王子吧，次一等的也得是国内大臣家的子弟，而最终，美女公主却嫁了“野兽妖精”，好说不好听，这份“惭愧”，无法用语言形容。

即使不是人、妖之隔，不相称的婚姻总会给人带来很多实际生活中的烦恼，而且必然会影响到当事人的心理状态。英国女作家简·奥斯汀的小说《爱玛》中描写过一个冒冒失失嫁给一位下级军官的贵族小姐，冲动结婚之后，就生出了对现状的不满，“他们现在没计较收入多少大手大脚过日子，但比起她以前在恩斯库姆的生活，仍然是天差地别。她依旧爱她丈夫，可是又希望最好既能做韦斯顿上校的太太，又能做恩斯库姆的丘吉尔小姐”。百花羞估计也差不多，哪怕黄袍郎给她弄来了

“四时享用”，“穿的锦、戴的金”，估计也和宝象国王宫的排场无法相比。

就算百花羞不是豌豆公主，不在意物质上的种种不习惯，可是，和心爱的人孤独地生活在人迹罕至的深山妖洞，日久天长，真的可以吗？《倚天屠龙记》中，分别来自正派和邪教、因为特殊机缘结为夫妻的张翠山和殷素素，为什么会带着儿子张无忌从冰火岛返回中原？因为想到“无忌孩儿”长大以后，需要找姑娘结婚啊！其实还有一个没说出口、但是一定会有的想法——如果，正、邪两派都接受了他们的“无忌孩儿”，那也就等于认可了他们的结合。因此，他们才不惜冒险，也要“回家”。

这种心情，应该就是百花羞发现被黄袍怪抓来的唐僧时的心情——总算有一个可以回家报信的人了。放了唐僧，托他报信，但是，接下来怎么办呢？就凭宝象国那些凡人，能不能战胜“黄袍郎”、接她回去？如果“黄袍郎”发现她的背叛，又会怎么样？如果侥幸有人战胜了“黄袍郎”，那自己是彻底离开他和孩子，另外开始新生活，还是恳请父母接纳“妖精女婿”？这些，估计百花羞在托唐僧带信的时候，统统都没有考虑过。或者，她的理想，就是两全其美——她还是能做黄袍郎的爱妻，而同时，她也想和其他公主（前文交代过的，她是三公主）一样，有个能够随时带回家见爸妈的女婿。

奎木狼希望相守到天长地久，百花羞希望两全其美，可惜他们的故事出现在《西游记》中，出现在《西游记》的时代，注定只能是悲剧。其实，孙悟空要终结他们的这场姻缘，原因倒不是认为人妖结合“伤风败俗”，而是因为黄袍怪妨碍到了取经大业——为了隐瞒自己的妖精身份，黄袍怪把唐僧变成了虎，所以，孙悟空必须把他“解决掉”。

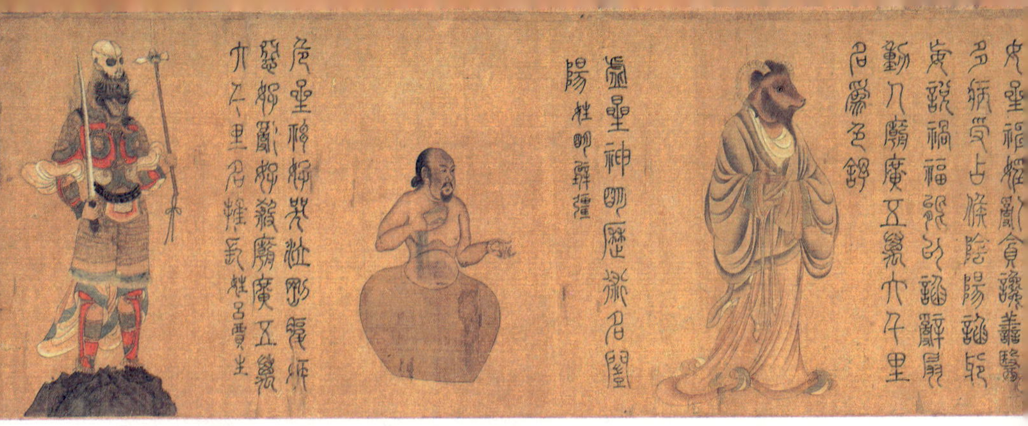

【唐】梁令瓒 绘 《五星二十八宿神形图》上卷（局部）

孙悟空的解决方案是——先劝百花羞对黄袍怪断了恩情，这样才好将真公主藏起，自己变假公主骗黄袍怪。孙悟空是用“孝心”来做思想工作的：“你正是个不孝之人。盖‘父兮生我，母兮鞠我。哀哀父母，生我劬劳！’故孝者，百行之原，万善之本，却怎么将身陪伴妖精，更不思念父母？非得不孝之罪，如何？”与其说孙悟空是在用“孝道”这顶大帽子压人，倒不如说他在帮助摇摆不定的百花羞做决断，强化她本来就很熟悉的“道德约束”，逼着她必须二选一。当此时也，百花羞别无选择，只能放弃“黄袍郎”。

如果说以上的办法还是能让人接受的，方案的另一半，就有些残忍了——孙悟空绑架了黄袍怪与百花羞所生的两个孩子，叫八戒、沙僧带到宝象国，在白玉阶前摔下，摔得粉身碎骨，如此残忍，其目的不过是要激怒黄袍怪，引他回山与孙悟空交手。不被父母承认的男女之爱是私情，所生的孩子也是“妖孽”，“黄袍郎”和孩子，都必须舍弃，才能“回朝见驾，别寻个佳偶，侍奉双亲到老。”百花羞的“纠结”，最终是这样被决绝地斩断了。

补充一点，2011年版的《新西游记》电视剧中，对以上情

节进行了比较温情的改动：猪八戒、沙和尚拿去激怒黄袍怪的两个“孩子”，实际上是孙悟空的两根毫毛变的，“真孩子”毫发无损，跟随百花羞公主一起回到了“外公家”。

“二十八宿”小贴士

“二十八宿”在小说《西游记》中第一次集体亮相，其实是在“大闹天宫”段落，他们都是归李天王调遣的天兵天将。在取经路上，黄袍怪——奎木狼，则是“二十八宿”中第一位单独出场的。因为这一场过错，他被罚去太上老君处烧火。看来这个惩罚不算很重，到了“小西天”段落，孙悟空被困在“黄眉老佛”的金钹里，请“二十八宿”来帮忙，奎木狼就已经回到了“原工作岗位”，和其他二十七位一起出场了。后来在“金平府”段落，“奎木狼”和他的三位同事——“角木蛟”“斗木獬”“井木犴”（合称“四木禽星”），还帮助孙悟空降伏了三个偷香油的犀牛精。

【唐】梁令瓒 绘 《五星二十八宿神形图》上卷（局部）

“二十八宿”中单独露面的还有：在“毒敌山”段落，昴日星官制服了蝎子精，并且当场现出本相——一只大公鸡，因为他的“动物名”就是“昴日鸡”。而在“小西天”段落中，“二十八宿”中“亢金龙”（想起“降龙十八掌”中的“亢龙有悔”）功劳最大，把他的角伸进了金钹里，孙悟空在角上钻了一个洞，自己变个芥菜籽，借助亢金龙的角，才算是逃出了金钹。

为了看得清楚，我们还是把这些“动物星宿”单列出来吧：

东方青龙：角木蛟、亢金龙、氐土貉、房日兔、心月狐、尾火虎、箕水豹；

南方朱雀：井木犴、鬼金羊、柳土獐、星日马、张月鹿、翼火蛇、轸水蚓；

西方白虎：奎木狼、娄金狗、胃土雉、昴日鸡、毕月乌、觜火猴、参水猿；

北方玄武：斗木獬、牛金牛、女土蝠、虚日鼠、危月燕、室火猪、壁水貐。

“二十八宿”不仅在小说《西游记》中，在其他地方也时不时地露一下头儿。比如清人吴伟业写顺治五台山出家的诗，

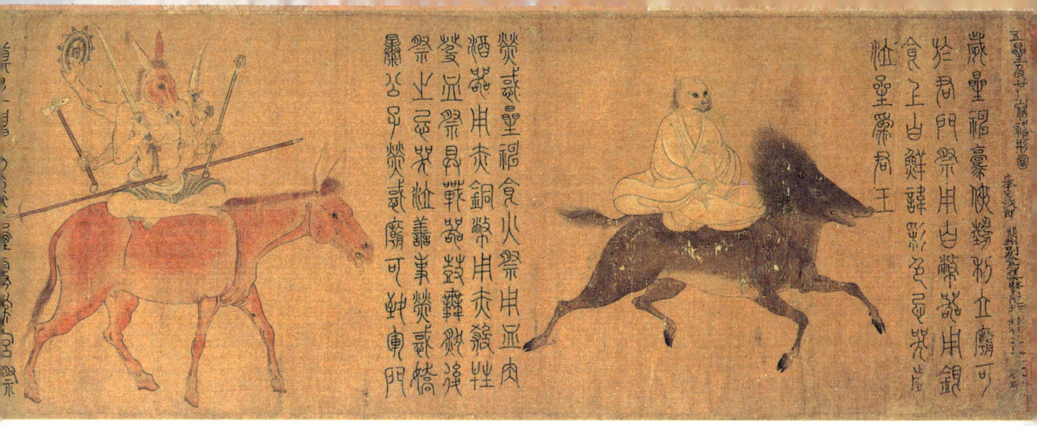

提到了“房星”，指的是“房日兔”；清人钱彩的小说《说岳全传》中，秦桧的老婆王氏前世是“女土蝠”；电视剧《甄嬛传》中，钦天监用星象做文章，提到过“危月燕”“鬼金羊”。

最后，说一说很容易和“奎木狼”搞混的“天狼星”。“会引雕弓如满月，西北望，射天狼”，天狼星的名气很大，是周天最亮的一颗星，主战事。不过，比起奎木狼，它的级别却低得多。“奎木狼”，也就是“奎宿”，是一个星群，而天狼星，是“井宿”（也就是“井木犴”）这个小星群中的一颗星。

如果从西方星座的排布来看，“天狼星”属于“大犬星座”。所以，《哈利·波特》中，哈利的教父小天狼星·布莱克能够变身成一只大黑狗。话说英国的魔法就是这点让人看着着急——把变形搞得那么一本正经，特意给起名叫“阿尼马格斯”，能变成一种动物，已经是法力高超的魔法师了。天，想想大圣的七十二变吧……

10. “金角”·“银角”·狐狸精

狐狸，几乎是狡猾的同义语，按说应该是《西游记》动物世界里的重要角色。可是《西游记》中的狐狸看起来似乎很不给力。

在平顶山莲花洞“金角大王”“银角大王”的故事里，他们的母亲是住在压龙山压龙洞的九尾狐，出场不久就被孙行者打死了。九尾狐的弟弟狐阿七大王，纠结了一众狐妖来报仇，也很快被打杀。接下来是两只“美女狐”，牛魔王的小妾、积雷山摩云洞的“玉面公主”，还有比丘国迷惑国王的“美后”，都很迷人，但是功力很差，结局也都是被打杀。不过，有一个问题值得讨论，“金角大王”“银角大王”是不是狐狸精呢？

疑似狐狸精

故事结束时，太上老君说，“金角”是帮他看守金炉的童子，“银角”是看守银炉的童子。至于他们为什么叫“金角”“银

【宋】苏汉臣绘《灌佛戏婴图》

角”，也很好解释，他们是童子嘛，古代未成年小朋友，不论男女，都是在头两边梳两个“抓髻”的，约等于“角”。

因为老君的揭秘，我们会自然而然地把“金角”“银角”看成是九尾狐的干儿子，可是细读原文，他们极大可能是亲母子。

“金角”“银角”第一次提到九尾狐，是在“红葫芦”“玉净瓶”两件宝贝被孙行者骗走之后。他们盘点了另外三件宝贝，“芭蕉扇”和“七星剑”在他们自己手里，而另一件宝贝“幌金绳”，“在压龙山压龙洞老母亲那里收着哩”。

话说在唐僧师徒进入平顶山之前，日值功曹特意变作樵夫提醒他们，山里的妖精不好惹，不好惹的原因之一，就是他们“随身有五件宝贝神通极大极广”。可是这些“随身”的宝贝，居然有一件寄存在别处，如果不是有血缘关系的“母亲”，怎能放心呢？我们甚至可以推测一下，九尾狐年纪很老，也没什么战斗力，这“幌金绳”或许就是“金角”“银角”送给她防身用的。再看九尾狐，听说儿子们请吃唐僧肉，赶紧打点着起身，口口声声“我往自家儿子去处”，也说得非常自然。

有人觉得这些证据可以理解为，太上老君将“金角”“银角”“派”到了九尾狐的地盘儿，为了和“地头狐”搞好关系，两妖才认了她做干娘，为了显得亲热，才把宝贝“幌金绳”寄存在“干娘”那里，相当于抵押品；九尾狐呢，也觉得俩干儿子是真孝顺，所以去他们家才不把自己当外人。不过，九尾狐死后的情况，用这个观点却解释不通。

得知九尾狐被孙行者打死，“金角”“银角”立即扑上来和他玩命，说什么“快还我宝贝与我母亲来”。更有意思的是，后文“银角大王”被孙行者收进了“玉净瓶”，莲花洞也被“孙行者兄弟”打破之后，“金角大王”逃到了压龙洞，九尾狐的弟弟，

“老舅爷”狐阿七随后赶到：“因闻得哨山的妖兵报道，他姐姐被孙行者打死……他却帅本洞妖兵二百余名，特来助阵；故此先拢姐家问信。才进门，见老魔挂了孝服，二人大哭。哭久，老魔拜下，备言前事。那阿七大怒，即命老魔换了孝服，提了宝剑，尽点女妖，合同一处，纵风云，径投东北而来。”

俗语有云“娘亲舅大”，如果九尾狐不是亲娘，“金角大王”和狐阿七的关系，就不可能这么亲近了。而当狐阿七也被猪八戒打死，“那老魔见伤了他老舅，丢了行者，提宝剑，就劈八戒”，可见与老舅也是有真感情的。

由以上这些情节来看，“金角”“银角”很可能就是九尾狐的亲儿子，狐阿七的亲外甥，原形也是狐狸。这个身份，与他们为太上老君看守丹炉的童子身份，并不矛盾。这两只狐狸精，有可能像孙行者当年拜菩提祖师为师一样，因为某种机缘而成为老君的童子。后来，南海观音想给唐僧师徒添个“难”，就反复去求老君给她几个“人”去装妖怪，而老君想起金、银童子的老家压龙山 - 平顶山正好在西去的路上，所以，就选定了他们两个。

“画影图形”猜想

作为老君家的童子，“金角”“银角”捉唐僧的方式都与众不同，居然和官府拿犯人一样——画影图形。

且说“银角”要出门巡山，“金角”叮嘱他：“我记得他（唐僧师徒四人）的模样，曾将他师徒画了一个影，图了一个形，你可拿去。但遇着和尚，以此照验照验。”“银角”带着图出门，遇到猪八戒，就拿出图验看起来：“这骑白马的是唐僧。这毛脸的是孙行者。”“这黑长的是沙和尚，这长嘴大耳的是猪八戒。”

这图画得，还真是准确啊！

来开一开脑洞吧。

话说“金”“银”童子离开压龙山老家到兜率宫来看守丹炉，已经有些年头了，打坐等基本功也一直在练，可是距离修成真仙，还差得好远，日久天长，难免生怠。孙行者当年在灵台方寸山可以不厌其烦地问菩提祖师，某某技术“可得长生么”，那是因为祖师对他这徒弟是另眼相看的，“金”“银”童子却没胆量去问老君。忽一日，南海观音菩萨来访（最近菩萨经常来），特拿出一张画来请老君代为保存。据菩萨说，画上四人，是去西天取经的唐僧师徒。西天路上的妖精们，纷纷传说唐僧是十世修行的好人，吃他一块肉可以长生不老，所以，千万不能让妖精们知道唐僧师徒的模样，才可保他们平安。菩萨觉得她的南海都不保险，所以特意把图寄放在老君这里——因为老君是道家，妖精们一般不会想到佛家弟子唐僧的画像会在他这儿……

这一番话，特别是唐僧肉的功效，恰恰被“金角”听到了。真是无法抵挡的诱惑！正如后文“银角”说的：“若是吃了他肉就可以延寿长生，我们打甚么坐，立甚么功，炼甚么龙与虎，配甚么雌与雄？只该吃他去了。”于是“金角”叫上兄弟“银角”，偷了画像和老君的五样“宝贝”，胜利逃亡“回家”……

不得不说，观音和老君这场戏“演”得真是高明。

在“黄风怪”一章我们已经提到，西天路上第一个说吃唐僧肉可以长生不老的妖精是白骨精，不过直到她被孙悟空打死了，也没见什么神佛来救援，看来是个纯草根妖精；这个信息的来源，也并没有交代，估计真的就是道听途说。“金角”“银角”的故事则不同，“唐僧肉”是“游戏设计”中最重要的元素。

其一，当然是不可抵挡的唐僧肉的诱惑，菩萨的“有心散布”和白骨精的道听途说、碰上了就吃的效果当然不同，偷听到信息的“金角”从此“想”上了唐僧肉，并为此锲而不舍。

其二，道具“画影图形”留得好，妖精们拿着它，十天半月就要巡一次山，生怕把唐僧空放过去，也就保证了这“一难”绝不会空设。故事的确是按照观音和老君设计的方向发展的，而且“金角”的保密工作做得真好，直到小说中写到的这一次巡山，他才把唐僧肉的功效以及“画影图形”交代给“银角”。

其三，菩萨、老君并没有明确地交代“任务”，而是让“金角”“银角”主动偷跑出来，这样呢，也给自己留了后路——“纵妖归山”、算计取经人的事儿，怎么说也不大地道，如果说妖精是自己跑出来的，身为主人顶多就是个“管束不严”，总好听一些。

好的，脑洞开过，回到“画影图形”。

“银角”带着一众小妖巡山遇到猪八戒，就拿出图来验看。这一番郑重其事的架势，把本来在巡山找妖怪的猪八戒吓住了，瞬间认同自己是犯罪分子，赶紧低声许愿希望图上没有自己：“城隍，没我便也罢了，猪头三牲，清醮二十四分……”——居然要献“猪头三牲”，连他自己也是“猪头”都忘了；发现有自己的画像，慌得赶紧把个长嘴往怀里藏。虽然“呆子”很快就清醒过来，举钉钯开打了，但是不得不说，“画影图形”“验明正身”，给对方的心理暗示真的很是强大。

“摆谱儿”的狐狸精

“金角”“银角”下界为妖，抓人倒是蛮“官派”的，接下来，山神、土地又向孙行者“倾诉”了“妖精们”的“日常”：“念动真言咒语，拘唤我等在他洞里，一日一个轮流当值哩！”这“当值”二字把孙行者气得仰天大叫：“苍天！苍天！自那混沌初分，天开地辟，花果山生了我，我也曾遍访明师，传授长生秘诀。想我那随风变化，伏虎降龙，大闹天宫，名称大圣。更不曾把山神、土地欺心使唤。今日这个妖魔无状，怎敢把山神、土地唤为奴仆，替他轮流当值？天啊！既生老孙，怎么又生此辈？”

难怪孙大圣如此不淡定，脑补一下鲁提辖提着醋钵大小的拳头狠揍郑屠时说的话，洒家跟随老种经略相公，一直做到关西五路廉访使，也不枉了叫作“镇关西”，如今你一杀猪卖肉的，狗一般的人，居然也妄称“镇关西”！

很相似哈？孙大圣大闹天宫那会儿，王母的蟠桃御酒敢偷，玉帝的凌霄宝殿敢砸，老君的仙丹当炒豆吃，如来的手指上撒过尿……饶是淘气得没边儿，为什么我们还觉得他可爱得不行呢？这事儿到了平顶山这一回终于有了答案，因为孙大圣从不做“欺心”之事，也就是说，从不恃强凌弱。闹天宫靠的是真本事，对抗的是占据高位的神与佛；西天路上也是如此，孙大圣对于土地山神之辈，生气了、逼急了（一般发生在不小心让妖精把师父弄了去之后，既丢人、又着急之时），顶多说一句“都伸过孤拐来，每人先打两下，与老孙散散闷！”棒子却从未真的落下。

孙大圣光明磊落，却不想这西天路上，总能遇到做“欺心之事”的奇葩。后文的红孩儿，一个小屁孩儿，也是把六百里号山的多位山神土地当家奴使唤的。只是按照“八十一难”的顺序来说，“金角”“银角”是“四众”聚齐之后，出场比较早的妖精，此前只有“四圣试禅心”——设局的是几位菩萨，没有山神土地什么事，“人参果”“白骨精”——没听说欺负山神土地的劣迹，倒是山神土地帮忙按住了白骨精，孙行者才真的将她打死，“宝象国”——奎木狼和百花羞的爱情故事，跟“欺心”没啥关系。其中，只有万寿山五庄观的镇元子派头比较大。他家的徒弟清风、明月说，“三清是家师的朋友，四帝是家师的故人；九曜是家师的晚辈，元辰是家师的下宾”，“天”还值得供养，“地”还受不起，哇啦哇啦，让孙行者嗤之以鼻。不过，镇元子毕竟是“地仙之祖”，毕竟观音菩萨、福禄寿三星都很给面子地为人参果树忙活过，这“牛”算是吹得有点道理；而平顶山的两个非著名妖精，居然让山神土地到他家“值班”，怪不得给大圣气得不轻！

“金角”“银角”的母亲九尾狐，排场也不小，一说要出门，先是叫抬出轿来，搞得行者颇为惊讶：“我的儿啊！妖精也抬轿！”老妖坐上了轿，后面还有一群“丫头”跟着，“几个小女怪捧着减妆，端着镜架，提着手巾，托着香盒，跟随左右。”简直是皇后出游啊。孙行者在路上打杀了九尾狐，自己变成它的模样，到得莲花洞，“儿子们”接待的规格也相当高。“又只见大小群妖，都来跪接，鼓乐箫韶，一派响亮；博山炉里，霭霭香烟。他到正厅中，南面坐下。两个魔头，双膝跪倒，朝上叩头，叫道：‘母亲，孩儿拜揖。’”

太上老君的两个看炉童子，下了界居然摆这么大的谱儿，也是醉了。这倒是符合“狐狸”这种动物的基本特点，虚张

【日】佚名绘《怪奇鸟兽图卷》中的九尾狐

声势，狐假虎威。

狐狸，虽然也能咬个鸡，偷个葡萄，逮个田鼠，可是比起老虎、狮子、狼等真正的猛兽来，威力还差得远，弄不好还会成为后者的口中食。所以，狐狸特别懂得“借势”，“狐假虎威”这个成语，就是这么来的。“金角”“银角”当然不敢大声嚷嚷自己的背景是太上老君；不过，毕竟在兜率宫待得久了，大场面见得多了，所以，他们的“借势”具体表现为“模仿”，也就是在平顶山、压龙山“山寨”出一种官家的气派、仙界的场面来，享受一下衣锦还乡的良好感觉。不过，这种虚张声势遇到孙行者，就基本没戏了。

闯关连连看

凡是二十世纪六七十年代生人，小时候听过孙敬修老爷爷讲《西游记》的，“金角大王”“银角大王”的故事都会是印象比较深刻的一个。因为，那里边的宝贝多，尤其是葫芦，换来换去特别好玩。一会儿是小妖精被孙行者变的老道士一通忽悠，将两个真宝贝“红葫芦”“玉净瓶”换了一个假的“装天大葫芦”（孙行者毫毛变的）；一会儿是孙行者谎称是孙行者的弟弟者行孙，却又被“红葫芦”装了进去；一会儿是孙行者用毫毛变一个假葫芦跟真葫芦掉了包儿，自称“行者孙”，非要和“银角”比葫芦……

真是快乐的闯关游戏。说到底，毕竟“金角”“银角”倚仗的就是那几件“宝贝”，谱儿摆得太大，自家的本事太小。

“银角大王”变成被虎咬伤的老道士在路上求救，挪来了三座大山压住孙行者，自己把唐僧和沙僧抓回了洞。一次小胜，就膨胀了：“哥呵，你也忒会抬举人。若依你夸奖他（孙行者），天上少有，地下全无，自我观之，也只如此，没甚手段。”因为骄傲自满，用“红葫芦”“玉净瓶”去“装”孙行者这么大的事儿，都没自己去，而是派了两个小妖“精细鬼”“伶俐虫”去装。

这实在是妖精们自己的过错，这只猴子岂可小看？“葫芦能装天”这么大的谎，居然也有人帮他圆——哪吒特意找真武（也就是猪八戒提过的“九天荡魔祖师”）借来皂雕旗，挡住了南天门，于是天地一片漆黑。就是不小心被装进了“红葫芦”，猴子也有办法逃脱——用一根毫毛做了一个自己下半身融化的假象，然后开始嚷嚷“天呀！孤拐都化了！”“娘啊！连腰截骨都化了！”（真是张嘴就来，猴子不是石头缝里蹦出来的吗，哪来的娘？）妖精果然沉不住气，急着打开葫芦来看——真是“好奇害死狐”，但凡有一点儿缝儿，猴子有个不跑的？

“银角大王”却没有孙行者的本事，“那怪虽也能腾云驾雾，不过是些法术，大端是凡胎未脱”，一旦被装进葫芦，不久就化了。猴子把个葫芦摇得稀里哗啦响，就是不揭盖儿：“我儿子啊……不等到七八日，化成稀汁，我也不揭盖来看。——忙怎的？有甚要紧？想着我出来的容易，就该千年不看才好！”然后还把葫芦当成卜卦筒来摇：“周易文王、孔子圣人、桃花女先生、鬼谷子先生。”

促狭得紧。这也正是“多年老石猴”与小童子们的差距。猴子虽然一开始吃了几次亏，一旦知道了宝贝们的规律，自然会有很多手段来“消遣尔等”。闪转腾挪之间，不但将“金角”“银角”分别装瓶、装葫芦，其他三件宝贝也缴获在手。——当然，没有悬念的，在游戏终点，“童子”和“宝贝”的主人老君及时赶到，宣布 GAME OVER。

“金角”“银角”的故事，主角虽是狐狸，影射的却是人。历朝历代，退休回乡的官员，乃至他们的家奴、亲戚，常有这种在乡间“摆谱”的恶心行径，吴承恩先生大概也没少见到，所以在“平顶山”故事中，特意让孙行者好好收拾了一下“金角”“银角”，娱乐大家，也快乐自己。

11. 从青狮怪说起

当妖精也会上瘾的——比如青狮怪。他一共出现了两次，一次是乌鸡国，把国王推下井，自己当了三年的国王，一次是狮驼岭，位列三大王之首。不过，自打《西游记》问世以来，就有一个问题一直在争论——这是同一只狮子吗？

一位菩萨，两头坐骑？

似乎是，因为它们的主人都是文殊菩萨。为了强调乌鸡国妖精的身份，特意给它取名“狮俐王”，因为文殊菩萨，梵文的汉语音译就是“文殊师利”，而且收服这两头狮子，都是文殊菩萨亲自出马，从这个角度看，它俩应该是同一头狮子——从没听说过菩萨、神佛的坐骑分 A、B 班的。

但是，它俩又的确不像同一头狮子，因为，实力、性格等，都相差太大了。

乌鸡国的“狮俐王”，最大的本事就是会变化，会变国王，也会变唐僧。这一招的威力在于“四两拨千斤”，变国王，骗了人家江山，一骗就是三年；变唐僧，拉住真唐僧转个圈儿弄成“双胞胎”，逼得孙悟空只能祭起自杀式招数——请“师父”念“紧箍咒”来辨真假。不过，“会变化”这一招可算是《西游记》妖精的基本技能，大到牛魔王、黄袍怪这样的大妖精，小到隐雾山花豹精手下不知名的小妖精，还有老鼠精、玉兔精这些女妖精，红孩儿这样的未成年妖精等，会变化的妖精不知有多少，这个本事实在拿不出手。至于“呼风唤雨”，虽然算一样本事，但是小说中会这一招并不止他一个；忽悠国王的“点石成金”，只能算是变戏法。这位“魔术师”，动真格的是不行的，和孙悟空过不到几招就只能逃跑。

而狮驼岭的“老魔”青狮怪，那就厉害多了，手下四万八千小妖，山洞内外门户森严、管理有序，论自家的本领呢，曾经跟孙悟空一样大闹过天宫——能吞十万天兵，正经地和孙悟空交手，也能打到二十多回合。

这两头狮子，论本领不在一个级别上。此外，性格也不一样。

“狮俐王”或许是装国王装得久了，脾气火爆且目中无人。第三十九回，唐僧师徒见了“假国王”立而不跪，行者还故意说“我东土古立天朝，久称上国，汝等乃下土边邦。自古道：‘上邦皇帝，为父为君；下邦皇帝，为臣为子。’你倒未曾接我，且敢争我不拜？”“假国王”暴脾气一点就着，果然就上当了：“你东土便怎么！我不在你朝进贡，不与你国相通，你怎么见吾抗礼，不行参拜！”接下来就吩咐“拿下这野和尚去！”见官员被悟空用定身法定住，就马上要自己出手，“急纵身，跳下龙床，就要来拿。”正所谓当朝现原形，见过哪个真龙天子这么没涵养的？

狮驼岭青狮怪恰恰相反，虽然本事不小，却出人意料地胆子很小。孙悟空变成“小钻风”混进洞，混说什么撞见孙行者正在磨他的“扛子”（指金箍棒），老魔的反应极大：“浑身是汗，唬得战呵呵地道：‘兄弟，我说莫惹唐僧。他徒弟神通广大，预先作了准备，磨棍打我们，却怎生是好？’教：‘小的们把洞外大小俱叫进来，关倒门，让他过去罢。’那头目中有知道的报：‘大王，门外小妖，已都散了。’老魔道：‘怎么都散了？想是闻得风声不好也。快早关门！快早关门！’”这就是传说中的“闻风丧胆”。这份小心谨慎，倒是符合菩萨坐骑的身份——因为总跟在菩萨身边，孙悟空有多厉害，自然是灌满了耳朵，对付这么一个爱闹事的“主儿”，最好还是关起门来由他过去，最省气力。还有，毕竟自己是偷跑出来的，还是隐藏起来，低调一点好。

狮猁王性如烈火，青狮怪谨小慎微，看性格真不像是同一头狮子。还有一条，它们在下界出现的时间对不上。孙悟空求如来去收服狮驼岭三怪，如来就问青狮、白象的主人——文殊、普贤两位菩萨，你们的坐骑下界多久了？二位回答，七天了。佛说，山中方七日，地上几千年。如果按这个算法，在唐僧师徒到达狮驼岭之前，青狮怪就已经在那里“落户”几千年了，比狮猁王下界到乌鸡国“完成任务”的时间要早得多，既然早就已经跑出来、藏起来了，那就不大可能再接受菩萨的什么任务了。

我倒是认同一位网友的看法，青狮怪的两次出现，其实是吴老先生的一个笔误。就“乌鸡国”故事来说，换成别个神佛的宠物或者部下，也完全没问题。而孙悟空与狮驼岭青狮怪斗法，狮子那张大嘴，是关节之点，替换不得的。

狮子大张口

前面提到的青狮版“大闹天宫”，说青狮怪一口能吞下十万天兵——其实是神仙们关了南天门，躲起来啦！这张大嘴，战力够强。

不过，同样闹过天宫的孙悟空，却不怕他大张口，应该说，孙大圣对“大张口”的妖精还有些“偏爱”。这不，青狮怪张大了嘴想吞猪八戒，“呆子”钻草丛躲了，结果一回头，把孙悟空吞下去了。如果他知道这么做的后果，肠子都会悔青。用三魔大鹏怪的话说：“大哥呵，我就不曾分付你。孙行者不中吃！”

以下就是孙行者的人体（狮体？不大好听）旅行必杀技。孙行者曾多次钻进别人的肚子，比如黑熊怪、罗刹女、老鼠精等，不过在狮子肚子里折腾得最充分。先是一段“肚皮内外”的对话。三魔（大鹏）说孙行者不中吃，孙行者立即答道“忒中吃！又坚饥，再不得饿！”意在提醒老魔，我被你吃了，可是没死。

老魔立即采取措施，先喝了半盆盐白汤。盐白汤不知为何物，应该是类似酸菜汤那样催吐的东西，老魔是想把孙悟空呕出来煎了下酒。这招当然不管用：“那大圣在肚里生了根，动也不动；却又拦着喉咙，往外又吐，吐得头晕眼花，黄胆都破了，行者越发不动。”孙悟空非但不动，还打算在里边过冬：“我自做和尚，十分淡薄：如今秋凉，我还穿个单直裰。这肚里倒暖，又不透风，等我住过冬才好出来。”

老魔又想出第二招儿，饿——“他要过冬，我就打起禅来，使个搬运法，一冬不吃饭，就饿杀那弼马温”！大圣的应对法是就地取材，打算开煮狮子杂碎，“将你这里边的肝、肠、肚、肺，细细儿受用，还够盘缠到清明哩”！而且还特别声明，炊具都已经备好了，“我儿子，你不知事！老孙保唐僧取经，从广里过，带了个摺叠锅儿，进来煮杂碎吃”。“广里”就是广州，不明白西天取经的队伍怎么走到那里去了？或许，广州在那时代真的出产“摺叠锅”这样的便携式旅行用品，所以吴老先生就随口说上了……

有趣的是，大圣这一段“狮子杂碎畅想”，居然得到了“肚皮”外边魔头们的响应。那二魔还只是惊讶：“哥呵，这猴子他干得出来！”三魔则问了更具体的——在哪里支锅？行者的回答是——“三叉骨上好支锅。”三魔又说，在狮子肚子里点火，烟排不出去会打喷嚏。行者也有解决办法：“没事！等老孙把金箍棒往顶门里一搠，搠个窟窿：一则当天窗，二来当烟洞。”

真的怀疑二魔、三魔也是孙行者的“驯狮助手”，看热闹不怕事儿大。

接下来，要动真格的了，老魔喝下药酒，打算毒死“弼马温”。他不知道的是，孙猴子酒量不行，药酒不但没让他中毒，反而促进他闹腾。折腾到后来，孙悟空终于答应出来了，三魔却悄悄出主意让老魔趁机咬死孙猴子，结果更吃亏——似乎没有比金箍棒更硬的东西了，孙猴子出狮肚之前，先拿它探路，老魔被结结实实磕掉了颗门牙。孙猴子还喜欢“留根儿”，在狮心上栓了一根绳，出来以后拽着绳子远距离“放风筝”，直到老魔彻底求饶，答应用香藤轿抬唐僧过山。

这一段“大圣驯狮”，曲曲折折，好生热闹。假设青狮怪吞下的不是孙行者而是其他任何东西，他的大嘴本是他最大的优势，可惜，被一只猴子破解得啥也不剩。

辈分最高的“狮爷爷”

《西游记》中最有王者风范的狮子，还不是狮驼岭青狮怪，而是玉华州的“九灵元圣”。九灵元圣是九头狮子，趁着狮奴醉酒跑下界来，不但降服了竹节山九曲盘桓洞的六头狮子，还认了一门远亲——偷了悟空三人兵器的豹头山虎口洞黄狮精。有人说九灵元圣是《西游记》中辈分最高的妖精，没错，七头狮子都管它叫“爷爷”呀！在七狮看来，这位新来的狮子着实了得，拜干爹都不足以表达敬意，必须直接拜“爷爷”。

九灵元圣的本领，第一体现在“九个头”。人家也不跟你硬打，九个头，有六个分别咬住了唐僧、八戒、玉华州王子和他的三个儿子，轻轻松松地就把“猎物”带回洞，还有三个头闲着没用！第二次，连孙悟空带沙僧也被叼进了洞。这个，连大圣也没招。

九灵元圣的第二个本领是通灵。黄狮精作为土生土长的狮子，其实并不认识悟空兄弟，他跑到竹节山来搬救兵，稍稍描述了一下事情经过，九灵元圣呢，“默想片刻”，就知道了悟空兄弟的身份。如果说这一次他是通过黄狮精的描述，结合自己以往掌握的信息进行分析得出的结论，那么下一次是真真的通灵了。黄狮精和其他四头狮子被悟空兄弟捉去了，悟空和八戒又来竹节山讨战，“老妖听说，低头不语。半晌，忽的吊下泪来，叫声：‘苦啊！我黄狮孙死了！猱狮孙等又尽被和尚捉进城去矣！此恨怎生报得！’”一低头就可知事情原委，这个本领《西游记》中的其他妖精的确没有，连孙悟空也没有，否则他为什么要一而再、再而三地变成小虫子去窃听打探呢！

作为大仙人的坐骑，“九灵元圣”本领高强，而且做事也像青狮怪一样有分寸，按照太乙救苦天尊的话说，“我那元圣儿也是一个久修得道的真灵：他喊一声，上通三圣，下彻九泉，等闲也便不伤生。”事实也的确如此，九灵元圣下界来不过是想转一转、休闲一下，让黄狮精们叫几天“爷爷”过过瘾，其他的坏事都没做，对唐僧肉更是一点兴趣也没有。这位“狮爷爷”还很讲情义。他跟唐僧师徒作对，完全是因为他的“黄狮孙”被欺负了，替他出头而已。虽是妖精，做事风格却有些像镇元子，拿了唐僧师徒来，并不惦记吃肉，而是绑起来打，给他的“孙子”出气。

玉华州这一回的题目很有意思，“师狮授受同归一，盗道缠禅静九灵”，把“师”和“狮”并称，广目天王也打趣道：“那厢因你欲为人师，所以惹出这一窝狮子来也”，行者也认同，笑道：“正为此！正为此！”有句俗话叫“人患在好为人师”，其实出自《孟子·离娄上》：“人之忌，在好为人师”。就故事情节来说，悟空三兄弟有了三个小王子做徒弟，多少是有点飘飘然了，所以才会放松警惕，让自家的兵器离了手。黄狮精盗了兵器，九灵元圣又显了显神威，总算让大家都清醒了一下。

这一难的另外一个看点，是出现了很多头狮子。除了盗钉钯的黄狮精，其他六头杂毛狮子，猱狮、雪狮、狻猊狮、白泽狮、伏狸狮、抟象狮，一起居住在“九曲盘桓洞”，人称“六狮之窝”。这里边，还真有个小科普——其实狮子是大型猫科动物里唯一群居的动物。类似的非洲草原景观我们看得多了，就像《狮子王》里那样，一头成年雄狮和一群母狮及其幼崽住在一起。其实还有很多“单身汉俱乐部”，它们是被那些“大家庭”赶出来的刚成年或者年老体衰的雄狮，暂时组合在一起，集体狩猎，以便生存。

外来的狮子

狮子在《西游记》多次出场，有人觉得是因为它们的形象很常见，特别是在古建筑上。不管是紫禁城、颐和园还是老北京普通四合院的大门口，一对狮子是少不了的，而且还有公母之分。脚底下踩绣球的一只是公狮，另一只肚皮底下吊着一两只或者更多的小狮子，那是母狮。再想想卢沟桥吧，简直是狮子开会啊。怕老婆这事，最著名的那句话叫“河东狮子吼”。还有咱们中国，据说曾被拿破仑称为“睡狮”。

但是真相是：狮子，其实并不是中国原产。

现在一提起狮子，大家都会想到非洲大草原，其实以前亚洲也有狮子，主要分布在南亚的印度和西亚一带，叫“亚洲狮”。因为人类的捕杀，现在亚洲狮已经濒临灭绝，只在印度的吉尔国家森林公园能见到。所以，虽然古代中国有那么多狮子的形象，活狮子其实都是外来户，而且数量有限。

公元87年，西域安息国向当时的东汉章帝进贡了一头狮子，第二年，月氏国又进贡了一头。这两头狮子的老家，极大可能就在西亚一带。

因为是外来的“稀有动物”，而且基本上是皇宫内院的“圈养动物”，大家平时很难见到，也不会像老虎那样到处乱跑伤人（那时候老虎还是很多的，《水浒传》里的打虎英雄那么多，就是一个明证），所以，狮子就成了类似于图腾的民间文化形象，威武、可爱，还有驱邪作用。比较典型的是舞狮，不管是金毛红发圆滚滚带着喜气的“北狮”，还是大眼睛长睫毛面目狰狞又不乏可爱的“南狮”（其实南狮跟“麒麟”的形象更相似），都是艺术化的狮子形象，很讨喜。

【明】文俶 绘 《金石昆虫草木状》中的狮子

至于门前的大石狮子，比舞狮写实一些，可是和真实版的狮子还是有区别的，这里边也有说头。原来在安息国、月氏国向汉章帝进贡活狮子之前，也就是东汉初年，佛教传入中国，自然也包括佛教著名的菩萨——文殊菩萨。山西五台山，也就是《水浒传》中花和尚鲁智深醉打山门的地方，一向被认为是文殊菩萨的道场。文殊菩萨诸多的形象当中，骑狮子的形象是比较常见的，估计就在那个时候，石雕或者其他材质的艺术化狮子，就已经在中国出现了。有此文化衬底，《西游记》中的狮子精都不是凡品，就好理解了。

青狮怪是文殊菩萨的坐骑，九头狮子是太乙天尊的坐骑，这两位主人，分别在佛教和道教中都位居高位，好大来头！有趣的是，这一僧一道，所骑狮子的寓意都差不多——借助于狮吼来震醒人们的向善之心。

12. 龙生九子

泾河龙王一家真是不消停，龙王自己“作”得身首异处，他家的“小九儿”鼍龙也不是个省油的灯，在黑水河给唐僧制造了一难。

面对一河“泼了靛缸”一般的黑水，唐僧师徒正在发愁怎么过去，小鼍龙变身艄公，划一条小船出现，还拿腔作调地说不载客。沙僧的恳请不小心漏了底——“我等是东土钦差取经的佛子，你可方便方便，渡我们过去，谢你”——等的就是你这十世修行的好人。结果，没有悬念地，中流翻船，唐僧和八戒被擒入水府。后来，黑水河原来的水神现身，告知悟空和沙僧，妖怪是西海龙王的外甥。接下来，孙悟空拿着妖怪请“舅舅”吃唐僧肉的信找西海龙王算账，龙王被吓坏了，赶紧承认妖怪是泾河龙王的儿子，他的外甥。悟空随口问道：“你令妹共有几个贤郎？都在那里作怪？”于是，龙王就有了一番“龙生九子”的解说。

九子不同

西海龙王的原话是这样的："舍妹有九个儿子。那八个都是好的。

第一个小黄龙，见居淮渎（淮河）；第二个小骊龙，见住济渎（古济水）；第三个青背龙，占了江渎（长江）；第四个赤髯龙，镇守河渎（黄河）；第五个徒劳龙，与佛祖司钟；第六个稳兽龙，与神宫镇脊；第七个敬仲龙，与玉帝守擎天华表；第八个蜃龙，在大家兄（东海龙王）处，砥据太岳。"

而在黑水河兴妖作怪的，是泾河龙王的第九个儿子鼍龙，名字叫"鼍洁"。

够复杂的，孙悟空于是调侃了一句：令妹有几个妹夫？西海龙王赶紧解释说，就一个就一个。悟空追问："一夫一妻，如何生这几个杂种？"敖闰[1]道："此正谓'龙生九种，九种各别。'"

其实还有一种说法叫"龙生九子，九子皆不成龙"，也就是说，龙的"九子"其实都不是真正的龙，只是具备龙的一些特征。

西海龙王的九个"外甥"凑成的"九子"，并不是标准的龙之"九子"。"龙生九子"，目前比较流行的说法是：

老大——囚牛，专好音律。一些贵重的胡琴，头部至今仍刻有龙头的形象，称为"龙头胡琴"。

老二——睚眦（yá zì），好斗喜杀，一般出现在刀剑刃身与手柄接合的吞口处，俗称"吞口兽"，成语有"睚眦必报"。

老三——嘲风。古时宫殿、寺庙的房脊上，一般会蹲坐一

[1] 敖闰，也本作"敖顺"，此文中当指西海龙王敖闰，据意改。

排小兽，小兽后面是一个大兽头，就是“嘲风”，它除了镇邪，还起着避雷的作用。

胡琴上的囚牛

剑柄上的睚眦

顺便说说屋脊上的这排小兽。按照等级规制，不同屋脊上的小兽，个数有所不同。最多的是十个，全国只有一处，就是紫禁城的太和殿，十个小兽分别是：龙、凤、狮子、天马、海马、狻猊、押鱼、獬豸、斗牛、行什。有几个名字比较陌生：“狻猊”，“龙生九子”中的老五“押鱼”，又名狎鱼，传说中的一种海兽，可以灭火防灾；“獬豸”，传说中的独角神羊，代表司法公正；“斗牛”，是一种有角的小龙，或者没角的幼龙，学名“虬”；“行什”，一种带翅膀的猴脸人身怪兽，一般认为它是“雷公”的形象，安放在屋脊上可以避雷。从实际用途来说，不管是“嘲风”还是这些小兽，其实都是建筑上的“插件”，是用来固定屋脊上的瓦片的。至于“镇宅”“防灾”等的文化含义，都是后来发展出来的。

北京土话里有一个词儿叫“五脊六兽”，就是闲得发慌，怎么待着都不舒服的意思。不过，“五脊六兽”本来的意思和这些小兽有关：“五脊”——传统的中国住宅一般有五条屋脊，横着的一条大脊，斜着向下的四条“垂脊”。按照规制，寻常百姓家的屋脊上是不能安装这些小兽的。如果是州、县一级的衙署，一条垂脊上也只能安装三个或五个，不能再多了。所以，古人平常能见到的“镇脊兽”，也就是一座房子前面两条垂脊上的六只小兽，一条脊上三只，通常是天马、海马和狮子。如果细看这些小走兽的表情，都是那么的丑陋、狰狞、不友好，感觉有一种说不出的难受，所以，就有了“五脊六兽”这个成语，也称“屋脊六兽”。

好，接着说“龙生九子”——

老四——蒲牢，好鸣好吼，即前面提到的“徒劳龙”，是洪钟上的龙形兽钮。

老五——狻猊（suān ní），长相和狮子很像，喜静不喜动，好坐，喜欢烟火。狻猊的形象在三个地方最常见。一是寺庙中佛座上的图案，还有就是香炉。李清照词有“香冷金猊”，“金猊”就是做成狻猊形状或者有狻猊图案的香炉。二是大石狮子或铜狮子颈下项圈中间的龙形装饰物。狻猊的第三个处所，如前所述，和它的“三哥”嘲风离得很近，是屋脊上的小兽之一。

老六——赑屃（bì xì），又名霸下，好负重，力大无穷，就是很多石碑碑座下的那个像龟的家伙。仔细观察一下，这个

“龟”虽有壳，头脸却有些龙的特征，其实它并非真的乌龟，而是龙子赑屃。

老七——狴犴（bì àn），好讼，有威力，监狱的门上常有虎头形的装饰，就是它。

老八——负屃，身似龙，头似狮，好文，和它的“六哥”赑屃在一起，是石碑顶部的龙纹。

老九——螭吻（chī wěn），就是西海龙王提到的“吻兽龙”，龙头鱼身。螭吻有很多特点，喜欢大口吞东西（包括吞火），喜欢登高、东张西望，所以它们大多被安放在房屋正脊的两头，作大口吞屋脊状。螭吻背上还会有一把宝剑来固定。这把宝剑，据说是道教著名仙人“许真君”许逊的剑，把它插在螭吻背上，是为了防止螭吻逃跑，也是为了震慑邪鬼。实际上，这把“宝剑”跟“嘲风”、屋脊小兽一样，都是起固定和连接作用的“插件”。

西夏绿釉鸱吻

“九”在古代是一个虚数，即“很多”的意思。龙还有其他一些儿子，其中包括：

饕餮（tāo tiè），特别贪吃，很多青铜器有饕餮纹。

椒图（jiāo tú），特点是特别“宅”，反感别人进它的家，大门上的衔环兽、挡门的石鼓上的兽形，都是它。

蚣蝮（bā xià），性喜水，被雕成桥柱、建筑上滴水的兽形。北京什刹海万宁桥，也就是大运河的起点，桥的四面就有四只石雕“蚣蝮”，身躯扭动，半探向水中，形象栩栩如生。

貔貅（pí xiū），自古有貔貅招财的说法，所以有很多做成貔貅形状的金玉等宝贝。不过，也有人考证说貔貅的原型是——熊猫。

还有一个很有名气的龙子——犼。犼又叫“蹬龙”“望天犼”，

官衙大堂两侧肃静牌子上的狴犴

他的主要职责是守卫华表，即西海龙王提到的“敬仲龙”。《西游记》中也有一只“犼”，就是“朱紫国”一回的赛太岁，他是观音菩萨的坐骑——金毛犼。

至于西海龙王提到的小鼍龙的“八哥”蜃龙，在“青牛怪”的故事中曾被孙悟空提道：“你知道‘龙生九种’，内有一种名‘蜃’，蜃气放出，就如楼阁浅池。若遇大江昏迷，蜃现此势。倘有鸟鹊飞腾，定来歇翅。那怕你上万论千，尽被他一气吞之。此意害人最重。”所谓“蜃气放出，就如楼阁浅池”，即我们常说的“海市蜃楼”。

以上两组“龙子”，都具备一些龙的特征，不过它们大多数都是想象中的动物。倒是“黑水河”的主角小鼍龙，原型是真实存在的。

小鼍龙

小鼍龙将唐僧、八戒捉入水府，沙僧上门讨战，此时妖怪已不再扮艄公，恢复了日常打扮：

“方面圜睛霞彩亮，卷唇巨口血盆红。
几根铁线稀髯摆，两鬓朱砂乱发蓬。
形似显灵真太岁，貌如发怒狠雷公。
身披铁甲团花灿，头戴金盔嵌宝浓。
竹节钢鞭提手内，行时滚滚拽狂风。
生来本是波中物，脱去原流变化凶。

要问妖邪真姓字，前身唤做小鼍龙。”

这其中，最值得注意的是他的武器——竹节钢鞭。其实小鼍龙的原型动物扬子鳄，就有这么一条“钢鞭”——那条坚硬有力的尾巴。

六千五百万年以前，强大一时的爬行动物家族的大部分成员都灭绝了——主要是恐龙、翼龙之类的“龙”。目前，这个家族只剩下了四大类动物：蜥蜴、龟鳖、蛇、鳄鱼。蜥蜴，在热带有一些大型的品种，不过有一种却也很常见——壁虎。《西游记》里提到的有：龟鳖类，南海中为观音菩萨看守净瓶的老龟，通天河的老鼋；蛇类，黑熊怪的朋友白花蛇精，稀柿衕的大蟒精；鳄鱼类，黑水河的小鼍龙，原型就是扬子鳄。这几大类爬行动物，在外形上有不少的差异，但也有共同点：第一，行动方式都是爬行；第二，都是冷血动物，也叫变温动物，因为体温受外界气温的影响大，所以到了比较寒冷的时候，它们大多会冬眠。

扬子鳄是我国特有的一种小型鳄鱼，体长一般在一米到两米之间。要知道，像热带地区的马来鳄，还有非洲草原的鳄鱼，那都是动不动就三到四米的体长，力气大到足够把角马拖下水的。扬子鳄也是鳄鱼当中性格最温顺的，平常的食物就是一些小型的鱼呀、蛙呀什么的，它们胆子小，善于打洞，一遇到危险就赶紧往洞里躲。

扬子鳄在古代被叫作“鼍”“鼍龙”“猪婆龙”，古人早就对它们有所认识。比如《说文解字》里就说它“水虫，似蜥蜴”，这里的“蜥蜴”应该是蜥蜴的某一种，还

石碑顶部的负屃

有的古书说扬子鳄形似“守宫”，“守宫”是壁虎的一种，大类别上也属于蜥蜴。如果忽略体形的大小，这两种动物和鳄鱼长得是有一点像，可见古人对鳄鱼的形态描述，已经比较准确了。

或许是因为个子小、杀伤力有限，扬子鳄也比较容易被捕捉。《礼记》里有一句“季秋七月，伐蛟取鼍”，是说农历七月是捕捉蛟和取鼍皮的好时候。古人捉鼍是有实际用途的，《诗经》中有一句“鼍鼓逢逢”，“逢逢”在这里应读为“蓬蓬”，描述的是鳄鱼皮做的鼓“砰砰”作响，是祭祀中必备的器物。

不过，扬子鳄的所谓胆小也只是相对于其他大鳄鱼而言，对于没怎么见过大鳄鱼的人，它已经够凶猛了。在北魏郦道元的《水经注》里，它被称为“水虎”，生活在今湖北宜城一带的“沔水”中，每年七八月份的时候，它们会将头露出水面，四肢和身子藏在水底，如果有小孩子伸手去逗它玩，它就会跃出水面杀人。

这一段叙述虽然有些夸张，可是，鳄鱼捕食时守株待兔的样子，却描写得很生动。这让我们想到小鼍龙在黑水河“捕猎”的方式。假扮艄公划着一条“一段木头刻的”船，“中间只有一个舱口，只好坐下两个人”——是的，纪录片我们看得多了，鳄鱼只露出嘴和眼睛，或者像一段枯木一样漂浮在水上，很能迷惑人。再有就是外国童话里那个著名的“鳄鱼和猴子”的故事，鳄鱼骗猴子说要带它去一个岛上吃香蕉，驮到水中央，鳄鱼却突然身子往下沉想淹死猴子，并说“我妈妈要吃你的心”。虽然猴子马上回答说我的心落在刚才的岸上了，骗鳄鱼把它驮回了岸边，不过，鳄鱼这种把自己当船，假意帮人摆渡的捕猎方式，却和小鼍龙的做法差不多。

作为泾河龙王的儿子，小鼍龙遗传了他父亲的无知虚妄，再加上是家中的“老小”，自幼丧父，母亲难免溺爱，所以，干出的事情实在没样。首先，仗势欺人占了衡阳峪黑水河神府。根据黑水河河神的叙述，一年前，小鼍龙用武力夺了水府，伤了人家很多水族，水神去申诉，可是根本不管用：“我却没奈何，径往海内告他。原来西海龙王是他的母舅，不准我的状子，教我让与他住。我欲启奏上天，奈何神微职小，不能得见玉帝。”

而事情到了西海龙王嘴里，就变成了这样：“因（鼍龙）年幼无甚执事，自旧年才着他居黑水河养性，待成名，别迁调用。”西海龙王说话的重点，全在给小鼍龙找住处找工作：小鼍龙的八个哥哥，都已经找到了工作，也就是“执事”，而且都是不错的工作，四个居住在内陆四大河即江、河、淮、济，四个在佛祖、天庭或者龙宫里当差，只有小鼍龙年纪还小，而他的母亲前年病亡，所以让他在黑水河暂住，等待工作机会。就是说，小鼍龙赶走黑水河神一事，西海龙王不但知情，而且是纵容他这么干的。因为有舅父给撑腰，小鼍龙住着抢来的府邸觉得理所当然。这么一种思维方式，自然也就会认为唐僧经过我门前、吃块肉也是应当的。

其实，西海龙王对自己的孩子来说是一位“严父”。玉龙三太子，也就是白龙马，因为烧了龙宫殿上明珠，他就出首上报，搞得儿子差点被斩——我们可以叫他有原则吧，至少不包庇。白龙马在取经路上，从始至终，从没出过差池，和严格的家教是分不开的。再看看龙王长子、也就是太子摩昂，虽然出场的时间不长，看得出教养非常好，思路也非常清楚。摩昂遵父命带领水族人马到黑水河捉鼍龙，临下水前对孙悟空有一番交代：“大圣宽心，小龙子将他拿上来先见了大圣，惩治了他罪名，把师父送上来，才敢带回海内，见我家父。”捉鼍龙，见大圣，救师父，然后回西海，一件件事情交代得明明白白，礼数甚是周到。捉到了鼍龙，唐僧、八戒也成功获救，摩昂在回家之前还有一套说辞让孙悟空放心：“大圣，小龙子不敢久停。既然救得你师父，我带这厮去见家父；虽大圣饶了他死罪，家父决不饶他活罪，定有发落处置，仍回复大圣谢罪。”就是说，带鼍龙回龙宫，是一定会有处置的，到时候还会给您送个信知会一声。虽是客套话，说得却很诚恳。

自家的孩子教育得虽好，可外甥毕竟是别人家的孩子，而且小鼍龙那顽劣的性格也实在管不了，所以，西海龙王才牺牲了黑水河水神的利益，让他别居另住，为的是眼不见心不烦。没想到，一眼没看到，这家伙就闯了大祸，不但要吃唐僧，还特意写了帖子请自己去吃，被孙悟空中途截获拿来兴师问罪——实在太丢人了。不过，龙王的补救措施还是到位的，立即派摩昂太子点兵去捉鼍龙，一边还客客气气地要请孙悟空吃饭。这态度，搞得孙悟空没法再发脾气：“我才心中烦恼，欲将简帖为证，上奏天庭，问你个通同作怪，抢夺人口之罪；据你所言，是那厮不遵教诲，我且饶你这次：一则是看你昆玉分上；二来

清沈銓三星拱璧圖着色絹本竪四尺三寸横一尺三寸七分

沈銓字衡齋號南蘋湖州人工花鳥設色妍麗我享保中應徵
到長崎留三年賞賚甚夥及歸所得之金帛悉散給友朋槖仍
蕭然

右三星拱璧圖沈南蘋得意筆世論南蘋畫爲過於纖穠嫵媚而無
高古蒼勁之氣此圖工妍雅致衆妙畢臻焉又無纖穠嫵媚之可指
摘要非亦近世畫手所能及者矣

【清】沈铨 绘 《风云际会图》龙虎相会于涧谷之间，欲俱战，风云弥漫，草木窸窣

只该怪那厮年幼无知，你也不甚知情。你快差人擒来，救我师父，再作区处。”能让“出名的泼皮”孙悟空熄火，老龙王的情商真不是一般的高。

在下一难“车迟国”中，四海龙王被请来下雨，孙悟空还当面致谢敖闰：“前日亏令郎缚怪，搭救师父。”龙王赶紧说：“那厮还锁在海中，未敢擅便，正欲请大圣发落。”孙悟空的回答是：“凭你怎么处治了罢。”一番寒暄，实际上就彻底免了小鼍龙的罪。如果没有前面龙王父子处理问题得当，哪能得此好结果。

乾隆己巳夏寫淂三星拱璧圖

沈銓

13. 不出彩的老虎

老虎，东方兽中之王，看着就威风凛凛，可是在《西游记》的动物世界里，老虎实在不怎么出色。

相逢七只虎

师徒四人的故事还没正式开始，有四只虎就已经出过场了，可能很多人都不记得了。

第一只，在大唐边界的双叉岭。唐僧和他的两个随从落入了妖精事先挖好的坑——对，唐僧出长安的时候不是一个人，是带着随从的。这个妖精就是“寅将军”：“雄威身凛凛，猛气貌堂堂。电目飞光艳，雷声振四方。锯牙舒口外，凿齿露腮旁。锦绣围身体，文斑裹脊梁。钢须稀见肉，钩爪利如霜。东海黄公惧，南山白额王。”

不消说了，一只标准的老虎。之后，“寅将军”的两个朋友“熊山君”（熊精）和“特处士”（野牛精）来拜访，摆酒吃人肉。

看来这三个妖精，并不知道唐僧肉的奇特功效，所以只吃了两个侍从而留着唐僧，和后面出场的妖精相比档次实在不高。

这一难的可怕之处在于，唐僧眼睁睁地看着两个侍从被吃掉，“寅将军”吩咐手下“将（两侍从的）首级与心肝奉献二客，将四肢自食，其余骨肉，分给各妖。只听啯啅（guō zhuó）之声，真似虎啖羊羔。霎时食尽”。唐僧是凡人，第一次亲眼看见妖精吃人的全过程，“几乎唬死”，所以说“这才是初出长安第一场苦难”。好在有惊无险，天亮时分，唐僧就被太白金星所救。“寅将军”一伙的出现，似乎就是为了告诉唐僧，西天路险，胆量要时时操练；西天路险，普通的侍从根本保护不了他。

唐僧被金星救下，继续上路，很快遇到了第二、第三只拦路虎。这两只是虚写，文中交代得也简单，上得岭来（双叉岭），“前面有两只猛虎咆哮”。这两只虚写的老虎也不是没作用，它们的叫声吓坏了唐僧骑的凡马，连路都走不了了。这是为了告诉他，唐王送的这匹凡马去不了西天。

危难之际，猎户刘伯钦及时出场，接下来就是了一段“伯钦打虎”。死虎被刘伯钦带回家，当晚就做成了大餐。是为第四只虎。

在刘伯钦家稍作休息，又帮他念了一天经超度其故世的父亲，第三天猎户送唐僧到两界山，提醒他前面就出了大唐地界，于是引出了压在两界山即五行山下的孙悟空。唐僧揭掉了山顶佛祖的压帖，悟空出山，掣出五百年不用的金箍棒，第一个打的又是一只虎，虎皮剥下来，做了两条虎皮裙——还是可以替换的。

下一只虎的等级稍微高一点，高老庄收了猪八戒之后，唐僧师徒在黄风岭遇到了黄风怪手下的虎先锋。虎先锋虽是个“打

【清】可翁 绘 《猛虎图》

工仔”，却也有些本事，重点是会给自己“扒皮”：“那只虎直挺挺站将起来，把那前左爪抡起，抠住自家的胸膛，往下一抓，滑刺的一声，把个皮剥将下来，站立道旁。你看他怎生恶相！咦，那模样：血津津的赤剥身躯，红媸媸的弯环腿足。火焰焰的两鬓蓬松，硬搠搠的双眉直竖。白森森的四个钢牙，光耀耀的一双金眼。气昂昂的努力大哮，雄纠纠的厉声高喊。”

这一段，看着让人想起《聊斋》中的那一出《画皮》，阴森恐怖。虎先锋的“扒皮术”不仅是用来吓人的，接下来还有用场——“那怪见他赶得至近，却又抠着胸膛，剥下皮来，苫盖在那卧虎石上，脱真身，化一阵狂风，径回路口。路口上那师父正念《多心经》，被他一把拿住，驾长风摄将去了。”

推测起来，看似恐怖的“扒皮术”，应该是妖精仍然处在修炼阶段、未臻大成的一个标志，因为，后文中的多少大妖精，都没有用这一招的。可笑的是，靠这点小伎俩捉住了唐僧，虎先锋立即膨胀了：“大王放心稳便，高枕勿忧。小将不才，愿带领五十个小妖校出去，把那甚么孙行者拿来凑吃。”出洞见了悟空、八戒，继续口出狂言：“你师父是我拿了，要与我大王做顿下饭。你识起倒，回去罢！不然，拿住你，一齐凑吃，却不是‘买一个又饶一个’？”找死的节奏。且看吴老先生如何评价它：“那怪是个真鹅卵，悟空是个鹅卵石。赤铜刀架美猴王，浑如垒卵来击石。鸟鹊怎与凤凰争？鹁鸽敢和鹰鹞敌？”没几分钟，虎先锋就被猪八戒打死了，算是“呆子”加入取经团队的第一功。

再下一只虎，其实是唐僧。黄袍怪（奎木狼下界）变成英俊的“驸马”来到宝象国，为了证明自己是从猛虎的口中救出了百花羞公主，当场施展“黑眼定身法”喷了一口水，把唐僧变成了一只斑斓猛虎，并且立即把虎关进了笼子。直到猪八戒去花果山请回了孙悟空，解决了黄袍怪的一干是非，才让唐僧脱去了虎形，再次为人。

这七只虎啊，到底是虎，还是猫啊……

虎力大仙

还好，有车迟国的虎力大仙给虎族挽回了一些颜面。这位大仙是一只黄毛老虎修炼成人形，而且法力不低。列举一下他的本事：

第一，呼风唤雨。乌鸡国的狮俐王也会呼风唤雨，他也和虎力、鹿力、羊力三仙一样，靠着呼风唤雨取得了国王的信任。不过狮俐王求雨，目的是完成替文殊菩萨报仇的任务——让国王在井水里泡三年，虎、鹿、羊三仙求雨，就是为了显一显自己的本事，“货与帝王家”，当国师嘚瑟一下，顺手欺负欺负和尚。待到“车迟国斗法”一节，虎力再次显了显这个本事。

“那里有一座高台，约有三丈多高。台左右插着二十八宿旗号，顶上放一张桌子，桌上有一个香炉，炉中香烟霭霭。两边有两只烛台，台上风烛煌煌。炉边靠着一个金牌，牌上镌的是雷神名号。底下有五个大缸，都注着满缸清水，水上浮着杨柳枝。杨柳枝上，托着一面铁牌，牌上书的是雷霆都司的符字。左右有五个大桩，桩上写着五方蛮雷使者的名录。每一桩边，立两个道士，各执铁锤，伺候着打桩。台后面有许多道士，在那里写作文书。正中间设一架纸炉，又有几个像生的人物，都是那执符使者，土地赞教之神。那大仙走进去，更不谦逊，直上高台立定。旁边有个小道士，捧了几张黄纸书就的符字，一口宝剑，递与大仙。大仙执着宝剑，念声咒语，将一道符在烛上烧了。那底下两三个道士，拿过一个执符的像生，一道文书，亦点火焚之。”

这一段描写，有点像《三国演义》中“借东风”那个段落。都是祈求天气的事。据诸葛亮说，他懂得“看云识天气”，早预测到十一月甲子日前后几天会刮东南风，不过借风台的设置，却是为了唬住周瑜，并且方便诸葛亮自己逃走。虎力大仙所显示的求雨法，比“借东风”郑重其事得多，吴承恩先生应该是正经直击过道士求雨的场面的，或者至少是理论（书本）与实际（直击）相结合，仔细研究过的，否则怎能写得这样规则齐全且富有仪式感呢？

在小说《西游记》中，这么大规模的求雨不是摆摆样子的，而是真管用。“那上面乒的一声令牌响，只见那半空里，悠悠的风色飘来。猪八戒口里作念道：‘不好了！不好了！这道士果然有本事！令牌响了一下，果然就刮风！’”事实上，虎力的神符叫来了全套的风雨雷电班底——风婆婆、巽二郎、推云童子、布雾郎君、邓天君（传说中的雷神主帅）、雷公、电母、四海龙王，厉害！邓天君说得明白：“那道士五雷法是个真的。他发了文书，烧了文檄，惊动玉帝，玉帝掷下旨意，径至‘九天应元雷声普化天尊’府下。我等奉旨前来，助雷电下雨。”所谓“五雷法”，就是与雷神沟通的方法，传说雷神有五位，所以叫“五雷法”。

话说这雷雨之事，对古人的农业生产大计起着决定性作用，所谓“靠天吃饭”是也，哪怕是神界仙界，等闲也轻慢不得。泾河龙王就因为和人赌气，擅自更改下雨的时辰点数

【明】佚名 绘 《新编目连救母劝善戏文》中的雷公电母

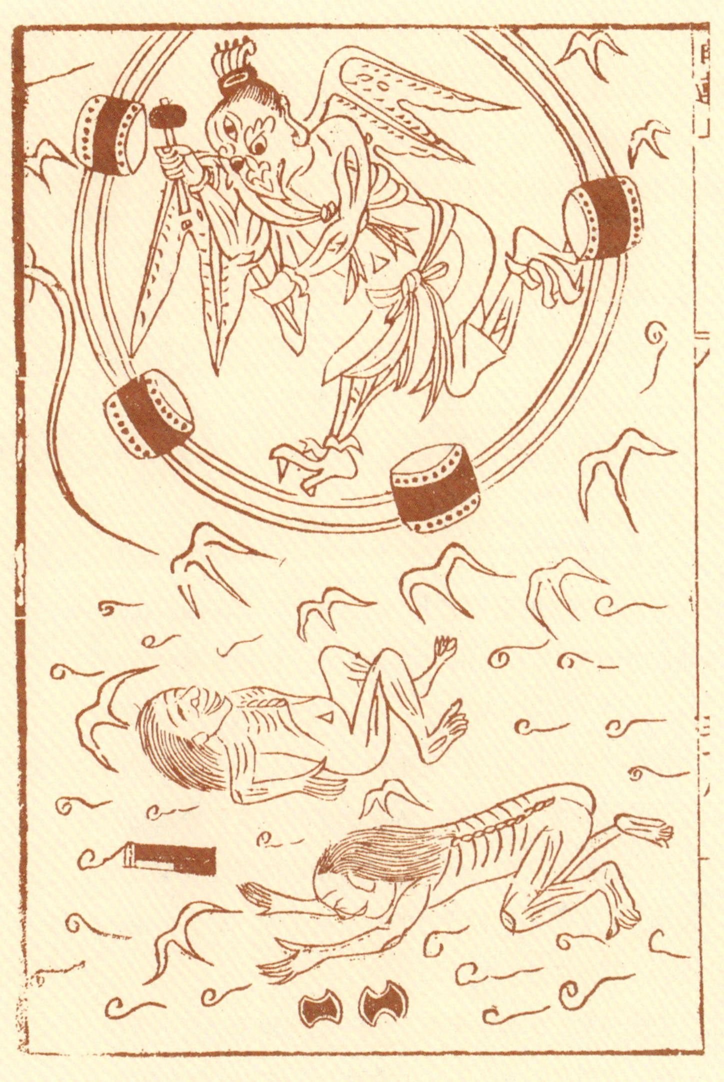

等，被玉帝下令斩首；连四海龙王，看似威风凛凛，下雨也必须听玉帝指令——记得“朱紫国”那一回吗？孙悟空说他做好的丸药需要“无根水”来送服，为了节省时间，他特意请东海龙王帮忙下点雨，龙王说什么——降雨必须有玉帝的指令，不能也不敢随便下（是啊，现放着他的亲戚泾河龙王的例子呢）。好在所需雨水不多，龙王变通了一下，打了几个喷嚏，下了三盏“无根水”，算是不违规地帮了这个忙。而虎力大仙一个“妖”，烧个符纸就能惊动玉帝、命令风雨雷电诸神，有此功力，确实不一般。

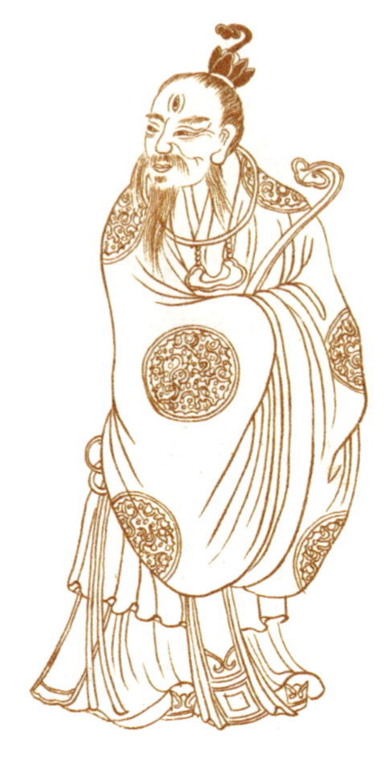

【清】佚名绘《封神真形图》中的九天应元雷声普化天尊

有人质疑虎力的“五雷法”是和谁学的。从前面“三清观”一回来看，他们手下多的是小道士，对道教在车迟国的普及功不可没；他们驱使和尚们大兴土木供奉三清，误以为悟空兄弟三人变成的三清是“三清爷爷下界”，由此闹出“喝圣水”的一场大笑话。这些“表现”说明，他们应该就是在三清门下学的本事，不过不是直接跟三清学的，而是跟不知传了多少辈儿的三清弟子学的。不过论人气论本事，虎力和孙悟空还是有很大的差距。雷神、龙王等虽然被虎力的神符招了来，却怎么也不敢得罪孙悟空，不敢打雷下雨。

第二，云梯显圣，即高台坐禅，“要一百张桌子，五十张作一禅台，一张一张叠将起去，不许手攀而上，亦不用梯凳而登，各驾一朵云头，上台坐下，约定几个时辰不动。”会坐禅的唐僧是靠了孙悟空帮助，才坐上了五十张桌的高台，而虎力大仙是既会飞腾又会坐禅。可是，他的好兄弟鹿力大仙，非得往唐僧的头上放虱子，惹恼了孙悟空，用一条蜈蚣干扰得虎力大仙直接摔下了台。如果不是这场意外，这禅还不知坐到什么时候，虎力大仙的坐禅功力，还是可以的。

第三，隔板猜物。这一段，仿佛重大赛事报道中的舒缓段落，比了三次，一次比一次欢乐（从唐僧师徒的角度说）。虎、鹿、羊一起上阵，却抵不过孙悟空的小戏法，先变小虫子飞进柜子，然后就是“山河社稷袄，乾坤地理裙”变“破烂流丢一口钟”，鲜桃变桃核（这个简单，孙悟空是“吃桃的积年”），小道士变小和尚（直接剃度）。不过，在唐僧师徒是欢乐无限，虎、鹿、羊却被气炸了肺，输急了眼要玩命。

第四，割了头能重新长上。虎力大仙本来对自己很有信心，可是，他的好兄弟鹿力大仙再次给捣乱——居然让土地按住孙悟空砍下的头不让动！不过这一招没什么用，孙悟空的头是可以再长出一个来的。反之，虎力的头是长不出来的，在他砍下头之后，孙悟空用毫毛变了条狗，直接叼了虎力的头扔到了河里，剩下了“腔子”虎力只有死路一条。

正如虎、鹿、羊这三种动物在自然界的地位一样，虎力大仙作为百兽之王，在三者中顺理成章地处于主导地位。从实际“战况”来看，虎力的确也是实力最强的。我们甚至可以推测，鹿力和羊力是被虎力“收服”才做了兄弟的。虎力一死，鹿力和羊力只能拼死一战，最终都丢了性命。

虎力大仙以一个无名的草根妖精跟孙悟空斗法能斗那么久，也算是给《西游记》里的“虎族”挽回了一点面子。这一回，可讨论的东西很多，我们只关注两点——

其一，为什么老虎的待遇普遍偏差呢？其实不只是《西游记》，《水浒传》里也是如此。杀虎的英雄太多了。最著名的是“景阳冈武松打虎”“李逵沂岭杀四虎”；其实顾大嫂、孙立、孙新在登州造反，起因也是一只虎——顾大嫂的姑舅兄弟、猎户解珍、解宝因为杀虎和人发生纠纷而惹祸上身；还有一位好汉绰号“打虎将”——李忠，史进的启蒙师傅，在“鲁提辖拳打镇关西”一回出现，书里没交代，不过他是街头卖艺卖膏药的，拿“打虎将”这个名头吹吹牛也可以理解。总之，这从一个侧面说明，那年月，老虎还是很多的，所以人们并不太把它们当回事。具体到《西游记》，因为老虎常见，不那么神秘，所以，就不像狮子那么受待见。

当然，再多的老虎也禁不起这样打，到今天，世界上现存的老虎一共只有八种，全都是濒危动物。和狮子不同，老虎是独居动物，需要很大的领地，如今，它们的活动范围在逐渐缩小，而且都在很偏远的地方。

其二，来说说道士的事儿。很多人可能不知道，《西游记》在明代是一本禁书。为什么呢？因为书里有多处骂国王偏信道士。前面“乌鸡国”算一处，道士居然假冒国王。“车迟国”也算一处。按说这虎力三兄弟，是靠着自己呼风唤雨的本事获得了国王的信任，没做什么大坏事，为什么孙悟空一定要和他们斗法呢？因为——国王责怪和尚们求不来雨，所以把和尚们交给道士做奴才。受难的和尚们得到了神人们的指点，认定孙悟空是他们的救星。事情发展到后来，是虎力三人输急了才“玩”了自己的命。归根结底，还是国王不好，一切来“现”的，太实用主义。事情结束后，孙悟空不是跟他说了嘛，应该对儒释

【周】虎形青铜器

道一视同仁。《西游记》中骂国王好道的故事还不止这两个，后文“比丘国”骂得更狠，而原因呢，是因为明朝正好有一位特别好道的皇帝——嘉靖，各种修道，差一点让大明朝提前灭亡几十年。

14. 菩萨篮子的那条鱼

通天河灵感大王，是很有两把刷子的。他会——“感应一方兴庙宇，威灵千里祐黎民。年年庄上施甘露，岁岁村中落庆云。”保佑地方风调雨顺本是好事，灵感大王却是有条件的，每年要吃童男童女，而且还必须是本家亲生的，“那大王甚是灵感，常来我们人家行走……他把我们这人家，匙大碗小之事，他都知道，老幼生时年月，他都记得。只要亲生儿女，他方受用。”真是够“灵感”的，村民家的“亲生儿女”才“受用”，什么情况？是为了显示它的“灵感”，也是一种威慑力？

灵感大王还会冰封通天河。冰封与呼风唤雨一样，是控制天气的技能，按说是应该由玉帝发指令的，可是灵感大王说冰封就冰封，连象征性地打个“报告”都没有，牛！论武功，水中打仗一对二，跟八戒、沙僧两人打个平手。他还有那么一点领导才能，至少说话算话——斑衣鳜婆出主意捉住了唐僧，他立即兑现诺言与她结为兄妹。所有这些超出一般草根妖精的本事，故事最后有了答案。原来，它是观音菩萨家的金鱼：“他本是我莲花池里养大的金鱼。每日浮头听经，修成手段。那一柄九瓣铜锤，乃是一枝未开的菡萏，被他运炼成兵。不知是那一日，海潮泛涨，走到此间。”

“金鱼”乎？

按照观音菩萨字面儿上的说法，“灵感大王”就是北京旧时买卖吆喝里“大小——小金鱼欸——”的“金鱼”，也就是咱们日常养在鱼缸里的，有水泡眼、大尾巴，身体肥肥的那种漂亮的金鱼。

其实金鱼跟猫、狗一样，是人类定向培养的宠物，以观赏鳞片、姿态等为主，所以，它长得跟普通的鱼不大一样。能猜出它的祖先是谁吗？

鲫鱼。就是熬汤的那种。

据说，宋朝人发现一些鲫鱼长着金色的鳞片，煞是好看，于是就不做鲫鱼汤了，养在池子里看着玩儿，并且还派专人进行培育。——宋人的文化眼光确实独到。

实际上，金鲫鱼，也就是野生鲫鱼中出现的带金鳞的变异品种，大约是在晋朝被发现的。据说泥鳅什么的也都有“金鱼”，不过人们发现，金鲫鱼最适合养殖——好看是一，鲫鱼性情比较温和、好驯化是二，所以从宋朝开始，宠物金鲫鱼逐渐开始被养殖和定向培育，名称也简化成了“金鱼”。到如今，金鱼的品种数都数不过来，名种如“黑龙睛蝶尾”“狮子头”“红帽子”“望天龙”“水泡”等。话说在北京通州，至今还有专门养金鱼的村子，一路进村，都是小金鱼池，看着挺过瘾的。

不过，灵感大王真的是我们养在鱼缸里的金鱼吗？如果是，

【清】句曲山农 撰 尚兆山 绘 《金鱼图谱》中的金鱼

似乎写成漂亮的女妖精更合适一些；而且，养尊处优、没见过大风浪的金鱼，怎能趁着海潮，逆流而上，在通天河定居呢？如果不是金鱼，那会是什么鱼呢？还是来看看文本：

“头戴金盔晃且辉，身披金甲掣虹霓。
腰围宝带团珠翠，足踏烟黄靴样奇。
鼻准高隆如峤耸，天庭广阔若龙仪。
眼光闪灼圆还暴，牙齿钢锋尖又齐。
短发蓬松飘火焰，长须潇洒挺金锥。
口咬一枝青嫩藻，手拿九瓣赤铜锤。
一声咿哑门开处，响似三春惊蛰雷。
这等形容人世少，敢称灵显大王威。”

发现问题了吗？“长须潇洒挺金锥”，有“胡子”的！金鱼可没有“胡子”！观音菩萨口中的“金鱼”，其实更像中国传统的“文化之鱼”——鲤鱼。

鲤鱼，适应性非常强，是我国数量巨大、最为常见的一种鱼。因为常见，中国人早早地就“开发”出了鲤鱼的多种“用途”，食用之外，还有药用。作为文化形象的鲤鱼也随处可见。比如孔夫子的长子出生时，别人送给他几条鲤鱼，他觉得很吉利，就给儿子取名“孔鲤”，字“伯鱼”。古诗中，如无特指，“鱼”指的都是鲤鱼。比如“客从远方来，遗我双鲤鱼”“江南可采莲，莲叶何田田，鱼戏莲叶间”。至于传统的吉祥话儿、吉祥物、剪纸，如“连年有余（鱼）”“吉庆有余（鱼）”“娃娃抱鱼”“富贵有余（鱼）”等，更是不胜枚举。

金色鲤鱼，单是在小说《西游记》中，就出现了多次。唐僧的父亲陈光蕊陈状元，曾经在市场上买了一条金色鲤鱼，本来想给老母补身子，但是看到鱼在眨眼睛，觉得是个灵物，于是放生了。果然，这条金鲤鱼其实是——洪江口龙王变的。后来陈状元被强人所害，是龙王救了他的元神，让他暂做龙宫的都领，并把他的尸体保存好，直等到他的儿子玄奘长大报仇，陈状元才得以复活。

还有，泾河龙王的手下夜叉，偷听到樵夫和渔夫的对话，得知渔夫每日给算卦先生袁守诚一尾金色鲤鱼，袁守诚就会告诉他到哪里去下网可以网网不空，由此引出了“魏徵梦斩泾河龙”。

如果“灵感大王”是鲤鱼精，很多道理就讲得通了。“胡子”自然不必说，鲤鱼本来就有胡子，嘴的两边各有两根。所谓“金色鲤鱼”，可以理解为全身都金光闪闪的。你可能会说，现在的鲤鱼体色都是灰的，哪里是金色。其实，鱼类的体色，和它日常的饮食以及生活的水环境很有关系。古代的野生鲤鱼，生长的水环境一般污染少，比较干净，所以鳞片常常是淡淡的金色，看上去非常讨喜。从这个角度来说，算命先生袁守诚让渔夫每天都能捕到一条“金色鲤鱼”，其实可以理解为每天都能捕到一条“鲤鱼”。

鲤鱼还有一个习性，这就要说到著名的“鲤鱼跳龙门”。黄河途经河南孟津附近有龙门山，相传，如果鲤鱼能跳起来飞越“龙门”，它就会变成龙。因此，总有鲤鱼成群结队地逆流而上游到这里，试图“跃龙门”。这个故事，后来用于催人上进，尤其是针对那些参加科举考试、期望得中的考生，不过缘起却是鲤鱼善于跳跃的习性。

鲤鱼当然跳不过一座山，但是也能从水面跃起一尺左右。其实鱼类跳跃，最根本的原因是——缺氧。鱼类主要用鳃呼吸，可是当水中的氧气不够时，它们也会跃出水面来“吸氧”。鲤鱼对氧气的需求量比较高，如果水中缺氧，它们更容易跳跃。至于“逆流而上”，道理也是一样的，因为水流激烈，或者有旋涡的地方，氧气较为充足，食物，也就是浮游动物和植物也比较充足，所以，这样的地方常有鱼群出没。“灵感大王”九年前赶着海潮从南海落伽山的金鱼池来到通天河，道理就是如此。至于吃童男童女，自然是妖精想要长生不老、有朝一日修炼成龙的一种“手段”，而遇到比童男童女“功效”更好的唐僧，自然会下手来捉。

提鱼篮的菩萨

“灵感大王”是鲤鱼精的又一个证据，跟它的主人观音菩

【清】《鱼篮观音图》（局部）

【清】《鱼篮观音图》

萨相关，那就是“鱼篮观音”的传说。故事是这样的：观音菩萨到东海边的一个村庄里传经，变成一个美艳的卖鱼女子，手中的鱼篮子里有两条活鱼。村里的男子们贪恋女子的美貌，纷纷向她求婚。女子说，我教你们一部经，三天内谁能背下来，我就嫁给谁。三天后，有十几个男子都会背经了，女子又说，我一个人，怎么能嫁给这么多人？我再教一部经，谁能背下来，我就嫁给他。第二部经，只有三四个人能背下来。女子还是不肯嫁，又传了第三部经。最后，能够背下经文的只剩下一个姓马的男子。女子于是答应嫁给“马郎”。但是在结婚的当天，女子突然死亡，而且尸身很快腐烂，马郎只得匆匆将她埋葬。后来有位老僧来点化马郎，说提鱼篮的女子是观音菩萨，不信你打开棺材看看。马郎开棺，发现里面是一副黄金锁子骨，也就是骨头呈金黄色，环环相扣，是得道的表象。马郎相信了老者的话，就塑了鱼篮观音像来供奉。一般的“鱼篮观音”塑像或者画像中，篮子里的鱼就是——金色鲤鱼。

“鱼篮观音”是“三十三观音”中的一种。观音菩萨可以说是在中国拥有“信众”最多的菩萨，所以关于她的故事也最多。所谓“三十三观音”，就是观音菩萨有三十三种主要的造型，当然这些造型的背后都关联着观音菩萨的一些故事。其中，“鱼篮观音”，还有另外一个“马郎妇观音”，故事基本上就是上述的内容，具体细节上有一些差异。小说《西游记》给观音姐姐鱼篮子中的鲤鱼编了“通天河”的故事，也是很有趣味的，连他的兵器“九瓣赤铜锤”都是就地取材，由金鱼池子中一枝“菡萏”也就是荷花骨朵炼成的（联想一下“菡萏香销翠叶残”吧，同样是荷花，待遇如此不一样）。

孙悟空并不知道灵感大王的出身，只是因为他闭门不出，只得到南海找观音菩萨求救，没想到闯进紫竹林，却见到了一个与平常不一样的菩萨：

“远观救苦尊，盘坐衬残箬。
懒散怕梳妆，容颜多绰约。
散挽一窝丝，未曾戴璎珞。
不挂素蓝袍，贴身小袄缚。
漫腰束锦裙，赤了一双脚。
披肩绣带无，精光两臂膊。
玉手执钢刀，正把竹皮削。”

等到削好了竹篾，编好了“鱼篮”，菩萨连衣服都没换，就这一身“休闲”的打扮，带着孙悟空奔通天河来了，把八戒与沙僧也吓了一跳：“师兄性急，不知在南海怎么乱嚷乱叫，把一个未梳妆的菩萨逼将来也。”

观音菩萨之所以顾不上梳妆就赶来，自然是因为出了“家贼”，丢人现眼，所以得赶紧收回去。不过这个故事中，休闲打扮的观音大士，倒是显出了几分邻家女子的可爱可亲，也正与“鱼篮观音”的民间女子打扮相合。观音下一次出场是在女儿国毒敌山指引孙悟空去请昴日星官对付蝎子精，也是“鱼篮观音”的打扮。看来，菩萨自己也蛮喜欢这种休闲形象的。

15. 是“龟”是“鳖”？

“通天河”一段，说完了“灵感大王”，自然得说说老鼋。

老鼋到底什么动物？出现在1986年版电视剧《西游记》里的，是一只超级大龟。可是，仔细探究起来，老鼋应该是——鳖，也就是俗称的“甲鱼”“王八”“水鱼”……没有龟那么好听，但是原著里就是这么写的：

“方头神物非凡品，九助灵机号水仙。
曳尾能延千纪寿，潜身静隐百川渊。
翻波跳浪冲江岸，向日朝风卧海边。
养气含灵真有道，多年粉盖癞头鼋。”

那么，龟、鳖、鼋有什么区别呢？

龟鳖鼋鼍各不同

龟鳖是一大类，同属于爬行纲龟鳖目，又细分为龟科和鳖科，它们之间的区别还是很明显的。我们可以举《西游记》中为观音菩萨驮净瓶的那只老龟来做例子：

“藏身一缩无头尾，展足能行快似飞。

文王画卦曾元卜，常纳庭台伴伏羲。

云龙透出千般俏，号水推波把浪吹。

条条金线穿成甲，点点装成彩玳瑁。

九宫八卦袍披定，散碎铺遮绿灿衣。

生前好勇龙王幸，死后还驮佛祖碑。

要知此物名和姓，兴风作浪恶乌龟。”

简单说，龟，上下都有壳，而且连接在一起，上面的壳还带着比较漂亮的花纹，即所谓“九宫八卦袍披定，散碎铺遮绿灿衣”。很多龟因为壳的精美和独特，成为不错的观赏品种。在南方各地，名种观赏龟，什么金钱龟、绿毛龟、黑颈龟、黄喉水龟、黄缘闭壳龟等，价格能飙升到几千甚至上万元。最常见的，价廉物美长得快的，比如巴西龟，是个外来的物种。

鳖，只有上面有壳，壳上的花纹也不那么明显，远没有龟那么漂亮，所以，鳖科的动物，主要是用来吃的（这是就人类来说的，惭愧），尤其是中华鳖，养殖数量很大，市场卖的用来炖汤的“甲鱼”，以此为主。

鼋，是鳖的一个特殊品种，比一般的甲鱼背甲要绿一些，吻部也短一些，当然最大的特点是鼋的体型大，能长到一百多斤。现在想见到野生的鼋是很难的，它被列为国家一级保护动物。至于像通天河老鼋这样的大块头，“有四丈围圆的一个大白盖”，载上师徒四人和白龙马还有富余，那纯粹是出于想象了。

在古代，虽然也有书籍记载龟、鳖、鼋的区别，但是大多数人仍然分不清它们。前面引的那首描写乌龟的诗里，有“生前好勇龙王幸，死后还驮佛祖碑”，说乌龟就是寺庙里驮碑的那个动物。而《红楼梦》中贾宝玉哄林妹妹说“要有心欺负你，明儿我掉在池子里，叫个癞头鼋吃了去，变个大忘八，等你明儿做了‘一品夫人’病老归西的时候，我往你坟上替你驼一辈子碑去”，这里的“癞头鼋”“大忘八”指的都是鳖。其实，前文“龙生九子”中我们已经提到，驮碑的不是龟也不是鳖，而是龙的第六个儿子赑屃，它有着龟一样的外壳，但是头部又有一些龙的特征，比如龙须，再比如一排“大板儿牙”，而龟是没有这样的牙的。

古人又常把“鼋”和“鼍”，也就是鳄鱼混为一谈。明末有一套与“三言”齐名的短篇小说集“二拍”，其中《初刻拍案惊奇》的第一卷叫作《转运汉遇巧洞庭红　波斯胡指破鼍龙壳》。故事说的是一个小商人文若虚，无意中在海外荒岛上发现了一个床一样大的巨龟壳，觉得新鲜好玩就随海船运了回来。没想到登岸之后，却被一位波斯商人出五万两银子的高价买走。文若虚和同行者百思不得其解，波斯商人解释说，这是鼍龙的壳：“列位岂不闻说龙有九子乎？内有一种是鼍龙，其皮可以幔鼓，声闻百里，所以谓之鼍鼓。鼍龙万岁，到底蜕下此壳成龙。此壳有二十四肋，按天上二十四气，每肋中间节内有大珠一颗。若是肋未完全时节，成不得龙，蜕不得壳。也有生捉得他来，只好将皮幔鼓，其肋中也未有东西。直待二十四肋完全，节节珠满，然后蜕了此壳变龙而去。”

在黑水河小鼍龙的故事中，我们已经解释过，鼍龙即我国一级保护动物扬子鳄。在“二拍”的故事中，波斯商人关于鼍龙的描述，说它的皮可以做鼓，和古书的记载是一致的，但是鼍龙壳中藏珠、蜕壳成龙的说法，却是综合了很多动物的特点以及一些神话传说，可以说是个大杂烩。

【明】文俶绘《金石昆虫草木状》中的江宁府鳖

【明】文俶绘《金石昆虫草木状》中的龟甲

【明】文俶绘《金石昆虫草木状》中的瑇瑁

壳中藏珠，是贝壳类动物，特别是双壳贝的特点，比如著名的珍珠蚌。当贝类不小心将泥沙颗粒等吸入体内、又无法排出的时候，为了减轻被砂砾摩擦的痛苦，贝类就会分泌出一种叫作珍珠质的物质，把这些颗粒包裹起来，日久天长，就形成了一颗颗珍珠。虽然很多贝类都会分泌珍珠质，甚至在贝壳的内侧形成闪闪发光的珍珠层，但是真的能孕育出珍珠的，却只有少量的几种贝类，至于鳄鱼和龟鳖，都没有这种功能。

脱壳的愿望

再来说说老鼋最关心的那件事——脱壳。

出于剧情需要，老鼋出现了两次。

第一次是观音姐姐提着鱼篮到通天河捉“灵感大王”。菩萨走了，通天河还是要过的，就在这时，老鼋出现了。老鼋向唐僧师徒说明，自己为了感谢他们帮自己夺回了“水鼋之第”，又帮陈家庄人免了贡献童男童女的灾祸，所以愿意送唐僧师徒过河。奇怪的是孙悟空却对他充满了不信任，非要让他立誓：“既是真情，你朝天赌咒。”那老鼋张着红口，朝天发誓道：“我若真情不送唐僧过此通天河，将身化为血水！”渡河期间，行者也一直警惕：“又恐那鼋无礼，解下虎筋绦子，穿在老鼋的鼻之内，扯起来，像一条缰绳；却使一只脚踏在盖上，一只脚蹬在头上；一只手执着铁棒，一只手扯着缰绳，叫道：‘老鼋，慢慢走啊。歪一歪儿，就照头一下！’老鼋道：‘不敢，不敢！”

孙行者如此行事是不是不厚道呢？不是，这叫防患于未然，因为前面曾有黑水河小鼍龙假扮渔夫摆渡的例子，刚刚才发生了灵感大王冰封通天河捉唐僧的事件，不能不小心。还有很重要的一点，水里功夫是孙悟空的弱项，所以水上行走，必须加倍当心。

老鼋倒是不在意孙悟空的言行，因为他真正想求唐僧的是这件事："我闻得西天佛祖无灭无生，能知过去未来之事。我在此间，整修行了一千三百余年；虽然延寿身轻，会说人语，只是难脱本壳。万望老师父到西天与我问佛祖一声，看我几时得脱本壳，可得一个人身。"

这是一个"伏线千里"的线索，对应的正是九九八十一难的最后一难——唐僧因忘了老鼋的嘱托，没问佛祖，结果老鼋一气之下，"将身一幌，唿喇的淬下水去，把他四众连马并经，通皆落水。"

看来，"脱壳"这件事对于老鼋来说，真的是挺重要的。

我们知道，比较低等的动物，比如昆虫、虾蟹、蛙、蛇等，在身体逐渐长大的过程中，不会"长大"的外表皮或者壳会成为生长的阻碍，所以到一定的时候它们都会蜕皮或者脱壳，而且是整张地"脱"。

【明】文俶绘《金石昆虫草木状》中的蛇蜕

夏秋之交，我们会在野外的草丛里、树边上发现“蝉蜕”，一整个的形似知了的褐色半透明空壳，只在背部裂着一道缝——蝉的成虫从地里边爬出来，身体从这条缝里钻出了壳，找个地方晒干自己的翅膀，然后展翅高飞到枝头鸣叫。和蝉一样，蛇、蟾蜍等都会脱壳，“蝉蜕”“蛇蜕”还有蟾蜍的“蟾衣”，还都是很值钱的中药材。

【明】文俶绘《金石昆虫草木状》中的蝉蜕

不过，蜕皮或者脱壳，对动物来说其实是一件很危险的事情。因为脱掉一整张皮，是很耗费体力和时间的，如果力气不够，也有可能中途被“卡”在“壳”里，时间长了会被“憋死”。而刚刚脱掉“旧皮”的时候，“新皮”一般都比较娇嫩，在这个时候如果没有躲藏好，很容易受到天敌的攻击。

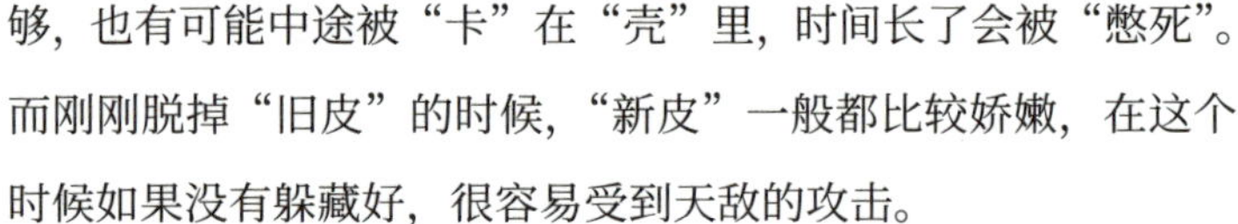

鳄鱼，也就是“鼍”，是没有“壳”的，它的身体表面覆盖着一片一片坚硬的鳞甲。也许正因为这种“盔甲”和龟鳖有些像，所以古人把“鼍”和“鼋”看成了一类动物。鼍的这些鳞甲也会“更新换代”，但不是像蛇、蛙那样整张皮地脱下来，而是一片一片地脱掉更新。

至于有着坚硬外壳的龟、鳖、鼋，它们的这层“壳”会随着身体的长大而一起长大，并且形成像“年轮”一样的纹路，既然会生长，就不必“脱”掉了。不过，这种坚硬的鳞甲和外壳，虽是保护层，却也实在是一种生命的负担，所以，才有鼍或者鳖脱去外壳飞升成龙或者成仙的想象，也才有通天河老鼋向唐僧发出的请求。

16. 青牛怪辨析

青牛怪，独角兕大王，是不是牛精呢?

它的主人，太上老君说，这个妖怪是他骑的青牛。关于老君和青牛的故事，大概是这样的：

先秦道家的代表人物老子，被神化为道教创始人太上老君的化身。据说老子曾骑着一头青牛西出函谷关，去教化西域的人们，后来成了佛，即所谓“化胡成佛”。这个说法，后人认为应该是佛教刚刚传到中国时出现的，因为中国人一开始对这种外来的（西来的）宗教有点陌生感，所以就把它的“诞生”和中国的道教代表人物老子联系在了一起。

重点来看看老子骑的那头牛。现在能看到的以这个故事为题材的画像和雕塑，老子骑的牛什么样的都有，主要有两种，一种是直犄角的，也就是北方常见的黄牛，还有一种是弯犄角的，是南方常见的水牛。而《西游记》中的独角兕大王，让大家对老子的坐骑有了另外一种认识。

【清】顾绣 赵墉 作 《老子骑牛图》

“兕”是而非

来看看“独角兕大王”第一次和孙悟空打照面的样子：

“独角参差，双眸幌亮。顶上粗皮突，耳根黑肉光。舌长时搅鼻，口阔板牙黄。毛皮青似靛，筋挛硬如钢。比犀难照水，像牯不耕荒。全无喘月犁云用，倒有欺天振地强。两只焦筋蓝靛手，雄威直挺点钢枪。细看这等凶模样，不枉名称兕大王！”

第一句就值得注意——“独角参差”，也就是说，这头牛是独角。

“舌长时搅鼻，口阔板牙黄。”这两句倒是有牛的特征。牛舌头又大又长，伸出来确实可以够到鼻子。这么长的舌头，用处何在呢？可以卷草吃。牛的食量大，有一条给力的大舌头，地上的草，舌头一卷就能薅下来一大把送进嘴里，结结实实，一口是一口。“板牙”呢，牛是食草动物，自然是板牙而不是犬牙。——不过，独角兕大王是吃人肉的，这些特征算是白瞎了。

“毛皮青似靛，筋挛硬如钢。”这正是“青牛”的颜色，“靛”即靛蓝，是用蓼蓝等植物提炼出来的接近黑色的深蓝色染料，我国西南的一些少数民族喜欢穿它染出的蓝色衣服。

“比犀难照水，像牯不耕荒。全无喘月犁云用，倒有欺天振地强。”这句话点出了这头独角青牛和另外几种动物的区别。

一是犀牛。提到“独角”，很多人首先想到的是它。其实犀牛并不一定只有一个角的，《西游记》“金平府”故事中的三个犀牛精，就是两只角的犀牛。不过犀牛的角不管一只两只，都是长在脸中间的鼻梁上，如果是两只角，那就是前后排列。而“兕”的独角呢，如果按照普通牛角长在脑袋两侧的“逻辑”来看，“兕”的独角应该是长在头顶的。所以，“兕”和“犀牛”是两回事，古人很早就把它们作为两种不同的动物来记载了。《山海经·海内南经》有这样两条段记载：“兕在舜葬东，湘水南。其状如牛，苍黑，一角。”“兕西北有犀牛，其状如牛而黑。”当然，古人也经常把“犀”“兕”这两种动物并称，来形容凶猛的兽类或者战斗力很强的战士。

再来看看“牯”。“牯”指的是母牛，或者阉割过的公牛。过去在农耕地区，普通的牛不论公母，主要都是用来耕田的。“兕”像牯但是不耕田，所以它不是“牯”。

《哺乳动物自然史》插图　犀牛

还有水牛。“全无喘月犁云用”，出自一个著名的典故“吴牛喘月”，说的是南方天气炎热，牛畏惧太阳，连月亮出来了也会大喘气，这种牛应该就是南方的水牛。既说“全无喘月耕云用”，那么“独角兕大王”也不是水牛。

兕这种动物有没有真实存在过，到现在还是有争议的。现存的一些文物上有兕的形象。商朝晚期到西周，流行一种青铜兕觥（gōng，一种酒器），盖子上雕的兽头是独角。河南南阳博望河一座古桥的桥桩上，有汉代拓片“双兕斗”，上面两只“兕”都有直直尖尖的独角，相对而斗。今人设计的“兕”的创意图片更有趣，它们的角并不是独立直直的一根，而是有凸有凹类似于一个大笔架或者大王冠，倒是与“独角参差”这话很相合。在北京房山周口店猿人洞的动物化石中，有一种叫作“肿骨大角鹿”的古生物化石（大约在距今一万年时灭绝），它的角夸张如扇面一样张开，而且双角长在头顶，靠得很近，远看就像一把巨大的扇子，或许，兕的角也是这样的。

总之，作为太上老君的坐骑，“独角兕大王”青牛怪真的很特别。不过，在故事情节当中，他作为“牛”或者说“兕”的特征并不是很明显，跟“牛”能扯上点关系的，其实是那个“圈”儿。

威力无比的“圈儿”

“青牛怪”这一段故事是很热闹的，因为这是全书中请“外援”请得最多的几难之一。“独角兕大王”说孙悟空是“闹天宫之类”，孙悟空由此猜测他不是凡间之物，于是又跑到天宫来，请玉帝帮忙查查有没有天神私自下界。玉帝降旨，命人带着大圣去查。“先查了四天门门上神王官吏；次查了三微垣垣中大小群真；又查了雷霆官将陶、张、辛、邓、苟、毕、庞、刘；最后才查三十三天，天天自在；又查二十八宿：东七宿，角、亢、氐、房、参、尾、箕；西七宿，斗、牛、女、虚、危、室、壁；南七宿，北七宿，宿宿安宁；又查了太阳、太阴、水、火、木、金、土七政；罗睺、计都、炁、孛四馀。满天星斗，并无思凡下界。”这一段，倒仿佛是天宫的“诸仙陈列会”，难得说得这样全。

接下来，为了对付那个神秘的“圈”儿，孙悟空请到的“外援”都带着各自的“宝贝”兵器——李天王、哪吒三太子父子俩，哪吒施展开三头六臂，展示出“砍妖剑、斩妖刀、缚妖索、降魔杵、绣球、火轮儿”六样法宝；雷部的邓化、张蕃两位雷公，带着“雷捐”；火德星君有一堆放火的器具，火龙、火马、火鸦、火鼠、火枪、火刀、火弓、火箭；黄河水伯神王带着装了半河黄河水的白玉盂儿；西天如来佛祖座下的十八罗汉带来的是金丹砂……又一场宝物展示会。只是这些宝物，还是没有那个“圈儿”厉害，只要一拿出来，就被套了去。连孙大圣的金箍棒，和他拔下来变成小猴子的三十五根毫毛，都没能幸免。大圣进洞去做了一次贼，把兵器都偷回来了，可是没用，再次开打，“圈子”照旧收“宝贝”。

这么厉害的“圈儿”到底是什么呢？答案揭晓，孙悟空未

【清】民俗版画 火德星君

免沮丧——原来就是当年打了他一“闷圈儿”，结果被二郎神、哮天犬擒上天界的那个“圈儿”——金刚琢。当时只当它是老君的一样暗器，却不知原来如此厉害！听听老君怎样解释他的宝贝：“我那‘金刚琢’，乃是我过函关化胡之器，自幼炼成之宝。凭你甚么兵器、水火，俱莫能近他。——若偷去我的‘芭蕉扇儿’，连我也不能奈他何矣。”此芭蕉扇，应该不是“金角大王”“银角大王”曾经偷去的那一柄，那一柄是能够扇得平地起火的，也不是被罗刹女所得、能够灭火焰山三昧真火的“芭蕉扇”。想来李老君既然炼丹，应该有很多把功能不同的扇子。而这次他带来的这一柄，是能降伏青牛怪的：“老君念个咒语，将扇子扇了一下；那怪将圈子丢来，被老君一把接住；又一扇，那怪物力软筋麻，现了本相，原来是一只青牛。”（当然也不排除“一扇多功能”）

降伏了青牛怪，“金刚琢”自然被收回了，它的下一个用处着实好笑：“老君将‘金刚琢’吹口仙气，穿了那怪的鼻子，解下勒袍带，系于琢上，牵在手中。至今留下个拴牛鼻的拘儿，又名‘宾郎’，职此之谓。”东方西方的仙佛都请来、宝贝斗了一个遍，闹了这么久的“圈儿”，结果却做了个“牛鼻环儿”，也是醉了。

还有两个“圈儿”

“独角兕大王”的故事虽然热闹，新意却不多，无非神仙们挨个来“献宝”。类似结构的故事还有“小西天”，因为那里的妖精是个童子——弥勒佛的黄眉童子，不是“动物”，所以就不另立章节讨论了。这两个故事的模式差不多，凑足多少路神仙，多少件宝贝，最后“主人”出手，才能降伏妖精，收了“金刚琢”和“人种袋”，妖精本身，却没什么突出的性格特点。青牛怪的特点都和那个“圈儿”有关，一是会在危急时刻祭起法宝，二是对这宝贝保护有加，睡觉了还戴在胳膊上。

说到这儿，有必要说说本故事中的另外两个“圈儿”。一是青牛怪设的那个高门大院、纳锦背心的圈套。这个圈套算不得稀罕，前文的黄袍怪（金光闪闪的黄金宝塔）、后文的黄眉怪（整座的“小西天”，连同全套的“佛祖”“罗汉”）都用过，而且和那两个相比，这一个还真的不够高明。

其一，远远地就露出了妖气，被孙大圣看出来了。“师父啊，你那里知道？西方路上多有妖怪邪魔，善能点化庄宅。不拘甚么楼台房舍，馆阁亭宇，俱能指化了哄人……那壁厢气色凶恶，断不可入。”不是所有的妖洞都会在“火眼金睛”下显形的。比如后文蜘蛛精的盘丝洞和蜈蚣精的黄花观，别看是草根妖精的家，修为真不能算低，孙悟空根本没看出来那里是妖精洞。相反，“独角兕大王”的洞府和“小西天”，孙悟空是能辨识出来的，可惜唐僧不信。

其二，“高门大院”里边有露底的东西——华丽丽的一座房子、连床帐也讲究得不行，可是床上，“白媸媸的一堆骸骨，骷髅有巴斗大，腿挺骨有四五尺长。”人死不葬，成了枯骨还“躺”在那儿，这不仅很吓人，而且明白地显示，这地方妖气很重啊！可就这么“穿帮”的一个圈套，居然也能管用！这就不得不提本故事的第一个“圈儿”了。

孙悟空因为远远地看出那处大房子的妖气，在去化斋的时候就给师父师弟画了一个安全圈：“即取金箍棒，幌了一幌，将那平地下周围画了一道圈子，请唐僧坐在中间；着八戒、沙僧侍立左右，把马与行李都放在近身。对唐僧合掌道：‘老孙画的这圈，强似那铜墙铁壁。凭他甚么虎豹狼虫，妖魔鬼怪，俱莫敢近。但只不许你们走出圈外，只在中间稳坐，保你无虞；但若出了圈儿，定遭毒手。千万，千万！至祝，至祝！’”

很眼熟是不是？因为在很早之前，“三打白骨精”的影视作品借用了这个圈儿，估计很多人都不知道它的本源其实是在这段故事里。其实这个圈儿，的确具有广谱性，用在《西游记》的很多故事里都管用。

要说孙悟空这一路真是累啊，既要提防妖精，又要看着不听劝的师父，防备爱说坏话的八戒，一边要走远路去化斋（虽有筋斗云，但是化斋并不是一件轻松的事，在本故事中就遇到个难缠的主儿，说了半天好话也不肯给，最后大圣还是用上了自己的看家本事——偷，才弄来了一钵盂的饭），一边还要画个圈儿保证师父师弟的安全，就这样也难保不出事——圈子很安全，但是挡不住圈里的人往外走。

这次也是如此，悟空一走，八戒就说话了："古人画地为牢。他将棍子画个圈儿，强似铁壁铜墙，假如有虎狼妖兽来时，如何挡得他住？只好白白的送与他吃罢了。""呆子"有本事将歪理讲成正道，其实他不愿意在圈里待，主要是嫌冷，"此间又不藏风，又不避冷……如今坐了这一会，老大脚冷！"

"安全圈"提供保护，但是在里边待着不自由，也不会那么舒服，算是"守规矩"的代价，很多人是耐不住这点不舒服的，非要突破界限不可。如此意志不坚定的人，一旦离开"安全圈"，被暗算的概率肯定是很高的。果然，他们不久就走进了青牛怪的圈套。

这个"圈套"虽然有"穿帮"之处，拿来对付猪八戒却足够。"呆子"喜欢占小便宜，三件貌似暖暖和和、装饰华丽的纳锦背心就足够让他动心了。而"穿帮"的骷髅呢，对"呆子"是一点提示作用也没有，他根本不会想到合理不合理、有没有妖气上面去，而是认为，骷髅就表示这东西是没主儿的，完全可以拿："四顾无人，虽鸡犬亦不知之，但只我们知道，谁人告我？有何证见？就如拾到的一般，那里论甚么公取窃取也！"殊不知，这才是妖怪“圈套”的核心——只要你动手拿，就成了小偷，就给了人家捉你的借口。至于唐僧，虽然说了一堆“玄帝垂训云：‘暗室亏心，神目如电。’趁早送去还他，莫爱非礼之物。”虽如此，却管不住八戒、沙僧自顾自地穿上背心，最终三人都被妖精拿住。

悟空在故事结尾总结得好，“只因你不信我的圈子，却叫你受别人的圈子”。规矩总比圈套好。有理。

17.“女汉子”蝎子精

因为女儿国毒敌山琵琶洞的蝎子精出场，我们知道了一件事，原来，不是所有的妖精捉唐僧都是为了吃肉，居然还有想——

蝎子精捉唐僧逼其成亲，目的性非常明确——修炼成仙。

妖总是想脱掉躯壳，成仙得道的，可是，道阻且长啊。话说通天河老鼋，修行了一千三百多年，连壳还没脱，成仙之日看起来更是遥遥无期，所以才托唐僧去问佛祖。

速成法当然是有的——吃唐僧肉就是个好办法。说得通俗一点，“吃什么补什么”，既然唐僧是“十世修行的好人”，吃他一块肉，就相当于增加了“十世修行”的功力。

为了强调性别差异，女妖精的故事设计得比男妖精的故事要浪漫……其实重点不是浪漫，而是——比吃更加速成，也就是所谓“采阴补阳”，或者“采阳补阴”。这和“吃什么补什么”一样，是道教比较流行的关于修仙的两条基本途径。想和唐僧成亲的那些女妖精，蝎子精和杏仙都没有正面提到这一点，到了老鼠精，说得就很明确了，“那唐僧乃童身修行，一点元阳未泄，正欲拿他去配合，成太乙金仙”。

以上这两条，其实是不分性别的，只要捉住了唐僧，可根据偏好随意选取。比如说，盘丝洞七个美丽的蜘蛛精，就没打算什么“采阳补阴”，还是想直接吃肉，闹得唐长老还误会了一把，为她们要“打我的情”而忐忑。当然，蜘蛛精们有实际情况——姐妹七个呢，还是分而食之比较公平。

厉害的“倒马毒”

蝎子精，应该是《西游记》众女妖中最具“女汉子”特质的一个。

她的武功不弱。“他又使个手段，呼了一声，鼻中出火，口内生烟，把身子抖了一抖，三股叉飞舞冲迎。那女怪也不知有几只手，没头没脸的滚将来。”

与哪吒、孙悟空能够变出“三头六臂”的本领不同，蝎子精本身就有很多只手——蝎子和蜘蛛是亲戚，都是蛛形纲的。蝎子有——五对脚（手），外加最前面的一对大钳子，观音曾说，她的兵器“三股叉”其实就是这对大钳子。这么多手，足够以一敌二，同时对付孙悟空和猪八戒。不过，最厉害的是她“尾上一个钩子”，里面的毒素是名列五毒之一的“倒马毒”。

蝎子精的毒比后文的蜈蚣精还是差着一些，但是也已经相当了得，把悟空和八戒各蜇了一下，二者都疼得不得了。孙悟空中毒，在整部《西游记》里也是独此一遭：“我这头，自从修炼成真，盗食了蟠桃仙酒，老子金丹；大闹天宫时，又被玉帝差大力鬼王、二十八宿，押赴斗牛宫外处斩，那些神将使刀斧锤剑，雷打火烧；及老子把我安于八卦炉，锻炼四十九日，俱未伤损。今日不知这妇人用的是甚么兵器，把老孙头弄伤也！”

把孙悟空、猪八戒蜇伤还不算什么，连如来佛祖也被她蜇了，观音菩萨说："他前者在雷音寺听佛谈经，如来见了，不合用手推他一把，他就转过钩子，把如来左手中拇指上扎了一下。如来也疼难禁，即着金刚拿他。他却在这里。若要救得唐僧，除是别告一位方好。我也是近他不得。"

蝎毒虽厉害，不过蜇如来的这一下却并非主动为之。很多动物、特别是小型动物的“毒”，其实都是在受到攻击或者惊吓的时候才会释放，有的甚至会为此付出生命代价，比如蜜蜂的蜂毒，还有白蚁的蚁酸，拼尽全力拿出最厉害的武器，之后也牺牲了自己。蝎子精蜇如来，也是出于自卫。

佛家讲究“众生平等”，可是《西游记》中佛家的代表人物如来佛，却是出了名的小气。唐僧师徒千辛万苦到了西天，就因为没给“人事”，阿傩、迦叶给传了“无字经”，唐僧师徒发现后返回来说理，佛祖居然说："经不可轻传，亦不可以空取。向时众比丘圣僧下山，曾将此经在舍卫国赵长者家与他诵了一遍，保他家生者安全，亡者超脱，只讨得他三斗三升米粒黄金回来。我还说他们忒卖贱了，教后代儿孙没钱使用……”看来，唐长老的前世金蝉子，千真万确是如来佛的徒弟，啰唆一脉相承。

所以，蝎子精来“蹭”课，如来佛也是不乐意的——这里是高级“总裁班”，就凭你，一个妖精，还想白听？于是如来挥手想把蝎子精赶走，才被蜇了。不让听课也就罢了，就为的这一下蜇，还下了搜捕令！也是因为想通过听课、通过好好学习来修行而行不通，蝎子精才走上邪门歪道，想和唐僧成亲了。

“色诱”失败分析

“女汉子”蝎子精，到了唐僧面前，一开始还是有所收敛的。先是好言好语，做出个体贴的样子：“御弟宽心。我这里虽不是西梁女国的宫殿，不比富贵奢华，其实却也清闲自在，正好念佛看经。我与你做个道伴儿，真个是百岁和谐也。”为了照顾长老的饮食习惯，还给准备了邓沙馅儿（豆沙馅儿）的素饽饽。

不过，“女汉子”装淑女是装不了多久的，很快就开始露骨地“色诱”了，什么“女怪解衣，卖弄他肌香肤腻……”说实话，一般的凡夫俗子，估计很难扛住。现成有个猪八戒，当一夜过后，三个徒弟在洞外议论起来，猪八戒就一口咬定，师父肯定“从了”：“你好痴哑！常言道：‘干鱼可好与猫儿作枕头？’就不如此，就不如此，也要抓你几把是！”

蝎子精“色诱”没成功，当然是唐长老取经的意志坚定，不过也要具体问题具体分析：因为，这一天的上午在女儿国，长老刚刚跟女王同过车。

“女儿国”段落的三个故事，分别是“落胎泉”“女儿国”“蝎子精”，在这个纯女性的国度里，唐僧不但经历了一人（国王）一妖（蝎子精）的诱惑，还顺便体验了一下妇人怀孕生子的不容易，很是全面。

女儿国王一心要以“一国之富”招赘唐僧，而且承诺结了婚就把国王的位子也给他，自己甘当皇后。就这份“泼天富贵”，诱惑力够大了，更何况，女王真的长得很美：“眉如翠羽，肌似羊脂。脸衬桃花瓣，鬟堆金凤丝。秋波湛湛妖娆态，春笋纤纤娇媚姿……”不多引用了，看看猪八戒的表现就知道了：“那‘呆子’看到好处，忍不住口嘴流涎，心头撞鹿，一时间骨软筋麻，好便似雪狮子向火，不觉的都化去也。”女王容貌是一等一，而且娇滴滴地“御弟哥哥”不离口，又是大排素宴招待三个徒弟，又是帮忙在通关文牒上添上三兄弟的名字……不用往高处说，温柔贤惠，善解人意八个字总是当得的。

上半天有这般周全的一段亲事放在眼前，唐长老也没动心，而下半天被捉到阴森恐怖的妖精洞中，“审美”差距真的太大了。当此时也，唐长老自然不会混淆人、妖的界限，“此怪比那女王不同，女王还是人身，行动以礼；此怪乃是妖神，恐为加害，奈何？”

有此一念，任蝎子精怎样色诱，唐长老根本不为所动，最后，“女汉子”耐心用完，终于凶相毕露了：“直缠到有半夜时候，把那怪弄得恼了，叫：‘小的们，拿绳来！’可怜将一个心爱的人儿，一条绳，捆的像个猱狮模样。又教拖在房廊下去，却吹灭银灯，各归寝处。”很快，孙悟空在观音菩萨的“明示”下请来了昴日星官，于是，GAME OVER。

在《西游记》中，女妖精们只是作为考验唐僧的“考题”存在。至于为什么要安排那么多女妖精，因为，“女色”也是各不相同的，考验一次当然也是不够的。作为“色诱者”，蝎子精的条件并不优越，所以，失败是情理之中的事。也因为蝎子精的条件不够优越，在后文书，又安排了优雅美貌、软语温存的杏树精，还有全能型女妖老鼠精，假借“公主”之身骗婚的玉兔精。直到几种类型都试验过了，才能正式提交一份测试报告：唐长老真的是不会被诱惑的。

【英】卜士礼 著 《中国艺术》插图 绘有《牡丹雄鸡图》的瓷碟

“昴宿”猜想

说到蝎子精，自然要说说她的克星——昴日星官。在“奎木狼”一段我们已经简单介绍过二十八宿，周天星宿按照东、西、南、北四个方向分为四个大群，每群中有七个小群。这些小群的名字，中间一个字分别对应“木”“金”“土”“日”“月”“火”“水”，袁天罡又给他们分别加了一个动物名，组合规律就是——“奎木狼”“亢金龙”“危月燕”等，昴日星官的全名是“昴日鸡”。鸡是捉虫高手，蝎子也是“虫”，所以星官现出本相一声长啸，蝎子精就倒地身亡了——就这么简单，典型的相生相克。

鸡这种动物在《西游记》中单独出现过三次，都是本色出演——“昴宿”在毒敌山琵琶洞灭蝎子精，毗蓝婆在黄花观收蜈蚣精，还有“天竺国”一回，“真假公主”的事情结束后，孙悟空特别要求国王在百脚山上放一千只大公鸡，以消灭山上作恶的蜈蚣。有人会觉得这事太小，无法和那些大场面大妖精的故事相比，殊不知这自有一番道理，刘皇叔不是说过，勿以善小而不为吗？

值得注意的是，黄花观降伏蜈蚣精，虽然请的是毗蓝婆，用的降妖神器“绣花针”，却是昴日星官“日眼”里炼成的。关于“日眼”二字历来没有多少解释，我们可以通过鸡和太阳的关系来推测一下。

鸡在中国人的生活中是很重要的动物。汉朝以后，鸡是中国人饲养的最主要的家禽，鸡肉也是最主要的食用禽肉。“六畜”之中，“鸡”排在第一个，（六畜排序为鸡、犬、猪、马、牛、羊）；鸡被列为十二生肖之一；还有一件更不寻常的事，传统的大年初一被称为“鸡日”，而“人日”被排在大年初七。

听起来，把鸡排在这么重要的位置有点可笑，内中原因，可能是因为鸡可以指代“太阳”。李白《梦游天姥吟留别》里说，“半壁见海日，空中闻天鸡”。传说，天鸡住在东南方向桃都山的桃都树上，每当太阳升起照到此树，天鸡就会鸣叫，接着，全天下的鸡都会鸣叫。

由公鸡天亮打鸣的这个特性，生发出了“天鸡”的故事。鸡，太阳，一日之初（或者一年之初），这几个意象之间的联系就建立起来了。这里牵扯到一个很多人都没有深思过的科学问题：鸡为什么会打鸣？

话说鸡有一个致命的弱点——夜盲症。在漆黑的夜晚，它

徐悲鸿绘《鸡石图》

们基本上等于睁眼瞎，看不见什么东西，而它们的天敌，狐狸、山猫等，夜视能力都是很强的。所以，夜晚对于鸡来说很危险，它们往往会飞到高高的枝头，或者早早回窝去躲着，才能保证安全。这么提心吊胆地过了一晚上，看到太阳升起、白日来临，那份高兴绝对非比寻常，所以，它们用高声鸣叫来表达自己的喜悦之情。

这是拟人的说法，从科学上说，打鸣当然不是公鸡要“表达喜悦之情”，而是因为每当太阳升起，光线由暗到明的变化，会刺激鸡脑垂体内一种叫“松果素”的腺体的分泌，促使它们打鸣。

不管怎么说，公鸡打鸣和太阳升起这两件事，就这么科学而又奇妙地联系在了一起，连带着，鸡这种动物，在古人眼里也变得神奇和重要起来。二十八宿中，“昴宿”所对应的是“日”，所以袁天罡会把和太阳有关联的“鸡”分配给他，全称“昴日鸡”。

而到了《西游记》中，吴老先生也充分利用了鸡与太阳的这一点联系，让昴宿在“日眼里”炼出了一根非同寻常的绣花针。太阳本来就是一个炽烈的超高温大火球，用于“煅造”神奇的兵器，很是合适。推测起来，“日眼”应该是太阳的某一个部位，比如科学上所说的“耀斑”，也就是那些比太阳表面平均温度还高的地方。“日眼”里炼成，又专破“多目怪”的眼睛，绝配。

顺便说一说“昴宿”的母亲毗蓝婆菩萨。指点孙悟空去找她的是“黎山老母”，不过老姆还特别叮嘱了一句，不要说是我指点的，这位菩萨有些怪人。“黎山老母”上一次出场，是和观音、文殊、普贤三位菩萨“搭班儿”，化作“贾莫氏”母女四人，试探师徒四人。能和这三位菩萨凑在一起“演戏”，黎山老母的地位当然不低，可是她却对毗蓝婆菩萨充满敬畏，那么毗蓝婆到底是个什么身份呢？

真相可能会让你大吃一惊，毗蓝婆菩萨居然和另一位“得道的女仙”是姐妹——红孩儿的妈妈铁扇公主！

在“牛魔王”一章里我们提到，铁扇公主还有一个名字——罗刹女。“罗刹”，在印度语中是“恶鬼”的意思，男罗刹极丑，女罗刹极美，都会食人血肉。佛典记载，曾有十名罗刹女在佛的感召下皈依佛门，成为《法华经》的守护者，其中有一名罗刹女就叫“毗蓝婆”。也就是说，毗蓝婆菩萨和铁扇公主，都是“十罗刹女”的成员，只不过铁扇公主只保留了一个“通称”——罗刹，而毗蓝婆不但保留了自己的名字，还多了一个身份——“昴宿”的母亲。

18. 神秘“九头虫”

乱石山碧波潭，在前一难“三调芭蕉扇”中其实已经出现过。孙悟空到积雷山摩云洞找牛魔王，二人正打得热闹，却有人喊老牛去赴宴。这请他的就是碧波潭的万圣老龙。这一段插曲，是给接下来孙悟空变作牛魔王找铁扇公主要扇子做铺垫的，同时，又给“碧波潭”段落埋了线。“碧波潭”这一段最神秘的自然是“九头驸马”。不过，他的老丈人万圣老龙，也很有些说头。

万圣老龙弄巧成拙

话说这西天路上，妖精们防着孙悟空、惦记着唐僧的，有的画影图形（“金角”“银角”），有的派小妖巡山（狮驼岭），但是大老远地派人去蹲点儿、盯着唐僧到没到的，碧波潭万圣老龙也算是独一份。结果弄巧成拙，派去“蹲点儿”的两个小妖，鲇鱼精奔波儿灞，黑鱼精灞波儿奔，被来扫塔的孙悟空逮了个正着——万圣老龙，你是不是傻？

其实这种提防孙悟空的意识，是牛魔王提起的。赴宴期间，老牛提到孙悟空在他的地盘上为了芭蕉扇怎样怎样难缠，“众精见说，一个个胆战心惊，问道：‘可是那大闹天宫的孙悟空么？’牛王道：‘正是。列公若在西天路上，有不是处，切要躲避他些儿。’”

作为朋友，对于万圣老龙及其他在座者，“老牛”算是好意相告；而说者无意，听者有心，万圣老龙对这一信息的处理方式，可以用八个字来形容——做贼心虚，越描越黑。因为，他早就偷了祭赛国金光寺宝塔上的舍利子放在家里，这时听说可能会遇到孙悟空，所以赶紧派人盯着点，如果他来了，咱好——搬家？宝贝转移？或者高筑墙、广积粮？总之，要有所准备。

思路是对的，可是，执行力太差。唐僧师徒是白天到的祭赛国金光寺，奔波儿灞和灞波儿奔到半夜了都还不知道。这且不说，唐僧带着孙悟空扫塔的时间不算短，估计得一两个小时吧——书中有交代，从定更开始扫的，扫到了二更天，这俩废物居然一点儿声音都没听见，反而自己猜拳行令弄出动静，让孙悟空给抓了。然后，舍利子的去向，乱石山碧波潭的地址，万圣老龙的家里都有哪些人，九头驸马的本事，哇啦哇啦，吐得干干净净。这一回，孙悟空省了大事，连山神、土地都不用逼问了。

偷舍利子，本就是九头虫入赘了碧波潭龙宫之后才生出来的事儿。听听二郎神怎么评价万圣老龙：“倒不生事。”从后文看，不是他不想生事，而是有贼心没贼胆，觉得自己实力不够。后来，得了“九头虫”这么个有本事的女婿，才有胆气去偷舍利子、让女儿万圣公主去偷王母灵芝。然后，弄巧成拙地派妖蹲点，自我暴露。

有趣的是，虽然老丈人万圣老龙那样提防孙悟空，但是驸马九头虫却似乎并没听说过孙悟空——这倒可以从前面的文字中找到证据，因为，万圣老龙宴请牛魔王那天，孙悟空变成螃蟹混进了龙宫，见“左右有三四个蛟精，前面坐着一个老龙精，两边乃龙子、龙孙、龙婆、龙女”，就是没见到九头虫。

其实，有没有听说过孙悟空，对九头虫并不发生影响，反正，他与万圣老龙小心翼翼的态度正好相反，他非常自负，不把任何人放在眼里：“太岳放心。愚婿自幼学了些武艺，四海之内，也曾会过几个豪杰，怕他做甚！等我出去与他交战三合，管取那厮缩首归降，不敢仰视。”“你原来是取经的和尚，没要紧罗织管事！我偷他的宝贝，你取佛的经文，与你何干，却来厮斗！”

话说这么个自大的家伙，到底是何来历呢？

九头虫是一只鸟

九头虫的九个头很显眼：“远看时一头一面，近睹处四面皆人。前有眼，后有眼，八方通见；左也口，右也口，九口言论。”可以肯定的是，他的原型一定不是现实中的动物，而是某种“神奇动物”。究竟是个啥呢？

看过1986年版电视剧《西游记》的朋友大概会说，是“九头蛇”吧？电视剧中他的头旁边突然“长”出几个蛇头来，真的有点像。此外，九头虫既是龙族的女婿，应该和龙有亲缘关系——那不就是蛇吗？

按照这种思路，笔者还去《山海经》里找过，居然真的找

【日】佚名 绘 《怪奇鸟兽图卷》中的相柳

到了一个——“相柳”。起码在图片上看得出，是一个蛇身，上面叠着九个人头。“相柳”也称“相繇”，是共工的大臣，也是著名的凶神，会吃土，会吐出很脏很臭的水，形成沼泽。相柳受命破坏大禹治水，大禹把他杀了，发现它的血流过的地方，腥臭难闻，寸草不生，无奈之下只好开辟了一个大池子，又建造五帝楼来镇压它。

“九头虫”是“相柳”吗？仔细重读原著就会发现，大类别都搞错了，九头虫应该是——一只鸟。

“毛羽铺锦，团身结絮。方圆有丈二规模，长短似鼋鼍样致。

两只脚尖利如钩，九个头攒环一处。展开翅极善飞扬，纵大鹏无他力气。发起声远振天涯，比仙鹤还能高唳。眼多闪灼幌金光，气傲不同凡鸟类。”

既然是鸟，为什么叫作“虫”呢？其实，联想一下“五虫”的说法就清楚了。古人习惯于把各种动物都叫作“虫”，兽类是“毛虫”，所以老虎也被叫作“大虫”，而鸟类呢，则被叫作“羽虫”。

“九头虫”是“鸟”，而且在《山海经》中也能找到，即“九凤”，也就是九头凤鸟。《山海经·大荒北经》中记载：“大荒之中，有山名北极天柜，海水北住焉。有神九首，人而鸟身，名曰九凤。”《西游记》“碧波潭”的故事结尾，九头虫被哮天犬咬下了一个头，仓皇逃跑，“投北海而去”，从方位上来说和《山海经》的记载相同，他最早的原型应该就是“九凤”。

不过，凤凰是传统中的吉祥之鸟，为什么以“九凤”为原型的九头虫，却被塑造成了一个妖孽呢？

原来，在《山海经》之后的古籍里，“九凤”消失了，而出现了另一只九头的怪鸟“鬼车”。关于“鬼车”的故事有很多种说法，可以这样归纳一下：这种鸟昼伏夜出，而且叫声凄厉难听，夜间听来就仿佛一辆辆载着鬼的车子在空中飞过、水上掠过，所以就得名“鬼车”。据说周公很讨厌鬼车鸟的叫声，于是就派人去射杀它，但是总也射不中。后来，周公放出天狗，咬掉了“鬼车鸟”的一个头。“鬼车鸟”本有十个头，被咬掉了一个，自然就变成了“九头”，而那第十个没了头的胫口，一直滴着血。《西游记》中，九头虫的头是被哮天犬咬掉了一个，剩了八个，“至今有个九头虫滴血，是遗种也”。

“九头虫滴血”，为什么是“遗种”呢？据说，“鬼车”特别喜欢抢别人家的孩子来养，谁家孩子的衣服上滴了它的血，

【清】佚名 绘 《彩绘山海经》中的九凤

或者粘了它落下来的毛，孩子就会生病，甚至死掉，也有说这家就会遭到凶事。听起来怎么像《天龙八部》里的叶二娘呢？晚上偷孩子来自己养，白天又杀掉？这样看来，“鬼车”的性别，似乎是女性？不说笑话，“鬼车”真有可能是女性，有的地方传说，“她”的前世是一个难产而死的产妇——所以才会抢别人的孩子嘛！

“鬼车”在《西游记》中变身“九头驸马”，其凶相让见惯了妖魔鬼怪的悟空、八戒都觉得稀罕，“猪八戒看见心惊道：‘哥啊！我自为人，也不曾见这等个恶物！是甚血气生此禽兽也？’行者道：‘真个罕有，真个罕有！’”不过，那“九个头”的作用，其实和后文九头狮子相似，就是能捉人而已——捉住了猪八戒。

值得一提的是，这个故事的“外援”是“大闹天宫”后就没露过面的二郎神，选他做“外援”，应该是为了凑合“鬼车”的传说——头是天狗咬下来的，自然得用上二郎神的“细犬”了。

猫头鹰 · 九头鸟 · 祭赛国

“鬼车”虽是“神奇动物”，不过，它在现实的动物世界有没有它的原型呢？大家一下子能想到的，应该是——猫头鹰。

是的，习性很符合。猫头鹰昼伏夜出，叫声凄厉吓人，历来被视为不祥之兆，而且有些古书中说，“鬼车”“状如鸺鹠”。鸺鹠，就是一种体形较小的猫头鹰。猫头鹰的形象，最突出的是它的大个儿“猫头”和一般鸟类头和身体的比例很不一样，夜黑风高，影影绰绰，如果把这个“大头”理解为九个叠在一起的头，也未为不可。还有人说，有一种像“鸺鹠”又像鹤、长着长脚的水鸟“鸧鸹”（cāng guā），有可能就是“鬼车”的原型。鸧鸹长着“逆毛”，而九头虫“毛羽铺锦，团身结絮”，还有像鹤一样的叫声。鸧鸹是涉水之禽，与龙族结亲的可能性更大一些。

最后，说说祭赛国。

本故事的开头和“车迟国”很像，也是唐僧师徒路遇受冤的和尚。国王冤枉和尚，在车迟国是因为道士求来了雨而和尚没求到，已经有些没道理了，而祭赛国金光寺的和尚更冤。从原文来看，祭赛国得到四方国家的朝贡，纯粹是因为金光寺神奇的宝塔：“我这金光寺，自来宝塔上祥云笼罩，瑞霭高升；夜放霞光，万里有人曾见；昼喷彩气，四国无不同瞻。故此以为天府神京，四夷朝贡。”待到佛宝被偷，宝塔不再放光，四方不再朝贡，国王就怨上了和尚：“谁晓得我这寺里黄金宝塔污了，这两年外国不来朝贡。我王欲要征伐，众臣谏道：我寺里僧人偷了塔上宝贝，所以无祥云瑞霭，外国不朝。昏君更不察理。那些赃官，将我僧众拿了去，千般拷打，万样追求。”

就是这样不讲道理。出了事情，不管原委如何，先要找个“交代”，塔在寺里，和尚就是最好的替罪羊。所以，和尚会说祭赛国“文也不贤，武也不良，国君也不是有道”，很通。

19. 蟒蛇精与稀柿衕

蛇这种动物，很多人都怕。怕蛇之人，不要说真蛇，就是看到玩具、图片、视频，也会害怕。可是，偏偏很多著名的故事中，都有它，且出现时往往猝不及防。

古希腊有蛇发魔女美杜莎，被她瞪视会瞬间变成石头。

到了很多人熟悉的魔法小说《哈利·波特》中，蛇是反派“黑巫师”的强大助力，能和蛇对话的能力被认为是“黑巫师”的标志，更有整整一本故事《哈利·波特与密室》，讲的都是主人公如何战胜蛇怪。

蛇的形象在中国的传统故事中也是丰富的。人文始祖伏羲和女娲，就是人首蛇身。中国龙的形体，是从蛇演变而来的，所以也有蛇会修炼成龙的传说。《山海经》里；充满了各种蛇的形象，多头的、多尾的、有毒的。可爱的蛇也不是没有——白娘子传奇。

不过，和老虎的情况相似，蛇精在《西游记》中的战斗力很弱。

【唐】《伏羲女娲图》1928 年新疆吐鲁番采集

战力不强的蟒蛇精

真正出场的蛇精只有两个。第一个，黑熊精的朋友，一个白衣秀士，刚一出场就被孙悟空打死、现了原形——一条白花蛇，连名字都没有。第二个，七绝山稀柿衕的红鳞大蟒。

稀柿衕的蟒蛇精出场之前的渲染还是很唬人的。驼罗庄的人说，自打这妖精三年前来了七绝山，“将人家牧放的牛马吃了，猪羊吃了，见鸡鹅囫囵咽，遇男女夹活吞。自从那次，这二年常来伤害。”说着说着“妖精”就来了，一阵飓风，刮得人站立不稳，风过了，空中现出两个巨大的灯笼。猪八戒还高兴呢，以为妖精是提着灯笼照路，还由此判断这是个“原来是个有行止的妖精！该和他做朋友！”沙僧却看得明白：“‘你错看了。那不是一对灯笼，是妖精的两只眼亮。’这‘呆子’就唬矮了三寸，道：‘爷爷呀！眼有这般大啊，不知口有多少大哩！’”后来蟒蛇精被赶回了山里，现了原形，果真很大：“大不大，两边人不见东西；长不长，一座山跨占南北。八戒道：‘原来是这般一个长蛇！若要吃人呵，一顿也得五百个，还不饱足！’”

【明】文俶绘《金石昆虫草木状》中的白花蛇

不过，与其巨大的身躯相比，蟒蛇精的法力却并不强。虽然修成了人形，却还不会说话。“行者执了棍势，问道：‘你是那方妖怪？何处精灵？’那怪更不答应，只是舞枪（这“枪”其实就是蛇信子）。行者又问，又不答，只是舞枪。行者暗笑

道：‘好是耳聋口哑！不要走，看棍！’那怪更不怕，乱舞枪遮拦。”直到被孙悟空整死，这家伙真是一句话也没说，看来是——还没学会说话。

论武功，蟒蛇精对付孙悟空和猪八戒，虽说有夜晚昏暗不明的优势，却也只有招架之功，并无还手之力。天一亮，就只好跑路、现原形，最后一招是——张嘴吞。这一招并没有什么好处，孙悟空惯会跑进妖精的肚子折腾，这一次很干脆，一共三招，就让巨蟒毙命。“行者在妖精肚里，支着铁棒道：‘八戒莫愁，我叫他搭个桥儿你看！’那怪物躬起腰来，就似一道路东虹。八戒道：‘虽是像桥，只是没人敢走。’行者道：‘我再叫他变做个船儿你看！’在肚里将铁棒撑着肚皮。那怪物肚皮贴地，翘起头来，就似一只赣保船。八戒道：‘虽是像船，只是没有桅篷，不好使风。’行者道：‘你让开路，等我叫他使个风你看。’又在里面尽着力把铁棒从脊背上一搠将出去，约有五七丈长，就似一根桅杆。那厮忍疼挣命，往前一撺，比使风更快，撺回旧路，下了山，有二十余里，却才倒在尘埃，动荡不得，呜呼丧矣。”

俗语云“人心不足蛇吞象”，这条巨大的红鳞蟒，其实就是对人的贪心的一种比喻。最终，大蟒吞下的不是可以“消化”掉的大象，而是“消化”不了的孙悟空，送掉了性命。

在1986年版电视剧《西游记》中，蟒蛇精被设计成一个和白骨精类似的女妖精。而实际上，直到死，原著中也没有说明其性别。这真是一个没什么实力的妖精，和我们通常说到蛇的时候会联想到的邪恶、阴险、强悍等，很不搭。其中道理，可能跟老虎精是类似的——常见嘛。还有就是，七绝山这一难，重点是稀柿衕，蟒蛇精的出现，只是此难的点缀。

“堵”起来的西去之路

我们来回忆一下此前的故事，顺序是：八百里荆棘岭，虽有唐僧和众树精的一番周旋，但猪八戒的披荆斩棘才是故事的核心，所谓“荆棘蓬攀八百里，古来有路少人行。自今八戒能开破，直透西方路尽平”；“小西天”，黄眉老怪假扮佛祖，并有“金铙”“人种袋”等从“主人”弥勒佛祖那里偷来的宝贝助力，也算是一个大难；然后就到了七绝山，李老者说，“此处乃小西天。若到大西天，路途甚远。”这三个故事可以看作一组，都和“堵”有关系——先是荆棘拦路，中间是黄眉老佛设下的“小雷音”幻象和什么都能收进去的“口袋”，最后是“稀柿”把路堵得死死的。

估计这个村庄叫作“驼罗庄”，就有这么一层寓意：西去之人走到这里，会急得像“陀螺”一样就地打转儿。这就好比武功、学问、修为要上一个境界，会遇到一个瓶颈期，“七绝山”正位于这个“瓶颈”上，要想“通关”到“大西天”去，就得想办法把这些堵在路上的“污秽”都清理干净。而“污秽”的形成，也颇有隐喻性质。

“荆棘岭”和“稀柿衕”两个故事，虽然有相似之处，都是“植物”拦路，“通关”也都是以八戒为主力，其实还是有所不同的，荆棘岭的荆棘是“天灾”——天然形成的，“稀柿衕”的形成则有人为因素。唐僧师徒刚刚到达七绝山下的驼罗庄，当地的李老者是这样向他们描述的：“这山径过有八百里，满山尽是柿果。古云：‘柿树有七绝：一，益寿；二，多阴；三，无鸟巢；四，无虫；五，霜叶可玩；六，嘉实；七，枝叶肥大。’故名七绝山。我这敝处地阔人稀，那深山亘古无人走到。每年家熟烂柿子落在路上，将一条夹石衚衕，尽皆填满；又被雨露雪霜，经霉过夏，作成一路污秽。这方人家，俗呼为稀屎衕。”

有这么多好处的柿树，就因为果实堆积腐烂无人过问，堵塞了向西的道路，成了一方的污染源，臭气熏天。也正因为这样污秽，才引来了红鳞大蟒。终年生活在臭味里的村民，居然从没想过应该去清理一下这条腐臭的胡同，真是典型的“自扫门前雪”。到得污秽引来了大蟒，大蟒摄走牛羊、吃了人之后，村民才想到请人降妖。孙悟空说“你这方人家不齐心”，并没有冤枉他们。

孙悟空说要替他们降妖，驼罗庄的人开口就问：“长老，拿住妖精，你要多少谢礼？”当地人这么问，是被之前请来的和尚道士给“训练”出来的，请人降妖都是出了钱的，后来妖没降成，降妖的人却死了，又被他们的徒弟“讹诈”了不少钱。而孙悟空的回答却很让当地人惊讶：“何必说要甚么谢礼！俗语云：‘说金子幌眼，说银子傻白，说铜钱腥气！’我等乃积德的和尚，决不要钱。”众人不信，又说要每家送两亩良田，共凑一千亩，给他们师徒盖一个寺院。行者又笑道：“越不停当！但说要了田，就要养马当差，纳粮办草，黄昏不得睡，五鼓不得眠。好倒弄杀人也！”这时候估计众人已经糊涂了，不要金银也不要寺院，那你们到底要什么呢？行者的回答非常给力：“我出家人，但只是一茶一饭，便是谢了。”

这才是正确的“降妖”方式。堵塞“稀柿衕”的“污秽”，和红鳞大蟒一样，比喻的都是人的自私与贪婪之心；孙悟空能够除掉蟒蛇精，靠的不仅是本身的功力，也包含着这么一层意思——无欲则刚。

驼罗庄人感于唐僧师徒的高行，先是商量好要在山里另开一条路送他们过去；之后，猪八戒变成一头大猪，拱开了稀柿衕，庄里人则一路供应“老猪”吃饭：“（庄里人）飞星回庄做饭……催趱骡马，进衕衕，连夜赶至，次日方才赶上。叫道：‘取经的老爷，慢行！慢行！我等送饭来也！’……叫八戒住了，再吃些饭食壮神。……（八戒）饱餐一顿，却又上前拱路。”

这一段文字，看起来真的是颇为感动，八戒的一场“凿臭之功”，不仅开通了西去之路，也激发出驼罗庄人“齐心协力”的劲头儿，将贪心、私心等污秽之心摒除，这才是本回题目的含义：拯救驼罗禅性稳，脱离秽污道心清。

20. 异兽“赛太岁”

“朱紫国”，私以为是写得比较好看的一段故事，悬念一个接着一个，快乐无比。

先是孙行者行医。一开始“揭皇榜”一段，我们只当他是给“呆子”挖个坑，自娱自乐一下，可是接下来却发现，孙行者真的会看病——用的还是高技术含量的“悬丝诊脉”，准确诊断出了“双鸟失群”之症。

接下来是三兄弟深夜制药。正奇怪八百八十味药、每味三斤该如何取舍，却不想孙大圣最终只选了大黄和巴豆各二两！

可是，这两样最普通的药，配上厨房灶头刮下来的锅底灰，真的能治国王的沉疴吗？却不想谜底竟然是——白龙马的尿（实为龙尿），是啊，鱼吃了能成龙，草服了变灵芝，用来治个把病真是小意思。

“乌金丹”拿到国王面前，又提出个“无根水”，都是世上难寻之物。最终还是孙大圣显神威，请龙王打了两个喷嚏，凑足了三盏送药的水。

国王的病好了，孙行者追根溯源，找出了“双鸟失群”的病因，原来是——相思病，媳妇被人抢了。

孙悟空入山打探，遇到了赛太岁的心腹小校“有来有去”，听他说“大王”没福，“金圣宫娘娘”三年不得粘身，又是纳闷……

真是谜语一个接着一个。不过，本故事最大的谜语是：“主角妖精”赛太岁，到底是个啥动物呢？

“神奇动物”连连看

这个抢夺了朱紫国金圣宫娘娘的妖精，自称“赛太岁”，住在麒麟山，獬豸洞，至于他的原形，在故事结尾处由观音菩萨揭秘，是她的坐骑金毛犼。嗯，都是挺有说头儿的动物，一个一个说。

【日】桂川国瑞绘《动物写生图》中的麒麟

麒麟，中国传统的祥瑞之兽，民间最著名的传说莫过于“麒麟送子”，后来也有直接用“麒麟”代指“男孩”的。京剧有一部著名的程派名剧《锁麟囊》，说“锁麟囊”是富贵人家小姐出嫁之时，母家赠给的一个绣着麒麟、装满珠宝的锦袋，祈祷婚后能够“诞育麟儿”。当然，麒麟的意义不止于此。“麒麟为走兽之长”，清代官员的“补服”，一品武官的图案就是麒麟。

麒麟也是一种“集合型”神兽，既

【明】文俶绘《金石昆虫草木状》中的麋鹿

为走兽，又有一些龙的特征。《说文解字》里的解释是："麒，仁宠也，麋身龙尾一角；麐（麟）牝麒也。"按照这种说法，麒麟的原型动物应该是——麋鹿，也就是俗称"四不像"的那一位。麋鹿的"四不像"，指的是"角似鹿，脸似马，蹄似牛，尾似驴"。从科学的角度来说，麋鹿这些似是而非的特征，都是它们为了适应湿地沼泽的生活环境而进化出来的，而古人看到麋鹿这副很像是"特殊组装"而成的怪长相，感到很神奇，所以才把它和传说中的麒麟联系在了一起。

史上传说，麒麟会在盛世时现身。有一幅明朝宫廷画叫作《榜葛剌使者献麒麟》，记的是1415年，也就是明成祖永乐十三年，海外国家"榜葛剌"进贡麒麟的事儿。"榜葛剌"即"孟加拉"的旧译名，而画中的"麒麟"居然是——长颈鹿。估计"榜葛剌国"也是通过海外贸易买得原产非洲的"麒麟"，然后再献给明朝的。将这种奇特的海外动物，名之为"麒麟"，还真是妙。

而"麒麟山"三字，也是有来历的。原来吴承恩先生在晚年曾担任过湖北蕲州（今蕲春）荆王府的纪善，也就是管理王府文教事务的官员，在蕲州生活过几年，而蕲州当地就有一座"麒麟山"，本地风光，也算是信手拈来。

顺便说一句，当时的蕲州还有一位大大的名人——写作《本草纲目》的李时珍，所以有人推测，吴承恩和李时珍这两位文化名人，说不定在蕲州是有交集的，"朱紫国"孙悟空行医的故事，说不定就是吴老先生与李时珍或者其他医家交往过程中学到的“医家心得”。

我们现在常见的麒麟形象，并不一定是单角，也有双角的；倒是另一种“神奇动物”，一定是单角——獬豸。

獬豸，是一种头顶长着独角的羊，它最特别的地方是能够明辨是非。传说尧帝的名臣皋陶就饲养着神兽獬豸，当案件不容易判定时，皋陶就放獬豸出来，獬豸会直接顶向有罪者，还有传说，獬豸会将有罪者直接吃掉。所以，皋陶被奉为中国的“司法始祖”，而獬豸也成为司法公正的象征。在两汉时期，司法者流行戴“獬豸冠”。如今到开封，当年著名清官包拯坐镇的“南衙开封府”，府前的影壁上，就画着一头威猛灵动、独角顶向前方的獬豸。

非洲的长颈鹿曾经被认为是“麒麟”，那么，在西方有没有也和獬豸类似的神奇动物呢？其实很容易想到的——“独角兽”。西方的“独角兽”是一匹白色的闪着银光的马，头上长一个独角，关于它有不少美丽的传说，总之这种神奇动物是以纯洁、善良为主要特征的。魔法小说《哈利·波特与魔法石》中，禁林中有一头独角兽被杀还被吸血，猎场看守海格告诉哈利，这样做的人其实已经没有多少人性了——果然，凶手是被黑巫师伏地魔附身的奇洛，他们杀死独角兽就是为了喝它的血延续生命。

中国的“独角兽”，其实不止一种。除了獬豸，麒麟也有人说是一只角。此外，还有我们前面提到的青牛怪——兕以及独角的犀牛。

再来看“太岁”。俗语有“太岁头上动土”，可见在民间，“太岁”并不是一个好听的称呼，而让人联想到凶恶、蛮横、不讲理。其实，太岁最初的意思并不是负面的。北京的“全真第一丛林”白云观中，有一座元辰殿，殿中供着六十名“岁神”，按照自己的生日找到对应的“值年太岁”，是参观者都喜欢的游戏。大概来说，天干地支六十年一甲子，“值年太岁”一年一位轮值，相当于一种守护神。因为“太岁”过于尊贵，就有了“避太岁”的说法，日久天长，普通人就有了“太岁”为凶神的印象。“赛太岁”这个名字，借用的明显是“太岁”的“凶意”。

最后说说金毛犼。犼也是龙的儿子之一，就是西海龙王解说“龙生九子”时所说的“敬仲龙”。它的学名叫蹬龙，俗称望天犼，负责守卫华表。最有名的是天安门城楼前后华表上的那一对。城楼外的犼身子向外，是希望皇帝出巡要早些回来，处理政事，称为“望君归”；城楼内的那个身子向内，是希望皇帝不要沉湎于后宫，称为“望君出”。由此可见，犼，原本是一种比较正能量的神奇动物。

有人也许会问，既说金毛犼是观音菩萨的坐骑，为什么寺庙里的观音像，很少有骑犼的呢？我们在前面“通天河灵感大王”的故事里曾提到“三十三观音”的说法，也就是观音菩萨在中土有三十三种主要的造型。“三十三观音”中，有骑犼（或狮）、骑龙、骑鱼甚至骑象等多种造型，但是最典型的、最常见的观音像，都是没有坐骑的那种。也就是说，观音菩萨不像骑象的普贤菩萨、骑狮的文殊菩萨那样，有固定的坐骑，“金毛犼”只是观音菩萨“偶尔”会骑的坐骑之一。骑犼的观音，正名是“阿摩提观音”，翻译过来就是“狮子无畏观音”。在古代，“犼”和“狮子”的区别不大。大多数“阿摩提”观音的造型中，坐骑是狮子，不过在苏州的观音园，藏有一尊元代的鎏金骑犼观音像。这只犼背部驮着莲花座，菩萨端坐其上，犼回头作仰天状，大口獠牙，威猛毕现。有趣的是，这只犼的颈部居然饰有铃铛，标准的“赛太岁”啊！

如果将“麒麟山—獬豸洞—赛太岁—金毛犼”连在一起看，就会发现这种搭配有些可笑。金毛犼自以为是龙的儿子，菩萨的坐骑，下界来转转怎么也能称得上是——走兽之长“麒麟”，高贵呀；能辨善恶的“獬豸”，聪明呀；还有，威猛无比，赛过“太岁”。

但是从故事文本来看，完全就是另外一个样子——菩萨的坐骑，本质上就是“仆人”或者还不如仆人，何来“高贵”？被金圣宫一个女子耍得团团转，“聪明”何在？至于比太岁还威猛，就更可笑了，“赛太岁”能跟孙悟空过上一些招，但是他最主要的武器，也就是那三个“铃儿”。

“我的雌来你的雄”

“紫金铃”真可以说《西游记》中可与“金刚琢”媲美的顶级宝贝，威力着实了得。孙悟空初入麒麟山，就吃了它的亏。“只见那山凹里烘烘火光飞出，霎时间，扑天红焰，红焰之中冒出一股恶烟，比火更毒。”火和烟之外，还有更厉害的沙尘暴：“纷纷绞绞遍天涯，邓邓浑浑大地遮。细尘到处迷人目，粗灰满谷滚芝麻。采药仙童迷失伴，打柴樵子没寻家。手中就有明珠现，时间刮得眼生花。”

这三个会放火、放烟、放沙的铃铛，又是“宝贝发明家”太上老君所炼，威力无比，连观音菩萨都说：“你这贼猴！若不是你偷了这铃，莫说一个悟空，就是十个，也不敢近身。”

拥有这么一个顶级的宝贝，赛太岁还是败了，主要是因为弱点太明显——智商不够。

话说孙悟空经了一番波折，终于用调包计把妖怪的铃铛赚到了手，于是在洞外自称“外公”骂战。小妖传进话来，赛太岁就请教金圣宫：朱紫国中可有姓“外”的，《百家姓》上好像没有啊？娘娘也答得好：“止《千字文》上有句‘外受傅训’，想必就是此矣。”搞得妖怪信以为真，出去还问呢，哪个是朱紫国来的“外公”？让孙悟空结结实实叫了一句“贤甥（外孙）”。

接着，真假铃铛大比拼，孙悟空说“自己”的铃铛（真铃铛）是“道祖烧丹兜率宫，金铃抟炼在炉中。二三如六循环宝，我的雌来你的雄”。妖王不信，摇了一下“铃铛”，果然不管用（因为是假的啊），于是慌了手脚道：“怪哉，怪哉！世情变了！这铃儿想是惧内，雄见了雌，所以不出来了。”

真是蠢萌蠢萌的妖怪。估计是作为观音菩萨偶尔一骑的坐骑，闲散而无压力，以至于脑子生锈成这样。

“赛太岁”更致命的弱点当然是好色。金圣宫娘娘一开口一番话，就能让他交出宝贝：“我蒙大王辱爱，今已三年，未得共枕同衾。也是前世之缘，做了这场夫妻；谁知大王有外我之意，不以夫妻相待。我想着当时在朱紫国为后，外邦凡进贡之宝，君看毕，一定与后收之……且如闻得你有三个铃铛，想就是件宝贝，你怎么走也带着，坐也带着？你就拿与我收着，待你用时取出，未为不可。此也是做夫妻一场，也有个心腹相托之意。——如此不相托付，非外我而何？”

真是娇羞的小女人之态，长长一段话，是找妖怪要“定情信物”呢——你一直拿我当外人呢，什么宝贝铃铛也不肯让我看见，不肯给我收着。而赛太岁呢，丝毫不觉有诈，立即就交出了“铃铛”，“娘娘怪得是，怪得是！宝贝在此，今日就当付你收之。”

第一次“骗宝”，因为孙悟空性急，没出门就拔了铃铛上的棉花闹到失火，结果“赛太岁”又把铃铛收回了。再骗一次，本来是有难度的，可是娘娘又成功了。孙悟空变作小丫头“春娇”（也是一只玉面狐狸精），故意在赛太岁身上放了虱子、虼蚤、臭虫，赛太岁居然不好意思起来：“我从来不生此物，可可的今宵出丑。”娘娘笑道：“大王何为出丑？常言道：‘皇帝身上也有三个御虱’哩。且脱下衣服来，等我替你捉捉。”真是自家人，居然还要替他捉虱子，妖精怎能不受宠若惊？也就是趁着这个时候，孙悟空才把真假铃铛掉了包。

“赛太岁”总让人想起《水浒传》里的高衙内，《红楼梦》里的薛蟠，看到美女，撒泼打滚地也要占为己有，闹出人命来也不怕，无非还是有所倚仗——高衙内的倚仗是高俅，薛蟠的倚仗是钱和好亲戚，“赛太岁”的倚仗是铃铛。而离了倚仗，纯粹草包一个。

当然，与之相比，朱紫国王也并不高明。为了媳妇，就能病三年；为求医病，许愿说“愿将社稷平分”；一听能救回金圣宫，当场就给孙悟空跪下了：“若救得朕后，朕愿领三宫九嫔，出城为民，将一国江山，尽付神僧，让你为帝。”把个平日里好色的猪八戒都给逗笑了：“这皇帝失了体统！怎么为老婆就不要江山，跪着和尚？”八戒说得对，果然有失体统。又“朱”又“紫”的一个国家，国王却如此可笑，和“赛太岁”也是一对。

五彩仙衣

说到金圣宫，有一个不得不说的话题——贞洁。妖怪抢亲的故事自古有之。比如前面提到的唐传奇《补江总白猿传》，某人的媳妇被一只成精的白猿抢走，被救回后还生了一个长得像猴子的儿子。可见在唐朝那时候，抢亲故事对“贞洁”问题是不大在意的。

但是在《西游记》的时代，这件事却是很严重的。一个反面典型就是唐僧的母亲殷小姐。虽然“江流报仇”故事结局比较圆满，大仇得报，陈光蕊复活，家人团聚，但是殷小姐的结局却是——从容赴死。

再看看其他故事，比如乌鸡国，狮俐王的主人文殊菩萨向悟空解说，派狮子下界就是为了完成任务，孙悟空却不依不饶：“但只三宫娘娘，与他同眠同起，点污了他的身体，坏了多少纲常伦理，还叫作不曾害人？”菩萨赶紧解释：“点污他不得。他是个骟了的狮子。”

朱紫国故事的缘起，也是因为国王无意中得罪了菩萨，必须受到惩罚：“有西方佛母孔雀大明王菩萨所生二子，乃雌雄两个雀雏，停翅在山坡之下，被此王弓开处，射伤了雄孔雀，那雌孔雀也带箭归西。佛母忏悔以后，吩咐教他拆凤三年，身耽啾疾。那时节，我跨着这犼，同听此言，不期这孽畜留心，故来骗了皇后，与王消灾。”佛母孔雀大明王菩萨虽是如来的“干妈”，在小心眼这一点上和如来佛倒是颇似亲母子，不但要让人家拆凤三年，还必须得三年的重病，够狠！不过，因为有紫阳真人五彩仙衣的保护，这个故事就显得很圆满——因为金毛犼是偷跑下界的，不比狮俐王本来就是“太监”，所以特意补了一道“防护”。

21. 天罗地网蜘蛛精

一般来说，唐僧只要单独行动，都会遭灾，比如，远远望见黄金宝塔就一定要走到眼前拜一拜，结果“拜”出了黄袍怪；“真假美猴王”孙悟空铁棒一挥催白马快跑，结果长老孤身一人碰见了强盗；而在盘丝洞遇到蜘蛛精，唐长老自己要负一半的责任。

蜘蛛精的耐性

一开始，唐长老见一座庄院近在眼前，就不顾徒弟们的反对，非要自己去化一次斋。进得庄来，只见四女在窗下刺绣，三女在木香亭踢气球，一静一动，不是一般的美，于是驻足观看。这好像是书中少有的一段关于唐长老好色的描写。当然，只是“观看”而已，长老这时还是肉眼凡胎嘛，爱美之心，正常正常。可是，这一看就入神了，看刺绣女看了半个时辰，看踢球女又看得“时辰久了”，古代的一个时辰是两小时，唐长老这“两看”

少说也得一个多小时，正所谓“目迷七色”是也。

话说蜘蛛精的动物原形蜘蛛，一般一只就有八只眼睛，那么七只蜘蛛就是……五十六只眼！洞察力不是一般的强，地盘儿上来了“外人”，还在那里“站”了那么久，难道她们没发现？不可能。应该是装没看见。她们在等。等着“外人”憋不住了自己开口。

唐长老呢，因为和徒弟们夸下了海口，空手而归会很难看，而自己又在人家“女施主”的院子里“站”和“看”了那么久，不问一声实在交代不下去，所以“只得走上桥头，应声高叫道：‘女菩萨，贫僧这里随缘布施些儿斋吃。’”

等的就是你这话，“那些女子听见，一个个喜喜欢欢抛了针线，撇了气球，都笑笑吟吟的接出门来道：‘长老，失迎了，今到荒庄，决不敢拦路斋僧，请里面坐。’”真会说话。明明是暗中窥伺，居然给说成了腼腆怕羞，还搞得唐长老满是感动：“善哉，善哉！西方正是佛地！女流尚且注意斋僧，男子岂不虔心向佛？”于是，自觉自愿地进了洞。

换作黄袍怪的波月洞，小妖们早就一拥而上将人绑了，可是，女妖们还要继续装，柔声慢气地查户口。其原因，一是为了探探底细，二是怕他发现不对夺门跑掉，必须用言语稳住他，所谓诱敌深入是也。可能因为她们自身毕竟是女流，怕眼前这个白胖和尚真有什么法术，大家制不住他，还是先用言语稳住他为好。

长老您要化缘吗，缘簿在哪里呀？

哇，您是唐僧啊！

圣僧饿了吧？姐妹们赶紧备饭！

不是装样子，是真的撸胳膊挽袖子下厨去准备了。饭一端上来，唐长老终于被吓清醒了，连说不敢破荤。蜘蛛精呢，依旧慢条斯理，要演完最后一场。

长老，这是素的呀。

长老，荤是荤的，可你出家人不应该挑剔布施。

你说你不挑布施，可你这明明就是上门找碴！

不吃还想走？演出结束，捆上！

以效率来说，蜘蛛精忒磨叽了。不过她们自有一番道理。就是给自己造了一个吃唐僧的充分且合理的理由。是你主动找上门的啊，你说要吃饭，你出家人化缘为什么还要挑食？那我们只能吃你了。

眼熟吗？相信看官们多多少少都中过此类圈套吧。对方明明想占你的便宜，还要给你扣上主动挑事、道德败坏之类的大帽子，然后说："我这么做都是你逼的"。

有这么一种句式，用来形容《西游记》里的妖精挺合适：妖精分两种：禽兽，和衣冠禽兽。蜘蛛精的师兄蜈蚣精说过，"一打三分低"，所以，"打"之外可以无所不用。这一组师兄妹，均属衣冠禽兽（准确说，它们应该算是衣冠之虫）。

我们再从生物学的角度来说说吧。蜘蛛精之所以这么拐弯抹角地给自己吃唐僧找理由，其实和这种动物的生态位有关。蜘蛛属于节肢动物门蛛形纲，种类是很多的，有的灰不溜秋，有的黑亮黑亮，有的带着耀眼的豹纹，有的结网，有的不结网，有的吃肉（吃比它们更弱小的虫儿），有的吃素。《西游记》中的蜘蛛精，属于会结网又"吃肉"的那种。但是不管怎么说，蜘蛛还是处在食物链的底端，底气不足，所以更强调智取。以上这一段磨磨唧唧捉唐僧的片段，可以看作是她们引诱猎物"上网"的过程。

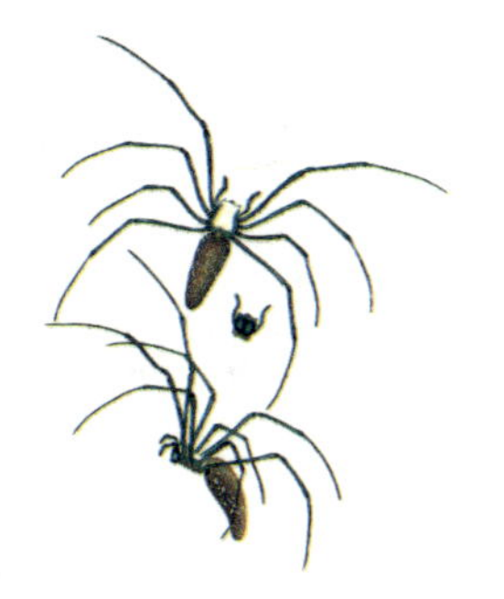

真实版的蜘蛛并没有蜘蛛精的花容月貌可以凭借，它们唯一能做的就是：织网，等着。夏天在野外，仔细观察一下总会发现一些大蜘蛛网，甚至连接在好几棵大树之间，可是，要想把它们拍摄下来，角度却非常难找，有时你觉得拍到了，可是在照片上却根本看不到网。像一些自然纪录片那样能拍出丝缕清晰的蜘蛛网，甚至还有早上的露水在网丝上逐渐风干的镜头，除了设备本身要好，还要事先花很多时间调整灯光和镜头角度。啰唆这些是要说明，因为只能“守株待兔”，所以蜘蛛对于织网是相当讲究的：网的位置，要安在虫子们日常会飞过或者爬过的地方，所以，蜘蛛精把她们的庄院设在路边，过往的路人目力可见。网的效果呢，要的就是这种似有若无，也就是说，对于蜘蛛要捕猎的那些虫子，蜘蛛网就应该是看上去不存在的，只有这样，虫儿们才会不自觉地撞在网上，继而被黏住。

【英】多诺万著《中国昆虫自然史》中的蜘蛛

带入到《西游记》中，被蜘蛛精的庄院骗到的首先还不是唐长老，而是孙行者。后文中蜘蛛精的武功非常一般，但是武功不好并不代表她们的修行差——火眼金睛的孙行者居然都没有看出庄院的妖气，以为就是一所普通的民宅，所以才会让唐僧放心前去。至于蜘蛛精们的花样美颜、温言软语，更是轻而易举地就让唐长老相信她们是一群美丽善良的女施主，自觉自愿地进了洞。这一些“伪装”，就像是似有若无的蜘蛛网，让人放下心防，妥妥地上当。

至于唐僧被骗进洞之后那些来言去语，却是蜘蛛卑微又残忍的小习惯在作怪了——在弱肉强食的世界，蜘蛛作为普通小虫要吃上一口肉，能做的只有天不亮就起来结好网，然后守在那儿等着猎物上门。等是要有耐心的。蜘蛛精也不只是对唐僧有耐心，估计她们厨房里那些荤豆腐、荤面筋的“原料”，也是这么“耐心”地等来的。不过，等待终究是寂寞的，好不容易等来了、黏在网上了，不妨逗他玩玩，让他“被吃”得心服口服，这就是蜘蛛精玩弄猎物的残忍！

把结网做到极致

蜘蛛精武功稀松平常，招数连三板斧都没有，却把蜘蛛的绝招——吐丝发挥到了极致。在生物学上，有一个词叫“特化”，就是物种的某个器官或者附属物特别发达，比如大象的鼻子，兔子的耳朵，长颈鹿的脖子……蜘蛛精吐出的“丝绳”，也可以看作是一种“特化”的丝。

唐长老被蜘蛛精们绑成“仙人指路”造型之后，发现女妖们开始脱衣服，吓了一跳：“这一脱衣服，是要打我的情了。或者夹生儿吃我的情也有哩。”唐长老真是想多了，估计是前几回被蝎子精、杏仙给刺激的，接下来他就明白了——并非是个女妖精就会“打他的情”，“原来那女子们只解了上身罗衫，露出肚腹，各显神通：一个个腰眼中冒出丝绳，有鸭蛋粗细，骨都都的，迸玉飞银，时下把庄门瞒了不题。”

蜘蛛精吐丝的方式和普通蜘蛛没啥区别，甚至连吐丝器官的位置都差不多。蜘蛛的腹部有好几个吐丝的小孔，吐出的丝功能不完全一样：用作蜘蛛网骨架的，也就是纵向辐射的“经线”是一种，横向的一圈一圈的“纬线”是一种，和“纬线”拧在一起、黏性比较强、专门用来黏猎物的是一种，捉住猎物之后进行捆扎的又是一种。蜘蛛一旦发现有猎物被网黏住，就会爬过去用丝紧紧地把它缠住，让它动弹不得，然后，今儿咬一条“大腿”，明儿吃一只“胳膊”，慢慢享用。我们偶尔会发现一些挂在蜘蛛网上已经被吃空了的昆虫“外壳”，其实是惨白的蜘蛛丝织成的“裹尸袋”。——蜘蛛精们用事先捯好的丝绳把唐长老捆成个“仙人指路”式，又牢固又有艺术感，估计也是计划着慢慢享用吧。细思极恐。

至于唐长老看到的从蜘蛛精肚脐里冒出来的这种鸭蛋粗细的“丝”，虽然粗得赶得上船缆绳，却保留着普通蜘蛛丝的一些特点，比如说：黏度。孙悟空因为没有看出庄院的妖气，放了唐僧前去化斋，直到蜘蛛精吐丝结出了这张网把整个庄院白亮亮地盖住，他才恍然大悟，大呼“不好”。近前来，他见到了一张“如雪又亮如雪，似银又光似银”的大网，用手一试“有些黏软沾人”；还有，韧度和强度都极好，不容易弄断。对于这种带弹性的“巨型丝绳”，连孙悟空都不那么自信，“若是硬的便可打断，这个软的，只好打匾罢了。——假如惊了他，缠住老孙，反为不美。”

蜘蛛精第二次吐丝属于自卫加报复，困住了不怀好意的猪八戒。孙悟空从土地那里得知妖精们要去濯垢泉洗澡，便尾随而至看个究竟。不过，孙行者是有原则的，“好男不跟女斗”是一，在澡堂子里杀女妖精会低了名头是二，所以只变个饿老鹰把妖精的衣服都叼走，把她们困在濯垢泉。其实这办法不错，既不会坏名声又不耽误救师父，猪八戒却非得多事找了去——其实是想找点便宜。

“呆子”仗着自己水里功夫好，把正在洗澡的蜘蛛精们一通戏弄，的确找抽，蜘蛛精们一旦逃离水面，岂能不狠狠地报复一下？所以，不但搭了个大丝篷把八戒困在里边，还预备了

绊脚索，“呆子”被“照顾”得好不狼狈：“满地都是丝绳，动动脚，跌个蹡踵：左边去，一个面磕地；右边去，一个倒栽葱；急将身，又跌了个嘴揾地；忙爬起，又跌了个竖蜻蜓。也不知跌了多少跟头，把个“呆子”跌得身麻脚软，头晕眼花，爬也爬不动，只睡在地下呻吟。”

在此补充几句濯垢泉的事。按照土地所说，这泉“乃天生的热水，原是上方七仙姑的浴池。自妖精到此居住，占了他的濯垢泉，仙姑更不曾与他争竞，平白地就让与他了。”“这怪占了浴池，一日三遭，出来洗澡。”洗澡不稀罕，为什么要一天洗三次呢？后文曾经用一大段文字去描述这股温泉水之神奇，说它是远古的勇士羿射下的九个太阳所化的“九阳泉”之一，估计也是为了暗示其神奇的功效。有人认为，洗澡是蜘蛛精们修行的一项“功课”；也有人猜测，洗澡是为了去除妖气。古人的沐浴条件普遍偏差，所以对这种天然温泉水的效力，会产生很多联想。不过，洗澡比直接吃唐僧肉，效力肯定差很多，否则蜘蛛精们到此十年，一天三遍地洗，也还没有质的进展。

蜘蛛精们织出的“天篷”，把“天蓬元帅”弄得头昏脑涨，鼻青脸肿，不过遇到齐天大圣就另当别论了。在黄花观，蜘蛛精们为了显示自己和师兄蜈蚣精“同气连枝”，主动吐丝做“天篷”困住了孙悟空，却被他向上一撞就撞破了。再后来，孙悟空从土地那里打听到了她们的确切信息——经过那么多神佛的坐骑、宠物、家奴的“锻炼”之后，大圣也小心了许多，非要了解了妖精的确切来历之后才下手。大圣得知这就是几个“土蜘蛛”，她们的末日就到了：“（行者）将尾巴上毛捋下七十根，吹口仙气，叫‘变！’即变做七十个小行者；又将金箍棒吹口仙气，叫‘变！’即变做七十个双角叉儿棒。每一个小行者，与他一根。他自家使一根，站在外边，将叉儿搅那丝绳，一齐着力，打个号子，把那丝绳都搅断，各搅了有十余斤。里面拖出七个蜘蛛，足有巴斗大的身躯，一个个攒着手脚，缩着头，只叫：'饶命！饶命！'”大网被挑开了，蜘蛛精就毫无还手之力了，只能被孙悟空活活打死。

漏写的本领

《西游记》其实漏掉了蜘蛛的另一样本领——使毒。这两年，有一种宠物蜘蛛很流行——狼蛛，或者叫捕鸟蛛，有巴掌大小，浑身是硬毛，看着瘆人。我怀疑捕鸟蛛就是《哈利·波特与混血王子》里的巨蜘蛛阿拉戈克的原型，那家伙是吃人的，它的家族差点把哈利和罗恩吃掉；它的毒液能卖很多钱，以至于爱占便宜的魔药教师斯拉格霍恩教授趁着去悼念阿拉戈克的机会，还带着空瓶子偷取了一次毒……不明白为什么会有人拿捕鸟蛛当宠物，它其实很危险的，能不能捕鸟不知道，但是对小白鼠一类的小动物，可以说一招致命。

其实不止捕鸟蛛，大多数蜘蛛都是有毒的。蜘蛛对撞上网的猎物实施的“捆扎术”，实际上分为三步：第一步，蛛网一旦黏住猎物，蜘蛛就赶紧“爬过去”；第二步，释放毒液杀死或者麻醉猎物；第三步才是用蛛丝制作“猎物木乃伊”。可能吴承恩先生并不知道蜘蛛的这个技能，所以没有写，不过这样一来，倒是更突出了后面蜘蛛精的“师兄”蜈蚣精的使毒绝技。

还要补充一点，这一回的题目是“盘丝洞七情迷本，濯垢泉八戒忘形”，也就是说，七个蜘蛛精象征着人的“七情”，即喜、

任伯年绘《钟进士接喜图》

怒、哀、惧、爱、恶、欲，出家人的“修行”之一就是要控制好“七情六欲”，约略等同于对于唐僧师徒的一次“情感考验”。不过，假如从科学的角度来说呢，这种设计是有点纰漏的——蜘蛛，一般是独居而不是群居的。

蜘蛛结网的目的就是为了捕猎其他的小虫子来吃，而一旦食物不够，它们原始的特性就会显露出来——自相残杀。螳螂自相残杀的故事很有名，母螳螂可能会在和公螳螂交配后把配偶吃掉，刚刚孵化出的小螳螂，也可能吃掉自己的同胞手足。其实蜘蛛更残忍，不但雌吃雄的情况是存在的，有一种“保姆蛛”，蜘蛛妈妈产卵后不是马上离开，而是会背着卵袋到处走，等到小蜘蛛孵化出来以后，它们极有可能把自己的妈妈当作第一餐饭。或许因为这一点，蜘蛛们在孵化出来之后会尽快地互相隔绝，除了“找朋友、谈恋爱”阶段之外，一生基本上是孤家寡人地过日子。

22. 七虫之祸

话说蜘蛛精们将八戒暂时困在了濯垢泉，也顾不得体面不体面，一路光着身子跑回家换了些旧衣裳，赶紧打点着跑路——惩罚猪八戒虽然过瘾，但是她们也知道，唐僧的徒弟是惹不起的，所以，连唐僧肉都顾不得吃了，三十六计走为上。撤退前，还准备了一层“虫肉”屏障，就是她们的七个干儿子。

《西游记》中最能体现“人与自然”精神的段落开始了。

“虫海战术”

孙悟空兄弟三人，一开始并没有看得起这些幻化成小人儿的虫儿，“长的只有二尺五六寸，不满三尺；重的只有八九斤，不满十斤”，可是对他们来说，这些不起眼的虫儿，麻烦却出乎意料的大。

先给虫儿们正正名吧。很多人会把蜘蛛、蝎子、蜈蚣、马陆等都叫作“虫子”，这么叫倒是没问题；不过，如果叫它们“昆

【明】文俶 绘 《金石昆虫草木状》中的蜂

虫”，就不对了。“昆虫”是有特指的。昆虫，成虫的身体分为头、胸、腹三部分，有两对翅膀，六只脚。它们在动物界属于一个大类群——节肢动物门昆虫纲，家族成员众多。我们常见的有：蝴蝶、蛾子、蜜蜂、马蜂、蜻蜓、螳螂、蝉、瓢虫、金龟子、蜣螂、苍蝇、蚂蚁、白蚁、蟑螂……总之，符合以上三个特征的“虫儿”都是“昆虫”。

至于另外几种“虫”，实际上都各有所属的“纲”（与“昆虫纲”平级），蜘蛛、蝎子是“蛛形纲”，蜈蚣、马陆是“多足纲”，所以它们只能笼统地叫“虫子”，或者就以“五虫说”里的“芥虫”（像芥菜籽那么小）或者“介虫”来概括。介者，微、小之意也。

蜘蛛精的七个干儿子，都是昆虫："蜜、蚂、蛜、班、蜢、蜡、蜻：蜜是蜜蜂，蚂是蚂蜂，蛜是蛜蜂，班是班蝥，蜢是牛蜢，蜡是抹蜡，蜻是蜻蜓。"这些个动物，古今的叫法是有些不同的，我们来一一对号入座：

蜜蜂。勤劳地采花酿蜜是我们对它们的一般印象，其实蜜蜂有一样很厉害的武器——蜂针，内含蜂毒。记得《神雕侠侣》中小龙女的暗器"玉蜂针"吧，名字带着诗意，杀伤力却是很强的，中了玉蜂针的人会奇痒难忍，小龙女多次靠此针脱离险境。玉蜂针之毒取自小龙女饲养的玉蜂，此物通体洁白如玉，和小龙女的"姑射仙人"气质很搭，蜂毒却比普通蜂毒厉害很多倍，如果直接被玉蜂蜇到，比中了玉蜂针还要难受，会痛到哭爹喊娘的程度。蜂毒的威力虽被金庸放大了很多倍，不过有个基本点是没变的，玉蜂也好、暗器玉蜂针也罢，基本上是自卫性质的武器，与"赤练仙子"李莫愁的攻击性暗器冰魄银针还是不一样的。这也符合蜜蜂使用蜂毒的"本意"，蜜蜂只有在被打扰或者袭击的时候才会使用毒针。

蚂蜂。现在一般叫"马蜂"，或者黄蜂，学名是胡峰。虽然也带一个"蜂"字，却与蜜蜂有本质区别——蜜蜂吃素，马蜂吃肉。常有马蜂埋伏在蜜蜂的蜂箱门口，伺机捉个蜜蜂来吃吃——因为它们长着在昆虫界数一数二的坚硬"大嘴"（学名"颚"），咬嚼力可与狮子相比。当然，马蜂更喜欢的食物是肉乎乎的毛毛虫（大多是蝴蝶、蛾子的幼虫），因为它们行动缓慢，容易捕捉。若在房檐、大树上见到马蜂窝，千万不要随便去捅，需请专业消防人士来"摘"掉它。专业人士作业时也要全套防护，因为一旦惹怒马蜂，它们群起而攻，危险性很大。在我国南方的亚热带丛林中，还有号称"杀人蜂"的马蜂（学名金黄虎头

【明】文俶绘《金石昆虫草木状》中的蜀州蜜

【明】文俶绘《金石昆虫草木状》中的萤火虫

【明】文俶绘《金石昆虫草木状》中的蜻蜓

蜂)，杀伤力更强。马蜂毒是传统的“五毒”之一，与蛇毒、蝎毒、蜈蚣毒、蟾蜍毒并称。

蜻蜓。也是吃肉的。马蜂喜欢吃在树干上缓慢爬行的毛毛虫，蜻蜓却喜欢空中作业，专抓飞着的虫子来吃。那两对羽纱般美丽的大翅膀，飞行速度在昆虫界绝对是一等一的，那两只鼓鼓的、夸张的眼睛里，大约有2.8万只副眼，是昆虫界眼睛最多的。所以，若论发现目标之敏锐、空中打击之迅猛准确，蜻蜓可说是无虫可敌。

蚾蜂。带“蚾”字的蜂的确没有。有两种蜂可能性比较大。一是“葫芦蜂”，是马蜂的一种。因为它们的窝就像巨大的葫芦一样，所以人称“葫芦蜂”。还有一种“芦蜂”，是一种蜜蜂属的小型蜂类。这种蜂不会像蜜蜂一样筑巢，而是把采来的花粉和蜜储藏在枯萎的芦苇秆里，每存一次，就用湿泥巴糊上。有淘气的小孩子专找这样有泥巴的芦苇秆儿，纵向撕开，就能看到一粒一粒金黄色的花粉或者蜂蜜，有一个诨名叫“蜜蜂屎儿”，名儿不好听，味道却是很甜的。所以，《红楼梦》里的尤氏笑话凤姐“你这孩子，又撒娇儿，过个年，就像吃了蜜蜂屎儿”一样。不管是“葫芦蜂”还是“芦蜂”，都是有蜂针的。

牛蝱。就是牛虻，牛、马等大牲畜身上的寄生昆虫，吸食它们的血液。这些大牲畜大多有一条很长很大的尾巴，主要作用之一就是驱赶身上的牛虻。

班蝥。即斑蝥，又叫西班牙苍蝇，带有一定的毒性。

抹蜡。疑似斑衣蜡蝉的俗称。这是一种树木害虫，尤其喜欢吸椿树的树汁，所以有的地方叫它“椿姑娘”。“椿姑娘”的外层翅膀，前三分之二为浅灰色，上有二十个黑色斑点，后三分之一为纯净的深灰色，隔着这层半透明的翅膀，可以看到它

齐白石绘《草虫花卉》中的草虫

里边鲜红艳丽的“内翅”，仿佛夏日姑娘们穿的双层的美丽纱裙。很美是不是？其实这是人家自我防卫的妙招——遇到敌害，它会突然打开外层的翅膀，露出内翅亮眼的红色，把对手吓一跳，然后迅速飞走。

这些小家伙，在昆虫世界里算是上等的虫儿——各自都随身携带足以攻击或者防御的兵器。不过这些“上等虫儿”遇到蜘蛛精的天罗地网，瞬间就不行了，只好跪地求饶拜干娘。平时需要采蜜寻花孝敬着，战时就被推出来当炮灰。蜘蛛精们自己打不过孙悟空、猪八戒，逃走前还让干儿子们做挡箭牌，还什么挡完了到舅舅家来找我们，这“糖果”给得够阴险——能挡得住吗?

不过，蜘蛛精们有此自信也不是全无道理，这七个小人儿的确不白给。它们用的是——虫海战术。真个叫“一而十，十而百，百而千，千而万”:“满天飞抹蜡，遍地舞蜻蜓。蜜蚂追头额，蚱蜂扎眼睛。班毛前后咬，牛蝇上下叮。扑面漫漫黑，翛翛神鬼惊。”成千上万的虫儿漫天飞、到处叮咬，一开始真的让孙悟空兄弟三人措手不及，连连叫苦，直到孙悟空想起——我也会变哪！拔一把毫毛嚼碎了喷出去，变成七种鹰——“黄是黄鹰，麻是麻鹰，鹹是鹹鹰，白是白鹰，雕是雕鹰，鱼是鱼鹰，鹞是鹞鹰。”“鹰最能嗛虫，一嘴一个，爪打翅敲，须臾，打得罄尽，满空无迹，地积余尺。”1986版电视剧《西游记》为了隐去这么血腥的情节，特意让大圣做了个温和的定身法，就算“过关”。

“虫海战术”之所以一开始能把悟空三人给困住，自有其道理。虫子，包括蜘蛛在内，都是低等动物，它们的天敌是很多的，损耗量很大，所以，它们进化出了一套很智慧的生存策略——广种薄收。顾名思义，大多数的虫子，都是繁殖速度惊

【清】钱炘和 辑《捕蝗要诀》插图　扑打庄稼地内蝗

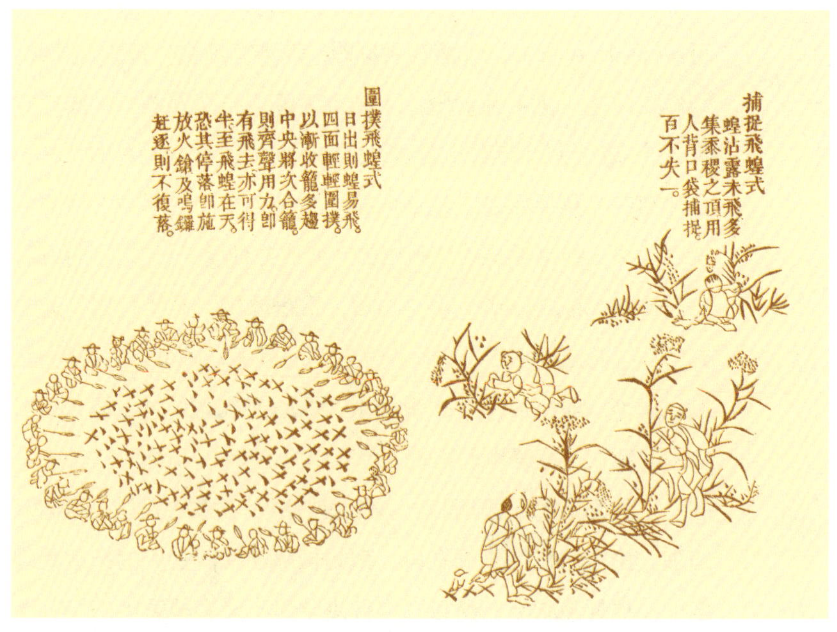

【清】钱炘和 辑《捕蝗要诀》　附除蝻八要

人（少的一年好几代，多的几天甚至一天就一代），繁殖数量也惊人（成千上万一点儿也不夸张）。如此，哪怕“损失”惨重，整个物种还是能够存活下去的。这种超强的繁殖力，让昆虫家族成为动物界生存能力最强的家族，没有“之一”。而对于人类来说，农业生产的一大敌人也是——虫灾，比如蝗虫，铺天盖地而来，所过之处草根也不剩。《西游记》这段“七虫之祸”，就“虫灾”的壮观场面来说，其实一点儿也不夸张。至于七鹰灭虫，理论上是没问题的，但是在现实情境中，如果“虫阵”过于庞大，鹰，或者其他“天敌动物”是根本“吃”不过来的。

虫儿变变变

既然说到小虫子，顺便就说一下孙行者特别喜欢变的小飞虫。

孙行者虽是只急猴子，降妖伏魔却是有条不紊，基本上不打无准备之仗，一般都要先变成个小虫子飞进妖洞去“踩个点儿”。统计一下，整部《西游记》里，他为了完成“踩点儿”任务（其中也包括要跟踪和捉弄猪八戒的那几次），变了十几种小虫子，有：花脚蚊虫、红蜻蜓、苍蝇、猪虱子、促织、蜜蜂、有翅蚂蚁、蝴蝶、火焰虫、蟭撩虫、蠓虫等。

这十几种小虫子里边，大多数我们都比较熟悉，下面只把比较“眼生”的解释一下。

促织。就是蟋蟀，俗称“蛐蛐”。蟋蟀鸣叫一般在夏末秋初，其实是雄促织在求偶——对，雌的促织不会发声。不过古人听见它的叫声，就想着夏天即将过去，要开始纺线绩麻准备秋冬的衣物了，所以又称它为“促织”。很多人知道促织都是通过蒲松龄《聊斋志异》中的《促织》，这个故事讲的是由民间斗蟋蟀这个风俗衍生出的一段故事。其实“鸣叫”一词是不准确的，蟋蟀的发声部位并不是“嘴”，而是翅膀。蟋蟀前面的一对翅膀上，有一套“演奏”装置，“刮片”“摩擦脉”“发音镜”。又是几个生词，其实不难理解：“刮片”就是一个类似一些弦乐器的“刮片”的小刺或者小片；“摩擦脉”就是翅膀的脉络当中特别粗、硬的一道“棱”；至于“发音镜”，是一个长方形凹陷下去的部分，有点像——小提琴等乐器的“琴身”，相当于一个共鸣腔。蟋蟀将双翅互相摩擦，震动发音镜，声音就出来了，摩擦方式不同，发出的声音也不一样。所以，鲁迅先生在《从百草园到三味书屋》中写“蟋蟀们在这里弹琴”，是更准确的。

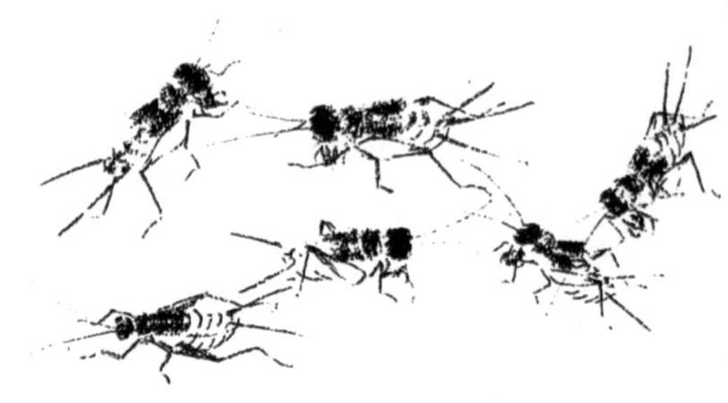

齐白石绘《蟋蟀图》局部

有翅蚂蚁。蚂蚁很常见，有翅膀的蚂蚁却只在初夏能看到。蚂蚁这种昆虫，一般来说窝都在地下，每年初夏的时候，都会有一批新长成的带着翅膀的蚂蚁“公主”和“王子”飞出窝来，寻找新的地方去建新巢，繁衍后代，叫作“分窝”。

以上这两种虫子，分别出现在“金兜山青牛怪”和“隐雾山花豹精”两个故事中，时节分别是“严冬”和闷热的“梅雨”季节，基本上是对号入座。促织在夏末秋初会成为很多有闲阶级的“宠物”，在北方，以前也常有将促织、蝈蝈等好斗的昆虫养在精致的甚至镶嵌着珠宝的“蝈蝈葫芦”里头，养过冬天的习惯。而“梅雨”时节，正是有翅蚂蚁分窝的时候。

火焰虫。出现在“金平府犀牛精”一段。其实它就是萤火虫。

这一点原文中交代得明白："展翅星流光灿，古云腐草为萤。神通变化不非轻，自有徘徊之性。飞近石门悬看，旁边瑕缝穿风。将身一纵到幽庭，打探妖魔动静。"孙悟空之所以变成萤火虫，是因为这次是"夜间打探"——唐僧被三个犀牛精抓去，沙僧出主意趁夜间偷袭，孙悟空才变成火焰虫，为了"照个亮儿"，好找师父。

以上三种虫子，都与剧情很搭。类似的还有，"黄风怪"一段的季节是"夏景炎天"，所以孙悟空变了一只"花脚蚊虫"；"天竺国"的国王爱山水花卉，王宫中香花很多，孙悟空就变了一只蜜蜂。不过，这些小虫子，不管是哪一种，孙悟空变成它们的目的性都很明确，因为它们个体小，不起眼，可以方便探查妖精的动静。

还有"蟭撩虫儿"和"蠓虫儿"这两个名字，比较少见。

蟭撩虫儿，据考证应该就是"茶小绿叶蝉"。顾名思义，这种虫子是茶树上的害虫，长得像蝉，是嫩绿色的，不过比蝉小得多，只有三至四毫米。蠓虫儿呢，个子更小，是一至四毫米，也是一种吸血的虫子。这两种虫儿个子这么小，难怪孙悟空喜欢变成它们的样子，既方便钻进妖洞的门缝儿，更方便"窃听"。

23. 蜈蚣“前传”

蜈蚣精是蜘蛛精们的师兄，使毒本领在《西游记》中堪称第一。

在蜈蚣精之前，书中还有一位使毒高手——蝎子精。蝎子精的“倒马毒”真是厉害，分别“蛰”了行者和八戒一下，兄弟俩都疼得受不了，但是，再怎么疼也还不到要命的程度。蜈蚣精的毒呢，在《西游记》里算是顶级毒药了，唐僧、八戒、沙僧三人吃了，“一霎时，只见八戒脸上变色，沙僧满眼流泪，唐僧口中吐沫。他们都坐不住，晕倒在地。”如果不及时解毒，“三日之间，骨髓俱烂。”这种毒药还不是像蝎子精那样当暗器随身携带的，而是——像炼丹一样炼出来的。

“师兄”不是白叫的

炼出这种毒药的黄花观，外部环境很是优雅，“山环楼阁，溪绕亭台。门前杂树密森森，宅外野花香艳艳。柳间栖白鹭，浑如烟里玉无瑕；桃内啭黄莺，却似火中金有色。双双野鹿，忘情闲踏绿莎茵；对对山禽，飞语高鸣红树杪。真如刘阮天台洞，不亚神仙阆苑家。”大多数人读《西游记》，像这样的段落都会跳过去，可是如果细细地读来，会发现吴先生在这些个“过场”诗词中，也下了一番功夫，就以这段来说，道观外有树有花、有白鹭黄莺、有野鹿山禽，貌似一个隐居的好地方，没有什么凶相，不像什么黑水河、狮驼岭，看起来就吓人——所以，更容易让人放松警惕。

师徒四人进得观来，只见一副标明道士身份的对联：“黄芽白雪神仙府，瑶草琪花羽士家。”所以行者笑着说：“这个是烧茅炼药，弄炉火，提罐子的道士。”行者之所以这么说，是因为“黄芽”“白雪”指的就是道家的丹药。此处算是一个伏笔，告诉大家这位道士的“专长”是“炼丹”——也炼毒药。

再看正在“丸药”的这位道士：“戴一顶红艳艳戗金冠；穿一领黑淄淄乌皂服；踏一双绿阵阵云头履；系一条黄拂拂吕公绦。面如瓜铁，目若朗星。”除了西域人的长相之外，其他看上去很正常，就是一个普通的道士。更重要的，孙悟空的火眼金睛居然没看出他是妖不是人！

这位“道士”，原本对待唐僧师徒的态度是客气的，不但降阶相迎，还赶紧吩咐人准备茶果：“当有两个小童，即入里边，寻茶盘，洗茶盏，擦茶匙，办茶果。”蜘蛛精师妹们在他待客期间请他进去说话，他还很不高兴，讲了一番道理：“且莫说我是个清静修仙之辈，就是个俗人家，有妻子老小家务事，也等客去了再处。怎么这等不贤，替我装幌子哩！且让我出去。”

到此，这位“道长”还貌似一个真正的深山隐士，一心一意地修道炼丹，还很讲待客之道、内外有别。可是，当蜘蛛

【明】文俶绘《金石昆虫草木状》中的炼丹场景

【明】文俶绘《金石昆虫草木状》中的炼丹场景

精们说明了情况，立即就变了个人，“却就恼恨，遂变了声色道：‘这和尚原来这等无礼！这等憊懒！你们都放心，等我摆布他！’”这一怒初看起来也还算正常——毕竟，猪八戒在濯垢泉做的事，真的是过分了，就好比普通男子，若是自家的女眷受了如此欺负，不得将对方暴打一顿吗？

蜘蛛精们一开始也以为“师兄”要替她们去打架出气，还说：“师兄如若动手，等我们都来相帮打他。”没想到“师兄”却说：“不用打！不用打！常言道，‘一打三分低’”然后，就拿出了自己的“宝贝”：“他入房内，取了梯子，转过床后，爬上屋梁，拿下一个小皮箱儿。那箱儿有八寸高下，一尺长短，四寸宽窄，上有一把小铜锁儿锁住。即于袖中拿出一方鹅黄绫汗巾儿来，汗巾须上系着一把小钥匙儿。开了锁，取出一包儿药来。”

好仔细！如此金贵的东西，到底是什么呢？此药乃是：“山中百鸟粪，扫积上千斤。是用铜锅煮，煎熬火候匀。千斤熬一杓，一杓炼三分。三分还要炒，再锻再重熏。制成此毒药，贵似宝和珍。如若尝他味，入口见阎君！”

原料是“山中百鸟粪”，炼出来的怎么能是致命毒药呢？不用细究，诗里边描述的这种不断提纯炼制毒药的方法，不过是为了配合道长“炼丹”的身份而已，推测起来，这种毒药应该就是蜈蚣精自己分泌的毒液。蜈蚣毒是和蛇毒、蝎毒、蜂毒等齐名的毒物，蜈蚣最前面的一对大爪子，可以牢牢地抓住“猎物”，然后将毒素注入猎物的身体。成精的蜈蚣，其毒液自然又比普通的蜈蚣毒厉害百倍。

要惩罚“调戏妇女”的猪八戒，为什么要用这种“入口见阎君”的“宝贝”？而且，听他的主意，不是单给猪八戒吃，而是要四个包圆儿："我这宝贝，若与凡人吃，只消一厘，入腹就死；若与神仙吃，也只消三厘就绝。这些和尚，只怕也有些道行，须得三厘。快取等子（戥子）来。……称出一分二厘，分作四分。"然后，"却拿了十二个红枣儿，将枣掐破些儿，揌上一厘，分在四个茶钟内"。

完全是在策划谋杀。这位"道长"着实精细，分好了"茶"，还约好了暗号：先要打听清楚是不是唐朝来的和尚，"不是唐朝的便罢；若是唐朝来的，就教换茶，你却将此茶令童儿拿出。"——这才是重点，这茶原来是冲着唐僧去的，既给"师妹们"出了气，又可以共享唐僧肉，合算。

策划杀人是一回事，如何实施呢？好在"道长"早有铺垫——前面接待唐僧师徒很是客气，应该给他们留下了好印象。为了尽量不浪费自己千辛万苦炼成的"宝贝"，还得继续"装"。直到确认了是唐僧，这才殷勤捧出了"宝贝"茶。而当孙悟空看出了一点问题（道士的杯里是黑枣），非要和他换茶喝时，他"装"得更是客气，居然还带着点儿不好意思："不瞒长老说。山野中贫道士，茶果一时不备。才然在后面亲自寻果子，止有这十二个红枣，做四锺茶奉敬。小道又不可空陪，所以将两个下色枣儿（没毒的）作一杯奉陪。此乃贫道恭敬之意也。"这是我好容易弄来的红枣（加宝贝毒药），多一个都没有了（再多放一厘我都舍不得），快请快请，不要换了。

有点眼熟？蜘蛛精们诱惑唐僧深入盘丝洞，也是这样懂礼貌，这样殷勤，这样具有欺骗性。而唐长老这个实在人，到此又犯了和上次类似的毛病，还帮他说话呢："悟空，这仙长实乃爱客之意，你吃了罢，换怎的？"——看来，蜈蚣精和蜘蛛精的确是师兄妹，同为弱势群体"小动物"，在确定得手之前，一定会“装”得一片好意，一切，为了唐僧肉，一切，只为让你喝下我的“药”。

前文说过，低等动物有一个特点，就是喜欢自相残杀，何况蜈蚣精和蜘蛛精只是师兄妹。所以，当蜘蛛精们被孙悟空破了蛛网、全伙擒住时，高喊着向师兄求救，“那怪厉声高叫道：‘师兄，还他唐僧，救我命也！’那道士从里边跑出道：‘妹妹，我要吃唐僧哩，救不得你了。’”是啊，有了唐僧肉，还顾什么师兄妹情谊呢，你们死了，我吃独食，岂不更好！

“千目”与“千足”

到此，我们见识了蜈蚣精的使毒本领，却不知他的“千目”更是厉害。

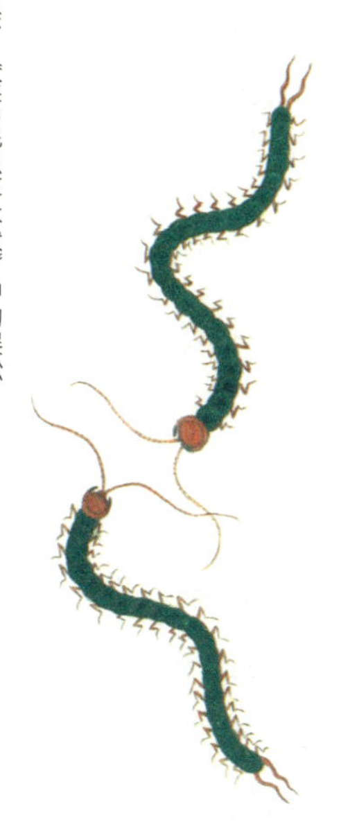

【明】文俶绘《金石昆虫草木状》中的蜈蚣

“原来这道士剥了衣裳，把手一齐抬起，只见那两胁下有一千只眼，眼中迸放金光，十分利害：森森黄雾，艳艳金光，森森黄雾，两边胁下似喷云；艳艳金光，千只眼中如放火。左右却如金桶，东西犹似铜钟。此乃仙妖施法力，道士显神通，幌眼迷天遮日月，罩人炮燥气朦胧；把个齐天孙大圣，困在金光黄雾中。”

这种让人无处可逃的“金钟罩”，很像是蜘蛛精巨网的加强版，是一个用金光织成的无形大网，孙悟空“刀砍斧剁，莫能伤损”的头都被撞软了，还是出不去。最终想到的办法是——地里钻。“好大圣，念个咒语，摇身一变，变做个穿山甲，又名鲮鲤鳞。……你看他硬着头，往地下一钻，就钻了有二十余里，方才出头。原来那金光只罩得十余里。”

逃出来的孙悟空遇到黎山老母变成的哭坟寡妇，告诉他妖精“本是个百眼魔君，又唤做多目怪”，并指点孙悟空找毗蓝婆菩萨。毗蓝婆和她的儿子昴日星官，原形都是鸡，蜈蚣的克星，所以，把孙大圣困得五迷三道的金光，到了他们手里一根针就破了——把“多目怪”的眼睛捅瞎了。没了眼睛，“道长”终于不再折腾，现出了蜈蚣的原形。（毗蓝婆和这根“针”的来历，详见“蝎子精”篇）

其实，真实版的蜈蚣，眼睛反而是它们的弱项。在“虫族”里的确有一些带着“千目”的成员，比如苍蝇、蜻蜓、蜜蜂、螳螂等，它们的每一只大眼睛由许多个“复眼”组成，视力出奇地好。眼睛多的好处是，不管是采蜜、取食、捕猎等，都更容易发现目标。不过蜈蚣并不是这样。蜈蚣只有一对眼睛，而且是典型的近视眼加色盲，只能辨别光亮的强弱，不能辨别颜色，而且，蜈蚣天生害怕强光，喜欢相对黑暗的环境。它们感知环境、捕获猎物，靠的主要是头上的一对触角。

真实版的蜈蚣的确有一样东西多——脚多。《红楼梦》说“百足之虫，死而不僵”，百足虫就是蜈蚣的俗称之一。

大多数蜈蚣并没有一百只脚，有的有三十多只脚，也有的四十多只，七十多只……反正一定是双数，成对的。

其实“多目怪”这个角色，在小说《西游记》之前已经有了。我们在“牛魔王”一段提到，元杂剧中有一出《二郎神醉射锁魔镜》，二郎神酒醉射破了锁魔镜，放出了两个妖怪，“九首牛魔王”和“金睛百眼鬼”。“金睛百眼鬼”显然是个丑角，对于

自己的一百只眼，他是这样描述的，“我做妖魔一百个眼，个个眼似亮灯盏。昨日害眼讨眼药，费了五十对青鱼胆。”——啊，跟“小蜈蚣买鞋”的故事有一拼。不过“金睛百眼鬼”没什么本事，只能算是牛魔王的帮手，最后，二者都被二郎神和哪吒联手擒获。

小说《西游记》中的“百眼魔君”，在名字上保留了一点杂剧的痕迹，“百”“千”可以看成是虚数，“多目怪”其实是更合适的称呼。而多目怪的故事，又仿佛是现存蜈蚣的一个“前传”——自打毗蓝婆母子发了功，蜈蚣先生的视力就再也恢复不了了。

最后，大家来随便发挥一下想象，如果《西游记》写的是蜈蚣多脚的神通，这“多脚”应该怎么“破”？

钩镰枪砍腿怎么样？

24.“佛亲”家族

“狮驼岭”一难，“大大王”青狮怪的大嘴、“二大王”白象怪的长鼻子，都被孙悟空热热闹闹地戏耍了一番，——说到底，孙悟空并不怕他们，可是，“三大王”大鹏鸟，却是让大圣心里真正犯嘀咕的。

“三大王”三样神通

悟空巡山遇到的小妖精“小钻风”在描述它们的“三大王”时，第一句话就是说他号称“云程万里鹏”。大鹏鸟是《西游记》中唯一在飞行能力方面胜过孙悟空的妖精。“三怪见行者驾筋斗时，即抖抖身，现了本象，扇开两翅，赶上大圣。你道他怎能赶上？当时如行者闹天宫，十万天兵也拿他不住者，以他会驾筋斗云，一去有十万八千里路，所以诸神不能赶上。这妖精搧一翅就有九万里，两搧就赶过了，所以被他一把挝住，拿在手中，左右挣挫不得。”

更神的是，大鹏的爪子居然和如来的手掌有一拼——孙悟空被他抓着，不管变大变小，都逃不掉。“欲思要走，莫能逃脱，即使变化法遁法，又往来难行：变大些儿，他就放松了拑住；变小些儿，他又揝紧了拑住。”

小钻风介绍“三大王”的第二样本事是一样宝贝，“阴阳二气瓶”。“假若是把人装在瓶中，一时三刻，化为浆水。”之前，孙行者在平顶山把“金角大王”“银角大王”的“红葫芦”“玉净瓶”耍得相当可以，此时却对这个瓶儿犯嘀咕了：“妖魔倒也不怕，只是仔细防他瓶儿。”事实证明，他的预感是对的。

阴阳二气瓶，重量就非同一般。“（三魔大鹏鸟）即点三十六个小妖，入里面开了库房门，抬出瓶来。你说那瓶有多大？只得二尺四寸高。怎么用得三十六个人抬？那瓶乃阴阳二气之宝，内有七宝八卦、二十四气，要三十六人，按天罡之数，才抬得动。”貌似有点虚张声势，不过接下来，瓶子显示了它和“红葫芦”“玉净瓶”的不同——原来它和大鹏鸟的爪子一样，是“智能型”的。孙大圣被妖怪拿住装进了瓶子，一开始还不觉得怎样，就嘚瑟地说了一句话，结果——“咦！大圣原来不知那宝贝根由：假若装了人，一年不语，一年荫凉；但闻得人言，就有火来烧了。大圣未曾说完，只见满瓶都是火焰。”火烧倒没什么，接下来还有蛇咬，“四周围钻出四十条蛇来咬。行者轮开手，抓将过来，尽力气一揝，揝做八十段。”再接下来，“火攻”升级了，“少时间，又有三条火龙出来，把行者上下盘绕，着实难禁”。行者想把身子长大，撑破瓶子，可是无效，“那瓶紧靠着身，也就长起去；他把身子往下一小，那瓶儿也就小下来了。”更可怕的是，连八卦炉中都没烧坏的孙大圣，此时居然猴毛儿、孤拐（脚脖子）都烧软了，有那么一会儿，孙大圣觉得有可能就死在这里了。后来，幸亏想起了观音菩萨的三根救命毫毛，一摸，发现“身上毛都如彼软熟，只此三根如此硬枪，必然是救我命的。”

真是“伏线几万里”，自打“鹰愁涧”那回观音用净瓶中柳枝上的叶子变了三根毫毛送给大圣，已经过得太久了，此时被想起来，也是神了！不多不少正好三根，都有用：“一根即变作金钢钻，一根变作竹片，一根变作绵绳。扳张篾片弓儿，牵着那钻，照瓶底下飕飕的一顿钻，钻成一个眼孔，透进光亮。”这个孔，让瓶子放了气，火龙瞬间不见了，也再不“智能”了，大圣变个小虫，把小孔当逃生通道，瞬间逃离。

虽然“阴阳二气瓶”被大圣钻透，“只能留着出恭”，不过能炼出这么一件武器（原文没说是偷来的哦，应该是大鹏自己炼的），本事真是不一般。除了以上两点，这家伙的信息之灵通，也让人十分惊讶。

吃唐僧这事，一开始就是大鹏发起的，为此他还特意跑到狮驼岭来和青狮、白象结盟——“只因怕他一个徒弟孙行者十分利害，自家一个难为，径来此处与我这两个大王结为兄弟，合意同心，打伙儿捉那个唐僧也。”也就是说，唐僧肉“功能”的信息，是大鹏带到狮驼岭来的。如果没有他忽悠，青狮、白象不一定会吃唐僧，估计连惹一下都不会——毕竟是偷跑出来的菩萨坐骑，当然是躲起来比较安全，看看青狮一听到孙悟空的名字，给吓成啥样了。白象呢，从剧情看属于自己没啥主见的，唐僧肉吃不吃都行。

大鹏鸟就不同了，《西游记》妖精虽多，对孙悟空如此了解的，除了他没有第二个。知道孙悟空水火不侵，所以特意准备了阴阳二气瓶来装；孙悟空变成小钻风吹牛吓唬青狮怪，一笑间露出猢狲脸，是他眼尖瞅见了；青狮怪一口把孙悟空吞进肚，他立即就说，孙悟空不中吃，而且不幸言中——孙悟空差点把青狮给折腾死；白象怪抓了猪八戒回来，他看一眼就说这个没用；然后，“狮驼国”大戏，更是他一手导演的。

大鹏鸟为什么知道得那么多？最后如来揭开了谜底——大鹏是如来名义上的舅舅。“佛亲”嘛，难怪信息灵通。

最强“羽虫”家族

按照“五虫”的分类，我们应该把鸟类叫作“羽虫”。“羽虫”在《西游记》里正式出场的并不多。

第一个，七大圣结义时有一个鹏魔王，自称“混天大圣”。这个鹏魔王是不是后来出现的狮驼岭大鹏呢？从剧情来看，孙悟空和大鹏以前并不认识，所以这两个“鹏魔王”应该是两个不同的妖王。

猪八戒下界之后的第一个妻子，有的版本是“卵二姐”，有的是“卯二姐”。如果是“卵二姐”，那么她也应该是鸟族，因为鸟都是卵生动物（如果是“卯二姐”，那就是兔子，好像跟天蓬元帅调戏月宫嫦娥的故事也很搭）。

接下来，唐僧收八戒后路过浮屠山，那里有一位乌巢禅师。他住在香桧树上一个类似鸟巢的草窝里，有祥云莲花护卫，连孙悟空也打不破。他是乌鸦吗？没交代。

昴日星官是说得比较清楚的一位——连母亲也交代了，是毗蓝婆菩萨。这对母子，就是母鸡和她的孩子。

“羽虫”中最强悍的个体应该是乱石山碧波潭的“九头虫”；而大鹏的家族，无疑是“羽虫”中最强悍的家族。

大鹏的母亲是飞禽之长凤凰。中国传统文化中的凤凰，经过了漫长时间的演进，到《西游记》的时代，一般是与“龙”代表的天子相对，指的是“母仪天下”的皇后，凤凰图案本身则象征着吉祥如意。在小说《西游记》中，凤凰这位百鸟之祖并没有正式露面，但实际上它和佛教的关系是很密切的，有个著名的词“涅槃”，最初的意思就来源于凤凰。传说天方国（古代泛指阿拉伯国家）有神鸟凤凰，每五百年就会自焚一次，然后在火中重生，即“凤凰涅槃”。“涅槃”这个概念，后来也被佛教借用，指经过多年的修炼之后，达到一种没有烦恼、超脱生死的圆满境界。

作为“凤之子”的大鹏和他的姐姐“佛母孔雀大明王菩萨”，地位相当于我们前文提到的龙之“九子”。“佛母孔雀大明王菩萨”也没有在小说中正式出场，而是作为一个霸气的传说存在着。在“朱紫国”故事中，因为朱紫国王当太子的时候外出打猎，射伤了孔雀所生的两只雀雏，这位菩萨就报复性地要让国王“拆凤三年”。虽然故事和乌鸡国王惹恼文殊菩萨、遭到狮俐王的报复差不多，不过，文殊菩萨在佛教中地位尊崇，这位“孔雀菩萨”为何也如此霸气？“佛母”又是怎么回事？

在“大鹏鸟”这一段，如来佛自己解释了“佛母”的来历：“孔雀出世之时，最恶，能吃人，四十五里路，把人一口吸之。我在雪山顶上，修成丈六金身，早被他也把我吸下肚去。我欲从他便门而出，恐污真身，是我剖开他脊背，跨上灵山。欲伤他命，当被诸佛劝解：伤孔雀如伤我母。故此留他在灵山会上，封他做佛母孔雀大明王菩萨。”

如来的描述中有这样一些值得注意的信息：首先，“孔雀明王”肯定是巨型孔雀，能在四十五里之外吸猎物入嘴，和它相比，我们今天见到的孔雀都只能算“小不点儿”。其次，因为被这巨型孔雀吸进肚子的特殊渊源，如来只得封她做“佛母”，同时也就和孔雀的家族、特别是其弟大鹏成了“干亲”。

不过，佛教中的“佛母”，其实不是这个意思。

这里边还有一个不引人注目的科普小问题：真实版的动物孔雀，雄性有着漂亮的能开屏的尾羽，头上身上的羽毛也有着耀眼的金属光泽，雌孔雀则要朴素得多，尾屏小且色彩黯淡，而一般的“佛母”孔雀明王菩萨的形象中，出现的都不是雌孔雀，而是绚丽夺目的“雄孔雀”。

【清】彭元瑞编《康乾万寿灯图》中的孔雀灯图

回到小说《西游记》。吴承恩对以上这些素材进行了有趣的演绎，其中的《孔雀明王经》产生的“大雪山”背景，和小说中孔雀成为“佛母”的大雪山背景能够对上号；大孔雀王带一群孔雀男、孔雀女出外游玩，误入猎人罗网等，和朱紫国国王箭伤雀雏的故事很相似。

接下来的情节，推测起来是：孔雀因成为“佛母”而进入灵山，常听如来讲论大千世界芸芸众生，关于取经团队的种种信息，估计也是这么听来的。然后，“佛母孔雀”有可能在无意间，又将这些信息透露给了自己的弟弟大鹏……于是，狮驼岭的故事拉开了序幕。

“大鹏”与“金翅鸟”

在中国，鹏的形象起源于《庄子·逍遥游》中的“北冥之鲲鹏”，鲲为大鱼，鹏为巨鸟，可互相转化，鹏的飞行能力令人惊叹，“水击三千里，抟扶摇而上者九万里”。小说《西游记》大鹏怪出场时的一段“赞语”，化用了《庄子》中的很多意象：“金翅鲲头，星睛豹眼。振北图南，刚强勇敢。变生翱翔，鷃笑龙惨。抟风翮百鸟藏头，舒利爪诸禽丧胆。这个是云程九万的大鹏雕。”

而印度佛教中的大鹏，是“天龙八部”之一。关于“天龙八部”，最有名的是金庸先生的同名小说，而在印度佛教中，指的是八种非人类的神道怪物，取排名第一的“天”（天神）和第二的“龙”（蛇）的两个字为总名，称“天龙八部”。“天龙八部”在《西游记》中露面的有：白龙马。取经成功之后，白龙马恢复成龙，被封为“八部天龙”，就属于排名第二的“龙众”。排名第三的“夜叉”，我们记得红孩儿原来的母亲鬼子母就号称“母夜叉”。而大鹏鸟，在“天龙八部”中排名第五，叫作“迦楼罗”，翻译成中文是——“金翅鸟”。“迦楼罗”是大神湿毗奴的坐骑，也是著名的护法神怪，它与“天龙八部”中的“龙众”，也就是海里的巨蛇“那伽”为敌，每天要吃一条“那伽”和五百条小蛇。

看到这儿，您可能就明白为什么孔雀和大鹏会是姐弟了吧？至少，它们的食性是相近的，都是“捕蛇者”。还有，“阴阳二气瓶”里的蛇和“火龙”，有可能是被大鹏鸟擒住之后加以驯化，为之所用的吧？

《西游记》中的大鹏怪，应该是《庄子》的“鹏”和佛教中“金翅鸟”杂糅而成的形象。《庄子》说“鹏之背，不知其几千里也”，而“迦楼罗”两个翅膀展开，有三万六千里，这么大的鸟当然是不存在的，估计大鹏的原型应该是某种大型的猛禽。目前世界上最大的飞鸟（鸵鸟在现存鸟类中体形最大，但是不会飞）是一种海鸟——信天翁，最大的翼展开可达三点六米，“迦楼罗”的翅膀比它大了一万倍。

“大鹏一日同风起，扶摇直上九万里”，在《西游记》中演绎成大鹏鸟扇一下翅膀就是九万里，扇两下就赶过了孙悟空。而“迦楼罗”的巨大食量，转而成为小说中大鹏鸟的嗜血之性。小钻风说，“三大王”一开始住在狮驼岭附近的狮驼国，这是西方路上唯一的一座“纯妖精王国”，大鹏鸟“五百年前吃了这城国王及文武官僚，满城大小男女也尽被他吃了干净，因此上夺了他的江山。如今尽是些妖怪”。能吃掉一国的人，可见大鹏吃人的瘾有多大，对于唐僧肉这样的“功能性食物”，他岂能轻易放过？所以，即使青狮、白象都被孙悟空打服了，他也还是要坚持，还想出了假意送唐僧过山，到了狮驼国再收拾他们的办法。

常有描述嗜血的动物、妖精，甚至人的故事，说他们闻到血腥气就会抓狂，而如来正是抓住了这一点来制服大鹏鸟的："把那鹊巢贯顶之头，迎风一幌，变做鲜红的一块血肉。妖精轮利爪刁他一下，被佛爷把手往上一指，那妖翅膊上就了筋，飞不去，只在佛顶上，不能远遁，现了本相，乃是一个大鹏金翅雕。"

其实如来降伏妖精，方法都很简单。比如收服孙悟空，用的是"五行山"，完全是用骗的；这回降伏大鹏一样是骗，这些"骗术"的成功，是因为如来佛掌握了"猎物"的弱点。不过，一时间制服了大鹏鸟，并不代表他今后就能就范，事实上，人家当场就提抗议了："你那里持斋把素，极贫极苦；我这里吃人肉，受用无穷；你若饿坏了我，你有罪愆。"这口气，真比亲娘舅还硬气。而客观地说，饮食习惯，改起来真的有点难，看着"干妈"的面子，也得给点"优惠条件"，所以如来说："我管四大部洲，无数众生瞻仰，凡做好事，我教他先祭汝口。"这办法，似乎和之后封八戒"净坛使者"差不多，不管怎么说，总算暂时把大鹏鸟笼络住了。

说两句题外话，后来，大鹏鸟曾经在另外一个故事里变"好"了——清人钱彩的《说岳全传》。这部小说第一回的回目叫"天遣赤须龙下界，佛谪金翅鸟降凡"，说的是玉帝因宋徽宗无道，特遣赤须龙下界投生番邦，要断送宋氏江山，而西天佛祖怕没有人克制赤须龙，特意派佛顶护法大鹏明王下界，投生河南相州汤阴县。大鹏明王就是"精忠报国"的英雄岳飞——岳飞字鹏举，这种联想很容易产生，而赤须龙就是岳飞的主要对手金兀术。此外，大鹏在投胎的时候路过黄河岸边，巧遇一个蛟精"铁背虬王"，啄瞎了他的眼睛，蛟精后来转世就成了秦桧。大鹏转世，变成了正义一方，不过仍然是与"龙"为敌。

25. 白象那些事

白象怪是狮驼岭三怪里边戏份最少的一个。在小钻风的叙述中我们得知，这位二大王“身高三丈，卧蚕眉，丹凤眼，美人声，匾担牙，鼻似蛟龙。若与人争斗，只消一鼻子卷去，就是铁背铜身，也就魂亡魄丧！”

听他形容得吓人，可是细想想，这就是一个简单的谜语——猜猜我家二大王是什么？

孙行者估计一下子就猜着了，而且觉得没啥可怕：“鼻子卷人的妖精也好拿。”

驯象“师兄弟”

白象怪唯一出彩的地方，就是和悟空兄弟的正面交锋，并用长鼻子卷走了猪八戒。然后，给了孙悟空一个变成勾魂鬼勒索“呆子”私房钱的机会——玩笑开够了，还是救了猪八戒出来。

再然后，就是孙大圣如何在“呆子”的配合之下“驯象”

了。白象的长鼻子也卷住了孙悟空，只是他忽略了一个细节，并没有卷住他的胳膊。这也许是因为白象体形太大太笨重，象鼻子对付猪八戒这种大个子比较方便，而对付小个子孙悟空，精准度就出了问题。孙行者一开始也没在意到这一点，只是觉得好玩："你看他，两只手在妖精鼻头上丢花棒儿耍子。"这时就看出八戒这位"猪队友"的重要性了，一番话居然点醒了孙行者，"咦！那妖怪晦气呀！卷我这夯的，连手都卷住了，不能得动；卷那们滑的，倒不卷手。他那两只手拿着棒，只消往鼻里一搠，那孔子里害疼流涕，怎能卷得他住？"于是，猴子照方抓药，现成的棒子——"他就把棒幌一幌，小如鸡子，长有丈余，真个往他鼻孔里一搠。那妖精害怕，沙的一声，把鼻子捽放，被行者转手过来，一把挝住，用气力往前一拉，那妖精护疼，徐着手，举步跟来……"呆子"举钯柄，走一步，打一下，行者牵着鼻子，就似两个象奴，牵至坡下。"

【明】文俶绘《金石昆虫草木》中的白象

"驯象"一段，比"驯狮"简单得多，——白象怪的长鼻子，既是优点，也是弱点，孙悟空和猪八戒，抓住了重点且配合默契，所以能成功。正所谓"上阵父子兵，驯象师兄弟"。

象有几颗牙？

这似乎没什么疑问——两颗嘛！当然，这是就大象露在外面的两颗大门牙来说的。

其实，不一定哦。

我们还是来看看白象怪。在小说《西游记》中，只叫他“黄牙老象”，并没有提他有几颗牙。如果追溯一下他的主人普贤菩萨，却会发现，这只白象的大门牙，有六颗之多！

白象怪一开始和青狮怪住在狮驼岭，大鹏是后加入的成员，它之所以和青狮怪是“好兄弟”，书中交代，因为它们的主人是——普贤和文殊。

象在佛教中也有重要的意义。中国古代讲某个重要人物出生，总会伴随某种异象，什么产妇梦到吞日吞月，或者大蛇（一般指龙）缠身等。真实版玄奘在《大唐西域记》中，还记载了一则佛祖化身“六牙象王”的故事。猎人为了迷惑象王获得象牙，身上披了袈裟，象王因为敬重袈裟，就把象牙一根一根地拔下来送给猎人。普贤菩萨的坐骑白象也是这种“六牙白象”。

玄奘大师本人，除了对印度的大象传说有充分的记载，还曾不止一次地乘坐过大象。在他留学的主要“大学”那烂陀寺，玄奘受到很高的礼遇，其中就包括拥有一头大象座驾。后来，当时印度的两位“顶级国王”戒日王和鸠摩罗王为了争夺玄奘差一点兵戎相见，戒日王一次就调集了两万象兵。那之后，玄奘参加了戒日王在曲女城举行的大型法会，仪式中最重要的金佛像，由一头大象驮着，左右各有五百象兵护卫，前后各有一百头大象。如此“巨型”的场面，都是大象撑起来的。

佛教传入中国之后，很多内容都已经中国化了。现在在一些比较大的寺院中，一般都会供奉骑象的普贤菩萨，但是那头大象，却不一定长着六根牙，就连小说《西游记》中，也只强调白象怪是“黄牙白象”，而不提六根牙的事了。

象从哪里来?

二十世纪八十年代曾有一部动画电影很流行——《曹冲称象》，在故事的开头，远处传来一声召唤“小公子，来看外国的大象啦”。其实呢，这头大象是孙权送的。当时孙权所控制的地区有限，他不大可能路远迢迢地从南亚弄一头象来。实际上也不用那么麻烦，在那时候，长江中下游地区本来就有象。

联想一下另一篇怀旧版课文——《黄河象》。对的，很久很久以前，黄河流域也是适合大象生存的，象的数量还很庞大。著名的“象耕”故事，说的就是舜驱使大象耕田。真正有记录的驯象，应该在殷商时期，因为在当时的甲骨文、金文中，发现了十多种“象”字的造型。在那时候，人们就发现象这种庞然大物，生性友善，容易驯服，所以给它们派了很多用场。比如，象阵，打仗的时候用。让大象当排头兵，既可以充当盾牌，又具有足够的进攻性，而既然能组成“阵”，可见那时候的象真的很多。后来，因为用得太狠，再加上环境变化，象没有那么多了，到了三国时，象在黄河流域已经基本绝迹，而仅活动在秦岭淮河一带，湖北、安徽、浙江、福建等地，都有捕获野象的记录。也就是说，在当时孙权控制的地区，本来就有象，就地捕捉一只送给曹操做“宠物”，还是比较方便的。经过训练的象，可以成为很好的演员，所以它们在历代的“皇家马戏团”里，都是不可或缺的主角。据说在唐玄宗时代，大象们就会表演精彩绝伦的“象舞”。

宋元以后，象的生存范围，逐渐退到了云南等地的偏远山林里。最终，退到了西双版纳的野象谷一带。那之后，皇家的大象，大多来自这些地区，或者是南亚国家“进贡”的礼物。元代的皇帝喜欢坐“象舆”，出猎或者出巡时骑一头大象，一定威风凛凛。不过，大象毕竟有动物凶猛的一面，在“跑长途”的过程中受到惊吓、甚至伤到人的事件，发生过不止一次，所以到明清时期，皇家的大象一般就不“出差”了，主要在京城里“坐班”。

明朝时，朝廷设有专门的驯象机构——锦衣卫。

没错，锦衣卫不是只管抓人，还专门有一位指挥使负责驯象。这个时候大象的主要职责是——仪仗兵。在象奴的引导下，它们按班随朝，参加各种皇家典礼。清朝基本上沿袭了明朝的“大象使用手册”。我们在著名的《康熙南巡图》里，就能看到分工不同的仪仗兵大象，一种是驮宝瓶的，一种是不驮宝瓶走路的。

这些大象，待遇可不低，有官阶有“工资”，粮食、房间、铺盖等都有，还会定时洗澡——每年的六月初六前后。大象洗澡的地点就是护城河，具体说，是南城宣武门外的护城河，因为大象们平常就住在附近。如今那附近还有“象来街”，应该就是大象们排队洗澡路过的地方。还有一宗好处，那年月看大象洗澡不要票！所以到了这一日，可以说是万人空巷，齐看大象。虽然不卖门票，却也有人可以大赚一笔——那就是护城河边的茶棚酒肆，特别是带小二楼的那种，都事先被预订一空了。

大象出名地爱洗澡，碰到这好待遇，还不使劲儿折腾啊。

《中国青铜器图录》中的象形青铜器

此时，长鼻子最好用，天然的喷泉啊，喷来喷去的，喷到人群也不要紧——正好凉快凉快。如果想看大象表演绝技，比如让大象鼻子发出呜呜的吹号声，那就得另外掏钱了。象奴们都预备着接钱的家伙，而大象呢，也配合得很好，直到钱投得满了，才表演呢。总之，每年这一日，大象高兴，看大象的人也快乐，哪怕湿淋淋的也不要紧。如此人象同乐，这一日就得了一个有趣的称呼——“洗象节”。

大象在那时虽然稀罕，却因为有这样人象同乐的节日，京城中的人们还是见过大象的，包括《西游记》的作者吴承恩。吴承恩一生曾有两次短暂地到过北京，即使没赶上像“洗象节”这样的热闹，听人们详细描述“活的”大象的形态，还是完全有可能的。这些素材，对于《西游记》中的“白象怪”段落的写作，应该是有所帮助的。

26. 白鹿精的隐喻

《西游记》中的鹿精，只出现过两次。一是车迟国的“鹿力大仙”。二是比丘国的“国丈”。这两个国家都有个共同之处——道士的待遇好。

车迟国“三法师”中戏份最多的是虎力大仙。呼风唤雨、“云梯显圣”“隔板猜物”，“虎力”都是主力，“鹿力”“羊力”都是他的助手。当“虎力”的头被孙悟空毫毛变的狗叼走，最终死掉并现了原形之后，剩下的“鹿力”和“羊力”就没什么大作为了。在孙悟空的坚持下，“鹿力”和他比掏心术，结果内脏被恶鹰（也是孙悟空毫毛变的）叼走，死后现出原形，原来是一只白毛角鹿。

其实车迟国“三仙”除了虐待和尚，并没做什么别的坏事；他们役使和尚建造三清观，做法事为国王祈求长生，也算不得大罪过。所有这些，都还在普通人的心理接受范围之内，因了孙悟空三人在“三清观”的捣乱，故事还充满喜感——最终，“三仙”误把“猴儿尿”“猪尿”“沙和尚尿”当成“圣水”喝了。

比丘国的故事是写实派的，从一开始就充满了当权者的残忍和百姓的愤怒。

吃人心不嫌酸

比丘国的“国丈”，论本领其实是不如车迟国“三仙”的，他之所以能让国王言听计从，走的是捷径——“美人计”。

唐僧师徒进得城来，发现家家户户门前都有一个鹅笼，里边关着五到七岁的小孩，到了馆驿一再追问，驿丞只得屏去从人，低声告知：“三年前，有一老人，打扮做道人模样，携一小女子，年方一十六岁，——其女形容娇俊，貌若观音。——进贡与当今；陛下爱其色美，宠幸在宫，号为美后……”国王贪欢不已，得了重病。献女的道士“国丈”又贡献“海外秘方”为其延寿，但是需要一个特别厉害的药引子——“单用着一千一百一十一个小儿的心肝，煎汤服药。服后有千年不老之功。这些鹅笼里的小儿，俱是选就的，养在里面。人家父母，惧怕王法，俱不敢啼哭，遂传播谣言，叫作小儿城。”

这个厉害的“药引”，“唬得个长老骨软筋麻，止不住腮边泪堕；忽失声叫道：‘昏君，昏君！为你贪欢爱美，弄出病来，怎么屈伤这许多小儿性命！苦哉！苦哉！痛杀我也！’”唐长老向来容易情绪激动，不过这一回是真的很痛心，听到世上有如此荒谬残忍之事，普通人的反应大约就是这样。“怎么这昏君一味胡行！从来也不见吃人心肝，可以延寿。这都是无道之事，教我怎不伤悲！”不过，等他见过了国王，才悟出真个是“闻名不如见面”，真人比传闻又可恶十倍。

比丘国王召见唐长老，最关心的就是长生：“朕闻上古有云：‘僧是佛家弟子’，端的不知为僧可能不死，向佛可能长生？”唐长老于是讲了一番道理给他，总的来说就是劝国王清心寡欲，不要迷信于“采阴补阳”“服饵长寿”。

可惜这一番明心见性之语，却被“国丈”粗暴无礼地驳斥：“俗语云：‘坐，坐，坐！你的屁股破！火熬煎，反成祸。’”“国丈”先是肆意贬低佛家，然后对道家的采药炼丹好一番吹捧，这样一种画风，实在不敢恭维。唐长老谦谦君子，不争口舌之胜，但心中难免窝火，不过这还不是最糟糕的，唐僧离去之后，孙悟空变的小虫偷听到——唐僧也被“盯上”了。

有人报告说装着小孩的鹅笼都不见了（孙悟空做的法），国王正在着急，“国丈”却说他发现了更好的“药引”：“那东土差去取经的和尚，我观他器宇清净，容颜齐整，乃是个十世修行的真体，——自幼为僧，元阳未泄，比那小儿更强万倍，若得他的心肝煎汤，服我的仙药，足保万年之寿。”昏君如何反应呢？——“何不早说？若果如此有效，适才留住，不放他去了。”到了后来，孙悟空变化的“假唐僧”又来见，这位昏君居然“笑”着向“长老”求一味药引——“特求长老的心肝。”

倒也不算意外，能同意拿一千多个小儿心肝当药引的昏君，会拿一个远来和尚的命当回事吗？

对付这么一个自私残暴到极点的国王，也只有孙悟空想得出这样的主意——你不是要吃小孩的心、唐僧的心吗？我就现场剖出来一串心给你看看：“将那些心，血淋淋的，一个个捡开与众观看，却都是些红心、白心、黄心、悭贪心、利名心、嫉妒心、计较心、好胜心、望高心、侮慢心、杀害心、狠毒心、恐怖心、谨慎心、邪妄心、无名隐暗之心、种种不善之心，更无一个黑心。”这时国王才真的被吓到了，“唬得呆呆挣挣，口不能言，战兢兢的教：‘收了去！收了去！’”孙悟空现了本相：“陛下全无眼力！我和尚家都是一片好心，惟你这国丈是个黑心！”其实，孙悟空还有一句没有说，陛下你，是根本没有心！

“白鹿”与长生

比丘国故事篇幅不算长，情节也相对简单，内涵却是很丰富的。首先，“国丈”身份的设定很有趣——不是像车迟国“鹿力大仙”那样的“草根”鹿精，而是寿星老儿的坐骑白鹿。

寿星，俗称“肉头老儿”“福禄寿”三星之一。在讲述唐僧身世的“江流儿”故事中，满堂娇生下陈光蕊的遗腹子，之后梦到“南极星君”对她说，奉观音菩萨法旨，送这个孩子给你，“异日声名远大，非比等闲”，这个孩子就是后来的玄奘，而“南极星君”就是寿星老儿。在“五庄观”一段中，孙悟空为了寻找“救活”人参果树的秘方，第一个去的就是寿星和福星、禄星一起居住的蓬莱仙岛，三星虽没有秘方，却特意跑了一趟五庄观，求唐僧宽限日期不要念“紧箍咒”，真是一团和气，急人所难。

其实，和寿星有关的元素，都能“链接”到“长寿”。比如他的大脑门儿，和初生婴儿的大脑门儿相似，有人说是返老还童的象征。寿星老的拐杖，也就是被白鹿精偷来的“蟠龙拐杖”，现在一般认为是桃木杖，其作用除了驱邪避鬼之外，也有长生之意。在本故事最后，寿星老儿随意翻出三颗鲜枣给了比丘国王，国王的病瞬间就好了。

【清】顾绣赵[illegible]作　《寿星骑白鹿》

寿星老儿的两种伴侣动物，鹤与鹿，也都与“长生长寿”相关联。鹤，俗称“仙鹤”，一般指丹顶鹤，不但长得“仙风道骨”，而且也是一种长寿鸟类，寿命可达七十多岁。鹿，一般指梅花鹿，在我国的分布范围很广泛。鹿这种动物，寿命一般从十七八岁到二十来岁，不算长，不过它们是著名的“隐士”动物。它们隐居于山林沼泽等人迹罕至之处，而且性格温驯不狂躁，一般不会主动攻击人类，因此在有些地方会把驯好的鹿当成代步工具。生活在我国东北大兴安岭中的鄂伦春族，是著名的“驯鹿民族”，所饲养的驯鹿就可供骑乘。基于这种事实，古人将鹿想象成神仙或者神话人物的坐骑之一，比如姜太公的坐骑是“四不像”麋鹿，而寿星老儿的坐骑梅花鹿，据说能找到著名的长寿“仙草”——灵芝。那么，比丘国“国丈”的原形，为什么会是一头白色的鹿呢？

日本动画片《森林大帝》的主角小白狮子雷欧，因为毛色和别的狮子不一样，被说成是“杂种”。狮群比拟的就是人群，你与众不同，就会遭到排挤。不过，在寄托着人们某些美好愿望的神话故事里，白色的，或者其他带有特殊特征的动物，都有着灵异、通神的本领，比如白蛇娘娘，地藏菩萨的白犬等。其实，白化动物就是一种自然现象，据专家说，一种动物的数量达到一万甚至更多，白化动物就会出现，这是个概率问题，比如白虎，白鹿等。它们除了“白”，一般还会有红眼睛——白化动物的瞳孔是透明的，透出里边血管的颜色，它们的身体也会比较弱。至于我们常见的家养小白兔，则是长期人工培育的结果，身体是健康的。

白色动物还有另外一种情况，毛色与年龄有关。比如我国秦岭山区特有的羚牛，身强力壮时毛色为金色，号称“金毛扭角羚”，不过年老之后，毛色会逐渐变白。这类现象被“神化”之后，就是长寿之象，古书《述异记》说，鹿活到一千岁，通体皆呈苍色，再过五百年变白色，活到两千年时又变为黑色。把“国丈”的原形设计成白鹿（应该是白色的梅花鹿），应该也有这方面的考虑。

“比丘国”与《西游记》被禁

在评论车迟国“虎力”等三仙时，我们曾提到《西游记》在明代被列为“禁书”，是因为书中骂道士、骂崇道的皇帝，其实骂得更厉害的是“比丘国”这一段。

皇帝好道，往往与祈求长生有关。而能够迷惑君王的手段，往往是那些剑走偏锋、貌似能够快速修炼的邪门歪道。在“比丘国”故事中，这些隐喻算是占全了。

先说白鹿精本身，是寿星的坐骑，长寿的象征，而且一般也被认为是国泰民安的吉祥物，而在比丘国故事中，他却迷惑国王取小儿心肝，岂不讽刺？而“国丈”之所以知道那么多修道长生的道理，应该和他是寿星的坐骑很有关系——和神仙待久了，信息比较畅通，知道“婴儿”“姹女”配合可炼成真丹成仙。不过，还是理解歪了，“婴儿”“姹女”一般指水银和朱砂，而不是小儿的心肝！可见走火入魔，堪比《射雕英雄传》中“黑风双煞”（陈玄风、梅超风）走邪道捷径炼《九阴真经》。

再说说白鹿精的“好搭档”——白面狐狸，也就是国王的“美后”。狐狸精的故事在前面“金角”“银角”段落已经分析得差不多了，这里单说一下“美后”和白鹿精“搭档”的目的。

【清】沈铨绘《三星拱璧图》

“美后”的表面任务是迷惑国王、消耗其精力，以获得取小儿心肝治病的理由，不过其中也包含着修道本身的手段——“食”与“色”。“食”包括吃仙药及一切据说可以延年益寿的东西，“色”则指“采阴补阳”“房中术”等。推测起来，“美后”除用美色迷惑国王，也用过类似的手段或者心理暗示吧——既享人间美色，又可获得长生，昏君岂有不乐为的？

最后要说的是，一千多个小儿心肝做修道长生的药引，这事听起来很荒唐，但是，在吴承恩那个时代，的确发生过类似的真实事件。

现在很多人都知道，《西游记》所骂的“崇道皇帝”，就是嘉靖皇帝朱厚熜。嘉靖皇帝为了修道，做过很多荒唐事，其中有一件就是，从民间选取一千多名十来岁的女孩子入后宫。其目的是——嘉靖修道要服用一种丹药“红铅”，是用处女的经血特别是初潮的经血提炼而成，这些女孩子就是制作“红铅”的“原料”。为了“生产”大量的“高品质红铅”，这些女孩子被要求不能正常地吃饭，还要服用排血的药物，被折磨得生不如死。后来，有几个宫女不堪折磨，铤而走险，一天晚上居然闯入嘉靖寝宫，试图勒死皇帝。但是事情最终没有成功，几个女孩子被处以极刑。吴承恩生活的主要时代，恰是嘉靖、隆庆和万历初年，能通过神魔小说“臧否”时政，是需要勇气的。

27. 全能老鼠精

据说，老鼠会是人类灭绝之后最后灭绝的动物。

因为老鼠生存能力超强、有本事、有智慧、有胆量……来说说本物种在《西游记》里的代言人——金鼻子白毛老鼠精。

之前在“蝎子精”段落我们已经说过，因为“蝎子精”过于“女汉子”，所以作为“色诱”的执行者是不大够格的，而老鼠精在这方面，算是全能型选手。

老鼠精的“读心术”

《西游记》中凡是佛祖家的东西，都是神圣而有某种特殊功能的，特别是可以增进法力，缩短“成仙”之路，所以也都是妖精们“惦记”的东西。蝎子精偷听讲经，黄风怪偷吃香油，老鼠精偷吃香花宝烛……都是如此。

老鼠精偷吃香花宝烛这事儿，可能就是从那首民间歌谣得来的灵感：“小老鼠，上灯台，偷油吃，下不来。”当小偷不容易，身手必须敏捷，情况不好马上开溜，而老鼠是这方面的行家。在动物界，老鼠算是比较底层的弱势群体，“天敌”多得是，除了猫，还有林间的猫头鹰及其他猛禽，田野里的蛇、草原上的狐狸、狼等，所以，它们必须做到“逃如闪电”。动画片《猫和老鼠》中，老鼠杰瑞绝对是一级逃跑高手，多少次轻轻巧巧从汤姆猫的手指尖里滑脱。仓鼠是人类专门驯化的宠物鼠，自然状态的老鼠，动作更快，一逃就无影无踪。

《西游记》中的老鼠精，也是以善于逃跑为特长的，不但动作快，还善用障眼法——虽然打不过孙悟空，可她两次脱下绣鞋变成自己的模样，居然都成功逃脱，还都带走了唐僧，逃跑功夫了得。

不过作为成精的老鼠，老鼠精还有一样普通鼠类没有的本事——“读心术”。来分析两款她根据“读心术”做出的经典圈套。

第一个，“黑松林”段落，老鼠精变成落难女子向唐僧求救。要说这一招真的不新鲜了，平顶山的“银角大王”用过，号山的红孩儿也用过，第三次用成功率应该很低，可是，老鼠精还是成功了。这一计的开篇平淡无奇，老鼠精和红孩儿一样，编了一段路遇强盗、家人被杀、自己被绑、不救就会死的故事。故事编得并不比红孩儿高明，可是唐僧心软，就是会上当，再加上个好色的猪八戒，师父一声令下，马上就去给“女菩萨”解绳子。

不过，这个圈套是有一个硬伤的——求救者从“儿童”变成了“妇女”，这个“角色转变”很要命，四个和尚，救小孩是见义勇为，救女人，就不一定了，唐僧心软，派了猪八戒去给“落难女子”解绳子。这一点恰恰被孙悟空抓住，拿出“四圣试禅心”中猪八戒留下的话把儿，好一通挖苦：“似你这等

甘肃省酒泉市瓜州县榆林窟二十五窟壁画《观无量寿经变》（局部）

重色轻生，见利忘义的馕糟，不识好歹，替人家哄了招女婿，绑在树上哩！”

《西游记》的很多故事中，孙悟空虽然是冲着猪八戒发火，实际上却是在警醒唐僧。这一次经他一闹，唐僧决定不管闲事了：“也罢，也罢。八戒呵，你师兄常时也看得不差。既这等说，不要管他，我们去罢。”眼看着计划要泡汤，老鼠精哪里肯服气，立即启动第二招，一对一吹“耳边风”，“把几声善言善语，用一阵顺风，嘤嘤的吹在唐僧耳内。你道叫的甚么？他叫道：‘师父呵，你放着活人的性命还不救，昧心拜佛取何经？’”

这种“耳畔环音”所造成的“语境”很不同，就仿佛有一个“好唐僧”、一个“坏唐僧”在脑子里打架，最终，“好唐僧”赢了。“放着活人的性命还不救，昧心拜佛取何经”这样一顶大帽子，也就是令今人常常切齿的“道德绑架”，是个凡人都没法领受。为了“解锁”，只能救人，别无选择。

老鼠精第一次运用“读心术”，成功获救并且“黏”上了唐僧；第二次出招，则让“大师兄”上了套儿，这就是“镇海禅林寺”段落。

师徒四众带着救下的“女施主”借宿寺院，当晚，唐僧因半夜上厕所着了凉，病了三天。我们正在奇怪，那位紧跟师徒四众的“女施主”怎么对“恩公”的病不闻不问，不侍奉汤药也得来探探病不是？接下来就发现，这三天她并没闲着。寺中和尚说：“我们晚夜间着两个小和尚去撞钟打鼓，只听得钟鼓响罢，再不见人回。至次日找寻，只见僧帽、僧鞋，丢在后边园里，骸骨尚存，将人吃了。你们住了三日，我寺里不见了六个和尚。”

三天吃了六个，而且只剩骨头，够狠。妖精当然要吃人，不过这么个吃法却是有目的的——六条人命，终于引得孙悟空离开唐僧、出面捉妖了。一旦开始捉妖，那猴子就会沉醉其中，全心投入，什么变小和尚、和妖精斗嘴皮子等，全忘了保护师父这回事。——是的，这正是妖精想要的，引开孙悟空，就好下手。接下来，她如愿以偿，绣鞋分身法成功弄走了唐僧。

以上案例充分说明，老鼠精真是“读心”高手，她能利用唐僧的善良，也能利用孙悟空爱管闲事的毛病，其“成功”绝不是偶然的。而她的本领，还不止这些。

无底洞温柔乡

老鼠精的陷空山无底洞，并非一般的妖洞可比。第一是深埋地下。书中交代，无底洞在地下方圆足有三百里——赶上阿房宫了；深度呢？没有细说，不过，往里边走一遭很像是“地心游记”，就像孙悟空跟唐僧描述的：“他这洞，不比走进来走出去的，是打上头往下钻。如今救了你，要打底下往上钻。若是造化高，钻着洞口儿，就出去了；若是造化低，钻不着，还有个闷杀的日子了。”这可是“战神”孙悟空的判断，可见带着肉体凡胎的唐僧逃出无底洞这件事，真不是一般的难。所以，孙悟空才会制定先降伏了妖精、然后由她驮着唐僧出洞的策略。

老鼠洞进来容易、出去难，这是对“入侵者”来说的，而对于“洞主”老鼠精，却是个舒服不过的“家”。普通家鼠、田鼠都能给自己建造一个完美的“地下宫殿”，如果将洞“切”个剖面看看，那里边有“门厅”“卧室”“储藏室”“厕所”，功能分区齐全，各室之间还有通道相连……人都说白蚁的地下巢穴像迷宫，老鼠洞同样构思巧妙，可以得“设计师大奖”。

老鼠精的无底洞，比普通鼠洞又精巧得多了，书中前前后后花了不少文字来描述。那大段的铺排且不去管它，只引几个散句：“那里边明明朗朗，一般的有日色，有风声，又有花草果木”，单这第一印象，就得了行者一个大大的赞：“好去处啊！想老孙出世，天赐与水帘洞，这里也是个洞天福地！”能让孙悟空拿自家的水帘洞来比，称之为“洞天福地”，这个老鼠洞真是不一般。

“又见有一座二滴水的门楼，团团都是松竹，内有许多房舍”，这是真正的“大门口”，松竹也是极雅致的了。

再看后花园，“看不尽的奇葩异卉。行过了许多亭阁，真个是渐入佳境”，怎么恍惚是“曲径通幽处”的大观园？穿越了？

把老鼠洞描写得如此雅致，有何用意呢？试猜一下。

我们可以链接到另一个“文雅”的妖精故事——木仙庵，那里的妖精都是树精，本不在“动物世界”的讨论之列，不过，他们可以搭“老鼠精”的车，在本文中露露头。

植物和动物是不一样的，成了精也不一样。木仙庵的杏仙相当的文雅。她有一群很文雅的“朋友”，十八公（松树精）、凌空子（桧树精）、拂云叟（竹子精）、孤直公（柏树精），个个仙风道骨，把唐僧“摄”到木仙庵，不蒸不煮，居然是请来谈诗赏月！后世很多人说《西游记》里的唐僧不大像个高僧，更像个酸文人，依据主要来自这一回。被这几位“诗翁”一挑动，唐长老也诗兴大发，正经做了一首七律呢！铺垫结束，杏仙袅袅婷婷捧着香茶出场了，这位姑娘美艳不必说，居然也会作诗！

和一帮老头子吟诗是风雅，跟年轻姑娘对诗，搞不好就引向“风情”。对着对着，人家姑娘就有了爱慕之意：“佳客莫者，趁此良宵，不耍子待要怎样？人生光景，能有几何？”——麻烦大了！一触到底线，圣僧的原则性还是蛮强的，“汝等皆是一类邪物，这般诱我！当时只以砥砺之言，谈玄谈道可也；如今怎么以美人计来骗害贫僧！是何道理！”岂知人家也有底线——文的不行，来武的，所以才有赤身鬼使（枫树精）闹闹嚷嚷地逼婚，“这和尚好不识抬举！我这姐姐，那些儿不好？”真个西方路上不太平，连树也欺负人！还是八戒干脆，一顿钉钯全部筑倒。

“木仙庵”的画风，明显和大多数故事不同，但妖就是妖，那些温文尔雅风花雪月，是“投其所好”的手段，专用来迷惑“文艺中年”唐长老，其目的和凶神恶煞的妖精一样明确。对照之下，老鼠精的策略和杏仙是类似的。前几天连吃六个和尚、啃得只剩骨头，如今要引诱唐僧达到目的，又使上了“温柔一刀”，想方设法地“动之以情”。

无底洞“洞天福地”般的环境，就是为了适应唐长老的审美要求。在花园中摘桃子论阴阳的段落，则是老鼠精在极力表现自己“有文化”——谈得来很重要啊。还有那一桌精心准备的素斋，也不仅仅是照顾唐僧的宗教习惯，还是为了显示“洞中”生活的精致有品位：

“盈门下，绣缠彩结；满庭中，香喷金猊。摆列着黑油垒钿桌，朱漆篾丝盘。垒细桌上，有异样珍羞；篾丝盘中，盛稀奇素物。林檎、橄榄、莲肉、葡萄、榧、柰、榛、松、荔枝、龙眼、山栗、风菱、枣儿、柿子、胡桃、银杏、金桔、香橙，果子随山有；蔬菜更时新：豆腐、面筋、木耳、鲜笋、蘑菇、香蕈、山药、黄精。石花菜、黄花菜，青油煎炒；扁豆角、江豆角，熟酱调成。王瓜、瓠子，白果、蔓菁。镟皮茄子鹌鹑做，剔种冬瓜方旦名。烂煨芋头糖拌着，白煮萝卜醋浇烹。椒姜辛辣般般美，咸淡调和色色平。”

这一桌素斋食单，估计吴老先生用心烧脑编排了很久。不要以为素菜就简单好做（好写），高档次的斋菜，用料自然是讲究的，南北山珍俱全。用水也是讲究的——记得吧，特意派小妖到洞外去挑“阴阳交媾的净水”。不要想歪了，其中的“阴”和“阳”应该是以太阳为标准的。无底洞深埋地下，其中的“地下暗河”是晒不到太阳的，属“阴”，“阳”应该是指地面上晒

齐白石绘《鼠果图》1947 年

得到太阳的小溪小河之类，“阴阳交媾的净水”意如其文，指的是“阴水”流出山洞与“阳水”交汇之处的水。科学地表述就是，这个地方的水，水体交换频繁，是“活水”，自然比老鼠洞里的水要干净。还有，餐桌、食器也是讲究的，“黑油垒钿桌，朱漆篾丝盘”；用餐环境也是讲究的，“盈门下，绣缠彩结；满庭中，香喷金猊”，还有香薰！

生活有品位，用餐讲情调，再看看老鼠精自身的条件。老鼠精是个美女，这个在她一出场的时候就交代了，“你看他桃腮垂泪，有沉鱼落雁之容；星眼含悲，有闭月羞花之貌。”回到自家的妖洞里，落难女子的可怜相不见了，精心打扮之后，“端端正正美人姿，月里嫦娥还喜恰。”这么个美人儿，难得的是性格也不错，不是像蝎子精一样的女汉子：对唐僧一直是软语温存，一开口就是“妙人哥哥”。好容易准备的结婚素宴，被孙悟空变的老鹰搅了个稀碎，不见她大怒，反而“战战兢兢，搂住唐僧道：‘长老哥哥，此物是那里来的？’”——趁机撒上娇了。甚至当她误将孙悟空变的桃子吞进了肚，跪地求饶也是那般娇媚动情：“长老啊！我只道：夙世前缘系赤绳，鱼水相和两意浓。不料鸳鸯今拆散，何期鸾凤又西东！蓝桥水涨难成事，祆庙烟沉嘉会空。着意一场今又别，何年与你再相逢！”

这里里外外、叽叽歪歪，哪里是妖精洞，简直是温柔乡。搞得孙悟空直怕师父顶不住，“不知他的心性如何。——假若被他摩弄动了啊，留他在这里也罢。”

无底洞路路通

老鼠精花容月貌、温柔娇嗲、懂生活、会浪漫，“色诱”的技能不是一般的高，好在唐长老意志坚定，必须引用原文表扬一下：“好和尚！他在这绮罗队里无他故，锦绣丛中作痖聋。若不是这铁打的心肠朝佛去，第二个酒色凡夫也取不得经！”只是，他们师徒都没想到这老鼠洞的另一层威力——路路通。

前面不是埋了个小小的线索么，说无底洞周围三百余里，一开始还不明白这是什么意思——因为之前一直在讨论“垂直”问题。直到孙悟空钻进了老鼠精的肚子，胁迫她背着唐僧出洞，结果又被她逃脱，再次将唐僧带回了洞——再然后，连唐僧带妖精全伙，都在无底洞“蒸发”了。

直到找不着师父了，孙悟空才悟出来这个道理——“原来他的洞里周围有三百余里，妖精窠穴甚多。前番摄唐僧在此，被行者寻着，今番摄了，又怕行者来寻，当时搬了，不知去向。”

【清】《封神真形图》中的金塔天王李靖

是的，“垂直”问题不好解，“平面”问题也难答。有人研究过一种生活在竹林里的老鼠——竹鼠的洞，内部功能分区细致不算什么，关键是一个洞有三个逃生出口！这些逃生口都很隐秘，不懂行的人是很难找到的，而且，如果不能把三个洞口都找到，也是枉然——因为不管从哪个洞口进攻，竹鼠都会选择那个漏掉的洞口，溜之大吉。无底洞的逃生出口，不知有多少个，又不知通向何方。要不是人家搬家走得急，忘带了两样重要的东西——李天王和哪吒三太子的牌位，孙悟空恐怕真的要就地哭死。（关于李天王为什么会有个老鼠精干女儿的事，参见“貂·鼠·鼬”一章）

饶是孙悟空找到了“牌位”，上天到李天王府撒泼打滚地闹，并且终于请下了天兵，这四探无底洞也并不顺利。“捕鼠小分队”“挨门儿搜寻，吆吆喝喝，一重又一重，一处又一处，把那三百里地，草都踏光了，那见个妖精？那见个三藏？都只说：‘这孽畜一定是早出了这洞，远远去哩。’”若不是躲在暗处的小老鼠精探头探脑地泄露了行藏，还指不定找到什么时候去呢。看看也真是悬，众天兵找到妖精的时候，正是老鼠精“摄了三藏，搬在这里逼住成亲”之时，再晚个一时半会儿，唐僧危矣。

评书中常说“四两拨千斤”，老鼠精似乎深得此中精髓。作为“色诱唐三藏”的第二个动物女妖精，老鼠精真可谓“全能型选手”。不过话说回来，如果没有这么厉害的考验，也见不出唐玄奘的圣僧本色不是?

28.“凑数”的花豹精

隐雾山折岳连环洞花豹精的故事，一直让我很迷惑。

这是一个不咸不淡的故事，“主角妖精”很不给力，故事情节也没什么新意。

花豹精没有背景。这样说不是势利眼，而是说，在《西游记》中，有背景的妖精一般都比较“有戏”：或者有特别不好对付的宝贝，什么金刚琢、人种袋、魔幻铃铛等，或者有从神、佛“主人”“亲戚”那里“偷学”或者“训练”来的真本事，什么呼风唤雨、瞬间冰封等，其中有一样出色，就能让这一“难”活色生香、特别不好“过”；再不济，上乘的宝贝和蠢萌的智商形成的反差，还能贡献很多的笑料，比如朱紫国赛太岁。而花豹精是一个纯草根妖精，没有背景，也没有宝贝。

另一方面，《西游记》中的草根妖精，一般在实力上是要比有背景的妖精厉害，因为无所凭借，必须靠自己硬拼，比如牛魔王、蝎子精、蜈蚣精，花豹精和他们相比，实力着实弱，连猪八戒都打不过，最后死得也很可笑——孙悟空的瞌睡虫把他弄翻了，然后就死于“呆子”的钉钯之下。

主角没什么神采，情节也没有新意。本故事出现在第八十七、八十八回，灭法国之后，天竺国凤仙郡之前，也就是说，“八十一难”已经接近尾声。第八十七回的前半段，基本上就是“金角银角”故事中“八戒巡山”的翻版，而且还没有那一次有意思。所以，“花豹精”的故事，很像是凑数的。这也好理解，取经故事写到这里，出现一些重复、类似的情节，在所难免。

不过，吴老先生还是为这个故事设计了一些不一样的东西。

“南山大王”

花豹精被猪八戒打死，现出了原形，大家才知道他是一只艾叶花斑豹，他活着的时候，自称“南山大王”。这个称呼，勾起了孙悟空一股无名火：“这个大胆的毛团！你能有多少的年纪，敢称‘南山’二字？李老君乃开天辟地之祖，尚坐于太清之右；佛如来是治世之尊，还坐于大鹏之下；孔圣人是儒教之尊，亦仅呼为‘夫子’。你这个孽畜，敢称甚么南山大王，数百年之放荡！”

其实在此之前吹牛的妖精也见得多了，红孩儿那么个小孩儿，不也是称“圣婴大王”么？如果不了解“南山”之意，就不会明白“南山大王”四字怎会让孙悟空发那么大的火。

孙悟空最早是道家的弟子，而“南山”，是道家的圣地，特指位于我国南北气候过渡带——秦岭山脉中段的终南山。终南山是道教全真派的发祥圣地，又名太乙山，简称“南山”。俗语“福如东海长流水，寿比南山不老松”的“南山”，指的就是终南山。老子、尹喜、赵公明、钟馗等诸多道教人物都与这座山

【明】文俶绘《金石昆虫草木状》中的豹

有关。在早期的古书里，如果没有特指，“南山”一般指的都是这一个“南山”。所以，孙悟空对一个“土妖精”自称“南山大王”，会气得暴跳。

其实，花豹精自称“南山大王”，也算不得生拉硬拽，因为，本来有个“南山之豹”的典故。故事出于《列女传》。这本书专门记录古代一些“贤女”的言行故事。“南山之豹”说的是，春秋时期，宋国陶邑大夫荅子任职三年，捞了不少钱财，回到家中躲藏，他的妻子哭着劝说丈夫，说“妾闻南山有玄豹，雾雨七日而不下食者，何也？欲以泽其毛而成文章也。故藏而远害。”这句话翻译过来就是，南山里的黑色豹子，碰到大雨和大雾天，可以七天不出洞觅食，是为了保护自己的皮毛，以期待早日养成漂亮的斑纹。古人认为，小豹子并没有色彩斑斓的“豹纹”，要长大了、修炼成了才会有，而这是一个很缓慢的过程，因此称之为“豹变”。荅子之妻用这个比喻来劝诫丈夫，要爱惜名节，

【清】陈士斌 诠解 《西游真诠》中的玄豹

不要挡不住“诱惑”。但是荅子根本不理睬，后来果然遭人告发，被宋王处死。

其实豹子在我国是比较常见的动物，在古籍中出现的次数也非常多。比如《诗经》里有“羔裘豹饰”，豹皮在那个年代已经是贵人们衣服上的装饰物；《楚辞·九歌·山鬼》里有“乘赤豹兮从文狸，辛夷车兮结桂旗”，赤色的豹子与“山鬼”（一般认为是山神）为伴。不过，“南山之豹”这个典故，则有着精神上的寓意，后人多用它来比喻品质高洁的隐士，称之为“豹隐”。

因为在“南山之豹”的典故中出现了雨和雾，所以，“南山”——“豹”——“雾”就成了一组经常一起使用的意象。比如小说《三国演义》“草船借箭”那个经典段落，关于起着关键作用的“大雾”有一段《大雾垂江赋》，其中就有“初若溟蒙，才隐南山之豹；渐而充塞，欲迷北海之鲲。”

小说《西游记》的花豹精虽然自称“南山大王”，却和“豹隐”没有什么相似之处，只是一只会喷云吐雾的豹子：“那雾真个是：漠漠连天暗，蒙蒙匝地昏。日色全无影，鸟声无处闻。宛然如混沌，仿佛似飞尘。不见山头树，那逢采药人。”“又见逼左右手下有三四十个小妖摆列，他在那里逼法的喷风嗳雾。”花豹精喷云吐雾，完全和“捕猎”有关——可借着大雾将行人困在山里，然后再“抓人”，“那怪物收风敛雾，号令群妖，在于大路口上，摆开一个圈子阵，专等行客。”

“分瓣梅花计”

花豹精故事中的亮点，是那个“分瓣梅花计”，而这个主意是一个连“变形”还没学会的铁背苍狼精出的。此计听着名字很特别，其实并不复杂：“如今把洞中大小群妖，点将起来，千中选百，百中选十，十中只选三个，须是有能干，会变化的，都变做大王的模样，顶大王之盔，贯大王之甲，执大王之杵，三处埋伏。先着一个战猪八戒，再着一个战孙行者，再着一个战沙和尚：舍着三个小妖，调开他弟兄三个，大王却在半空伸下拿云手去捉这唐僧，就如‘探囊取物’，就如‘鱼水盆内捻苍蝇’，有何难哉！”

说得通俗一点，就是“分身法”。这一招，其实孙行者自己没少用——动不动就拔下一把毫毛，数都不数，吹口气变成很多很多“小行者”，把毫毛在嘴里嚼碎了再吹气，还能变得更多。这一招，搞“群殴”或者“团体作战”很管用，围攻黄风怪、破蜘蛛精的丝网等，“小行者”们都发挥了作用。可是，大圣真是没想到，自己居然会中了低级版“分身法”——“分瓣梅花计”的招儿，正所谓“小河沟里翻船”。不得不赞一下那个苍狼精，高手在民间。

不过毕竟道行还浅，“分瓣梅花计”抓住唐僧之后，苍狼精被封为“先锋”，接下来却给花豹精出了个馊主意：“我记得孙行者是个宽洪海量的猴头，虽则他神通广大，却好奉承。我们拿个假人头出去哄他一哄，奉承他几句，只说他师父是我们吃了。若还哄得他去了，唐僧还是我们受用；哄不过再作理会。”于是，洞里两次抛出“假人头”，蒙骗孙悟空——第一次是个柳木疙瘩，第二次是其他人的人头。

苍狼精和黄风怪的虎先锋一样，低估了唐僧的徒弟们。事实上没有什么“再作理会”。悟空兄弟的确被第二次的真人头骗到了，以为唐僧真的死了，但是接下来，就是更坚决的复仇：

“且休胡弄！教沙僧在此：一则庐墓，二则看守行李、马匹。我和你去打破他的洞府，拿住妖魔，碎尸万段，与师父报仇去来。”苍狼精的馊主意，最终让他自己死在了猪八戒的钉钯之下。

反常

值得注意的倒是悟空三兄弟的一些反常表现。先看猪八戒，按照他一贯的表现，师父“死”了，肯定会闹着分行李。可是这次没有。猪八戒一个“分”字都没说，而是忙着张罗着盖个假坟，“这柳枝权为松柏，与师父遮遮坟顶；这石子权当点心，与师父供养供养。”孙悟空要进洞去探虚实，他居然担心起师兄来：“哥啊！仔细着！莫连你也捞去了，我们不好哭得：哭一声师父，哭一声师兄，就要哭得乱了。”

再看孙悟空，要混进洞去看看虚实，少不得要变化的，奇怪的是，这一次他居然犹豫起来——要变个什么好呢？

“等我变作个水蛇儿过去。……且住！变水蛇恐师父的阴灵儿知道，怪我出家人变蛇缠长；变作个小螃蟹儿过去罢。……也不好，恐师父怪我出家人脚多。”

最后，他选择变成一只水老鼠，“飕的一声撺过去，从那出水的沟中，钻至里面天井中。”当然，之前是有一番铺垫的，说这次是从洞里流水的暗沟里进去的，而大家都知道孙大圣的水里功夫不太好——算是他犹豫的一种解释吧。然后呢，见到了“活唐僧”，用瞌睡虫迷倒了所有妖精，基本算是大功告成了吧，但大圣居然又犹豫了：

“行者道：‘师父不要忙，等我打杀妖精，再来解你。’急抽身跑至中堂。正举棍要打，又滞住手道：‘不好！等解了师父来打。’复至园中，又思量道：‘等打了来救。’如此者两三番，却才跳跳舞舞的到园里。长老见了，悲中作喜道：‘猴儿，想是看见我不曾伤命，所以欢喜得没是处，故这等作跳舞也？’行者才至前，将绳解了，挽着师父就走。”

这是怎么说？都有点失常啊。是因为之前以为唐僧已经没了，却发现师父还活着，失心疯了吗？

如果将整个故事理解为“凑数”，问题可能就简单一些了——本来就是“凑”出来的嘛，有些不合理的、寥寥草草的情节很正常。

当然，也可以这么去理解哥仨的“反常”——那么多大难都过来了，离灵山越来越近了，这时候没了唐僧，哥仨这取经一路的降妖伏魔，就都算是白忙活了，这种情况下的“师父”失而复得，当然是不一样的。

29. 四木禽星捉犀牛

快到灵山了，怪事却并没有减少。在佛爷的地盘，竟然出现了冒充佛爷的妖精——金平府的犀牛精。这个冒充行为还不是短期的，不像乌鸡国的狮俐王，冒充国王三年期满就该回去了，犀牛精们实实在在地冒充佛祖领香油，长达——一千年。

这么长的时间，佛祖会不知道吗？知道了为什么不采取行动呢？是全不在意的默许，还是另有隐情呢？犀牛精的克星“四木禽星”又是谁，为什么他们能克制犀牛？好吧，还是从科普开始吧。

两个角的犀牛

说《西游记》的犀牛精，却先要引一段《红楼梦》。有些看官估计已经想到了——那位分外矫情的妙玉妙师父，有一件茶具着实了得，叫作“点犀䀉”，特意拿来请林黛玉喝茶。关于“点犀”，古书中大致的解释是“犀角有粟纹者为上”，说得通俗一点，就是犀牛角的横断面上有白色的粟米粒大小的斑点——横着看是白点，竖着看不就是一条线了吗？犀牛角本就是朝天长的，若这条线在犀角里一通到角尖，岂不就是“通天”了吗？所以有这种“天线”的犀牛，就叫作“通天犀”。古人相信，这条“天线”可以通往神界或者其他神秘所在（比如人心），唐代李商隐有诗“身无彩凤双飞翼，心有灵犀一点通”。

【清】犀牛望月铜镜架

那么，这条“天线”是怎么形成的呢？传说，它是天上的星星落下时穿过犀角留下的痕迹，仿佛彗星划过天空留下的“轨道”。而更多人倾向于把这条线和月亮联系在一起，这就要提到一个成语——“犀牛望月”。

一般人会把这个词理解成一个优美的武功招式，或者某种神秘灵异的场景。月亮在传说中常常是一个能量输出系统，在西方有狼在月圆之夜幻身成人的故事，而中国古人认为，犀牛望月也是在吸取月之精华，朝天的犀角，就是吸取精华的“秘密通道”（也可以叫“管道”）。吸取的能量多了，自然有助于修行。太白金星说金平府的犀牛精“因有天文之象，累年修悟成真，亦能飞云步雾”，就有这个意思。

不过，孙行者对“犀牛望月”一词似乎不以为然。他上天请“四木禽星”帮忙降妖时特别强调说，“那犀不比望月之犀，乃是修行得道，都有千年之寿者。须得四位同去才好，切勿推调，倘一时一位拿他不住，却不又费事了？”听他的语气，是觉得普通的“望月之犀”本领有限。这话，当然可以理解为望月的犀牛还在修行之中，功力不够，不过，还有另外一种解释："犀牛望月”这个词，本意是指犀角带给犀牛的一个缺陷。犀牛角是长在犀牛双眼的正前方的，“顶人”自然是方便，可是也带来了麻烦——挡视线，角整个把犀牛左右眼的“视力范围”一分为二，如果犀牛正对着月亮来“望”，那就只能看到半个月亮。所以“犀牛望月”这个词，有以偏概全、眼界不宽的意思，并不算一个褒义的成语。

不管怎么说，因为有这么多灵异的传说，犀牛这种动物在古代被当作瑞兽。当然，作为瑞兽还有一个必要条件，那就是数量稀少，一般人很少能见到“活的”。中国国家博物馆藏有一件西汉时期的青铜犀牛酒器，犀牛的造型神态都惟妙惟肖，全身的金银错彩更显得华丽威风，专家都说，制作者应该是见过真犀牛的，所以才会做得那么像。这头犀牛的原型，也许是西南少数民族或者来自更南边国家的贡品，因为在西汉时，中原地区的犀牛已经很少了。这一方面是因为中原地区的生态环境在西汉时期已经不适合犀牛生存了，所以它们的种群南移了，另一方面，也是人为的捕杀量太大了。西汉以前的人猎杀犀牛，主要还不是为了犀牛角，而是为了犀牛皮。犀牛皮厚重坚固同时柔韧性很好，非常适合做铠甲，金平府对那三只犀牛精的皮就是这样处置的："叫屠子宰剥犀牛之皮，硝熟熏干，制造铠甲”。西汉之前是秦，秦再往前推是战国、春秋，都是战争不断的时期，铠甲的需求量之大超乎想象。西汉之后，我国境内的野生犀牛就已经很少了，到1922年，野生犀牛在中国绝迹。

世界上现存的犀牛一共有五种，亚洲有三种，非洲有两种，都是濒危动物。那么，它们当中有没有《西游记》里犀牛精的

【明】文俶 绘 《金石昆虫草木状》中的犀牛

原型呢？且看它们的长相，“彩面环睛，二角峥嵘。尖尖四只耳，灵窍闪光明”。“两角”是重点。真实的犀牛有双角也有独角。这个双角是一前一后在长脸的中心线上，前大后小。现存的五种犀牛里边，分布在非洲的白犀牛和黑犀牛是双角，分布在亚洲的三种犀牛之中，只有苏门犀，也叫苏门答腊犀，是双角。根据地理分布来说，犀牛精和苏门犀更接近一些。至于“四只耳”，应该是被吴老先生艺术化了，既有“六耳猕猴”，“四耳犀牛”也没什么奇怪。

三个犀牛精的打扮则和他们的名字，同时也是犀牛角的功能一一对应：“第一个，头顶狐裘花帽暖，一脸昂毛热气腾”——“辟寒”；“第二个，身挂轻纱飞烈焰，四蹄花莹玉玲玲”——“辟暑”；“第三个，镇雄声吼如雷振，獠牙尖利赛银针”——“辟尘”。其实它们的名字，在古籍里都能找到踪迹。“辟寒”出自五代时的《开元天宝遗事》:“交趾进犀角一，色黄如金。冬月置殿中，暖气如熏。上问使者，曰:‘此辟寒犀也。’”简直是天然的“暖炉”。“辟暑”出自《白孔六帖》:“(唐)文宗延学士于内殿，李训讲《易》。时方盛暑，上命取辟暑犀以赐。”这个则是随身的“风扇”。“辟尘”出自南朝祖冲之的《述异记》:“却尘犀，海兽也，其角辟尘，置之于座，尘埃不入。”另一本唐代刘恂的《岭表录异》也说:“辟尘犀为妇人簪梳，尘不着发也。”哈哈，天然的“吸尘器”。

此外，也有的犀牛角可以“辟水”，金平府的犀牛精们就靠着它们的角分开水路，逃入了西洋大海，只是没想到龙王也帮着孙行者和“四木”，入海反而成了自投罗网。当然，古人更在意的是犀牛角的“辟毒”功效，作用比银筷子、银簪子还强，可解百毒，所以，大家那么喜欢把犀牛角做成酒器、筷子等。

《西游记》中三个千年犀牛精，就因为它们的角“有贵气”、可以“辟寒”“辟暑”“辟尘”，才被称为“大王”。故事结尾，犀牛精被擒拿之后被宰杀——肉分给金平府的百姓，一共六只犀角，四只给“四木”带回天宫向玉帝交差，一只唐僧师徒带去灵山献给佛祖，一只留在金平府，“留一只在府堂镇库，以作向后免征灯油之证”。是的，犀角都送给了最“尊贵”的“大人物”。

吹得那么神乎的犀牛角，到底有没有那么多功能呢？实际上，现代医学对于犀牛角的药物学功效并没有什么实质性的证明，顶多也就是清热凉血而已，如今犀角稀少，用水牛角亦可替代。

不信？来简单说说动物的角。一类是“骨角”，最典型的是各种鹿的角。鹿类一般在每年的春天会长出“茸角”，外边绒绒的，里边有丰富的血管，对的，割下来就是中药鹿茸；如果不割，茸角过一段时间就会变硬，最终会变成坚硬的骨头，也就是鹿角。这些坚硬的鹿角到了秋冬季节就会自动脱落，到第二年春天再次长出茸角，一年一次，周而复始。而犀牛的角呢，则是由角质层发育出来，不过是皮肤的衍生物，通俗地说，也可以理解为一种特殊的“趾甲”。犀牛角和水牛角虽然有一些差别，但基本的形成物质是差不多的，所以在入药时犀牛角能够用水牛角替代。

香油那点儿事

“却才到金灯桥上。唐僧与众僧近前看处，原来是三盏金灯。那灯有缸来大，上照着玲珑剔透的两层楼阁，都是细金丝儿编成；内托着琉璃薄片，其光幌月，其油喷香。唐僧回问众僧道：‘此灯是甚油？怎么这等异香扑鼻？’”众僧回说是“酥合香油”。

网上有资料显示，“酥合香油”即为“苏合香油”，产自一种特殊的树——苏合香树。这种树是金缕梅科的一种乔木，产在非洲、印度及土耳其等地。“苏合香油”是苏合香树的树脂，又称“帝膏”。树脂是树木受到意外伤害之后分泌出的一种自我疗伤的“药”，比如常见的松树的松脂，再比如名贵的沉香（产自白木香树），在形成原理上都是差不多的。苏合香油的取法和大多数树脂的取法也类似，就是先将苏合香树割伤，使之分泌树脂，并且逐渐渗入树皮，然后将树皮剥下，榨取树脂，即得到苏合香油。在我国的古籍中较早记载苏合香油的是《后汉书》，李时珍的《本草纲目》中对它的描述比较全面："按《寰宇志》云：苏合油出安南、三佛齐诸番国。树生膏，可为药，以浓而无滓者为上。叶廷珪《香谱》云：苏合香油出大食国，气味皆类笃耨香。"苏合香油的味道其实是比较"冲"的，所以古书中用"烈"来形容它。

不过其中有一些疑问。名贵香料的使用"单位"都很小，越名贵的用量越少。一小块儿已经算大的了，几滴，一小撮儿，是更常见的用法，实在是取得不易，数量有限，没那么多糟蹋。此外，香料都是精制之物，已经是高度浓缩的精华，一点点就香得不得了，用量大了反而会让人透不过气来，香也变成了"臭"。所有这些，和金平府和尚对"酥合香油"的用量和价值描述似有出入："我这府后有一县，名唤旻天县，县有二百四十里。每年审造差徭，共有二百四十家灯油大户。府且的各项差徭犹可，惟有此大户甚是吃累：每家当一年，要使二百多两银子。此油不是寻常之油，乃是酥合香油。这油每一两值价银二两，每一斤值三十二两银子。三盏灯，每缸有五百斤。三缸共一千五百斤，共该银四万八千两。还有杂项缴缠使用，将有五万余两，只点得三夜。"

三晚耗费五万两银子，够奢侈的。但实际上，如果这里所说的"酥合香油"就是名贵香料"苏合香油"，一千五百斤"苏合香油"恐怕不是五万两银子就能办得了的，你能想象装满这三口大缸的是名牌香水吗？

来考虑一下另一种可能性。以字面来说，"酥合香油"是否也可以理解为藏传佛教的"酥油"呢？藏传佛教中的"酥油灯"，就是从印度来的，内中点的就是"酥油"，也就是从牦牛奶中提炼的黄油。在青海塔尔寺，还有用酥油制成的工艺品——酥油花。在印度，酥油灯用的主要是水牛奶提炼的酥油，因为牛在印度数量特别庞大，提炼酥油自然也就不缺原料。当然，“酥油”也分很多种，金平府那贵重的一千五百斤“酥合香油”，估计是纯度很高质量很好的，花钱虽多，质量要求虽高，但只要原料牛奶的量足够，也还是供应得起的。

讨论了酥合香油，再继续看故事。直到“佛爷”在这一夜捉走了唐僧，孙行者前往青龙山玄英洞查问，才知道“佛爷”是三个犀牛精，而这“收灯油”的风俗，居然已经沿袭了一千年！在《西游记》中一千年是什么概念呢？有人计算过孙悟空的岁数，从蹦出石头（出生）到第一次被阎王勾魂，看到他在“生死簿”上的寿数是三百四十二岁，大闹天宫后被如来佛祖压在五行山下五百年（准确说，从王莽篡汉到唐太宗贞观十三年左右，应该是六百多年），打出很多“富余”之后，孙悟空大约是八百至一千岁。而犀牛精呢，单是“偷油”的行为就持续了一千年，比孙悟空的年龄还大，还不算它们在此之前还应该修炼过很多年，才能从“望月之犀”变成“犀牛大王”。这么长的时间，“佛爷收油”在金平府已经成了一种传统习俗，只是这千年的时间，在佛祖的地盘假冒佛爷来“偷油”，佛祖真的不知道吗？

前面黄风怪偷了佛祖灯油，被追杀了好久，一点点油就闹得这样，证明佛祖对灯油是很在乎的，不可能有人冒名顶替“偷”油他还不在意，除非，是偷给他自己的。还有另外一种观点，犀牛精们是为玉帝偷油。这就要说捉拿犀牛精的“四木禽星”。

四木禽星

孙悟空兄弟三人打不过三个犀牛精，上天求帮助。太白金星和他打了个哑谜——需要“四木禽星”去捉才有用。等按照金星的吩咐到了地方，才恍然大悟，原来是你们啊，二十八宿中的“井木犴”“角木蛟”“斗木獬”，还有一位老相识——“奎木狼”。

我们在“黄袍怪”“蝎子精”两段里，已经简单介绍过二十八宿。唐人袁天罡给“二十八宿”的每一个星宿搭配了一种动物，这些动物，有的是真实存在的，有的则是传说中的。比如“四木禽星”（“禽”应理解为“擒”），“奎木狼”的“狼”是一种真实存在的动物；“角木蛟”的“蛟”是一种带角的小龙；斗木獬的“獬”其实就是獬豸，传说中的一种大羊，它只有一个角，这只角会去触邪恶者，象征司法公正。比较费解的是“井木犴”。“犴”（hān），有人解释为“驼鹿”。虽然驼鹿是一种大型的鹿，角也具有杀伤力，可毕竟是食草动物，而《西游记》中说“井木犴”擒住一个犀牛怪下口就咬，瞬间就咬断了喉咙，这似乎不是鹿的风格。当然，还有另一种解释，将“犴”读为“àn”，这是一种长得像狐狸的野狗，是不是这个比较靠谱呢？

为什么“四木”可以克制犀牛怪呢？这和“五行”之说有关。“四木”属木，而牛（包括犀牛）属土，木克土，所以“四木”可以擒拿犀牛。“井木犴”又是“四木”中战斗力最强的，他能上山擒虎，下海擒犀。不过也有人质疑井宿的做法——为什么瞬间要咬断了犀牛的喉咙？似乎像是“杀牛灭口”？这就牵扯到我们前面说的，为什么犀牛精假冒佛祖偷油千年，佛祖却装糊涂的问题。有人推测，玉帝身边的“四木禽星”，推荐“四木”

的太白金星和天师、天王，包括西海龙王父子，其实都熟知犀牛怪们的底细——这油实际上是替玉帝偷的。所以，是玉帝的“传令兵”太白金星、天师，而不是如来的“传令兵”尊者、罗汉或者菩萨，来告知孙悟空犀牛精们的信息。所以，当玉帝下旨让“四木”出差办案，其他“三木”会推脱说只要井木犴一个去就行了——这种事，能躲就躲吧。犀牛精捉了唐僧想吃肉，实际上也“暴露”了自己，最后就只能灭口顶缸了。聪明如孙悟空，到后来也猜到了，所以，会把六只犀牛角中的四只，让“四木”带回去交给玉帝，算是有个交代。至于如来佛为什么允许玉帝在佛家的地盘上“收灯油”，原著没说，我们姑且把它看成是搞平衡吧。

30.“弱者”玉兔精

“天竺国”这一段故事，已经是“八十一难”的倒数第三难了，接下来取经团队在铜台县与寇员外家的纠葛，纯属人类社会中的问题，而最后一难的通天河老鼋，之前出现过——因此可以说，玉兔精算是西天路上的最后一个妖精。

似乎离灵山越近，女妖精的狠毒程度越低。女儿国的蝎子精有厉害的倒马毒，比丘国的老鼠精吃人啃到只剩骨头。玉兔精貌似没什么战斗力，到了婚礼的最后一刻才露面，也很不禁打，幸亏很快就有“亲友团”赶到解围。这倒很符合兔子这种动物的特点——胆小。

兔子科普

兔子，是动物界里的弱势者，看家本领都是防御型的。

比如，跑得快，古语“动如脱兔”，“脱”即“逃跑”，翻译成白话就是“跑得比兔子还快”。

【宋】青铜镜 唐王游月宫

那对大耳朵，专门收集四面八方的信息，警惕天上地下的天敌。

一对大眼睛，因为长在头的两侧，所以视野很广，有人说兔子的视野里没有死角，这当然也有利于躲避敌害。

再就是兔子洞。如今我们常见的兔子——肉兔、獭兔、长毛兔，还有各种宠物兔，其实都属于同一个大类——家兔。家兔野外的祖先是分布在欧洲一带的穴兔。顾名思义，穴兔都是穴居的。俗语“狡兔三窟”，玉兔精藏身的毛颖山就有三个兔子洞，但这并不是最夸张的，有些穴兔的洞口多达十几个。这么多洞口也是为了逃跑方便。

还有一类兔子，我们在野外常见的野兔，它们没有固定的洞穴，躲避敌害的办法是——保护色。家兔皮毛的色系比较纯，即使是“花”的，也是大块大块地分布，而野兔的毛是“麻的”，一根毛上中下分三色，其实是为了尽量与环境色接近。我国东北山区有一种雪兔，冬天周身雪白，与冰天雪地混为一体，夏天则是背部黄褐色腹部白色，可以很好地隐蔽在林间。

顺便补充一点老鼠和兔子的区别。如今不少人会把兔子和老鼠都叫作啮齿类动物——因为它们都会磨牙，其实，兔子和老鼠并不是亲戚，它们的主要区别，恰恰是牙齿。

话说科学家一开始做动物分类的时候，的确是把都喜欢磨牙的兔子和老鼠归在一类了，不过后来发现，它们的牙是不一样的，老鼠的门牙是一对，兔子呢，表面看起来也是一对，实际上是两对——在一对大牙的后面，还长着一对小牙。这个必须掰开兔子嘴使劲看才能看得到，难怪会搞错。就因为这一个区别，兔子就从老鼠家族中分离出来另立门户了——哺乳纲兔形目。

兔形目的成员比老鼠所在的啮齿目少得多，如前所述，野兔、穴兔和由穴兔选育的各种家兔。还有一种在草原生活的小型兔子——鼠兔，个子和老鼠差不多，习性也和老鼠也相似，穴居于地下，有时会把头探出洞口来望风，见了天敌，瞬间就缩回洞。

总之，弱小如兔子，生存重点在于躲。但是，弱小者的反面，并不一定是善良。

“真假公主”

“天竺国”的故事与“乌鸡国”的故事有明显的相似之处，都是把悬念保持到最后——在故事开头，冒名顶替的事儿都已经被揭秘了，但是妖精要到接近尾声时才露面。乌鸡国真国王的鬼魂来找唐僧告状，天竺国的真公主则借着给布金寺老僧之口诉冤：一年前的月夜，在祇园旧址上发现了一个美丽的女孩子，自称是天竺国的公主，因为月下赏花，被一阵风带到了这里。为了保全这个自称“公主”的女孩，长老只得把她锁在后园的一个小黑屋里，对外谎称锁住了一个妖邪……

真公主所经历的一整年“荒野求生”加幽闭之灾、假痴不癫，外因是前世和玉兔精有仇——真公主的原身素娥仙子曾经在月宫打过玉兔一巴掌，内因呢，则是她那位耽于享乐的父王：“现在位的爷爷，爱山水花卉，号做怡宗皇帝，改元靖宴，今已

【清】改琦绘《嫦娥献寿》

二十八年了。”因为皇帝喜欢花园，总是带领后妃公主在后院游幸，才给了妖精摄走公主、“李代桃僵”的机会。在唐僧答应“结亲”的那几天，国王也带着唐长老到后园游幸、题诗，可见这位陛下真的爱玩。爱玩在普通人其实算不得什么缺点，但是作为帝王却又不同。书中虽然没有明说，对此却是有微词的——因为爱玩，爱女丢了都不知道，那么其他东西，丢的就更多了。

相对于月宫的一掌之仇来说，玉兔精的报复太狠毒了一些。被她取而代之、一阵妖风扔在荒郊野外的真公主，失去了身份，也没有生存能力，如果不是有布金寺老僧的保护，以及她的自我保护意识（怕被寺中僧人玷污，故意把自己搞得污秽不堪、装疯卖傻），又如果不是遇到了唐僧师徒，沉冤得雪，日久天长，真公主估计就只有自生自灭了。所以，虽然出场很晚而且貌似娇弱，玉兔精却几乎做到了杀人不见血。

作为嫦娥姐姐的宠物，玉兔精比起灵山脚下的野生动物蝎子、老鼠，有更多的机会和神仙主人在一起，对于天庭的游戏规则深为了解，懂得“借势”——只要变成国王的女儿，任什么人都能轻松搞定：轻松地用“撞天婚”的办法选定了唐僧，并表达自己愿意嫁给“和尚”的心愿，“父王，常言‘嫁鸡逐鸡，嫁犬逐犬’。女有誓愿在先，结了这球，告奏天地神明，撞天婚抛打；今日打着圣僧，即是前世之缘，遂得今生之遇，岂敢更移！愿招他为驸马。”然后轻松地打发走“碍事的徒弟”，“这几日闻得宫官传说，唐圣僧有三个徒弟，他生得十分丑恶，小女不敢见他，恐见时必生恐惧。万望父王将他发放出城方好，不然惊伤弱体，反为祸害也。”婚礼之前，“假公主”一共就说了这两次话，都是特别“顶用”的，真会抓重点。

玉兔和月宫

就如前文“花豹精”段落，快到“地头儿”了，大家都有些反常。为了等待“婚期”，师徒们在天竺国一玩就是三天，孙悟空云淡风轻，不急着降妖，急的反而是唐僧——马上到灵山了，怎么又惹出个“招驸马”的麻烦来？因为着急，连玩笑也开不起了：猪八戒吃了国王的“招待酒”，举止粗鲁，唐僧怕国王怪罪，“呆子”却说，“我们与他亲家礼道的，他便不好生怪”，恼得唐僧举禅杖就打。往往一件事快要达成的时候，我们越容易缺乏耐性，心中长草，唐僧也是如此。

而急脾气孙悟空，为什么会耐下性来“按兵不动”、一等好几天呢？这或许是因为，这取经一路之上，神佛下的各种“考验”见得太多了，万一这又是个菩萨佛祖有意为之的“闯关游戏”呢？着急忙慌地大打出手，万一打的又是神佛的干亲戚、小宠物，下手重闯了祸可怎么办？所以，孙悟空要等到婚礼上“假公主”终于露面之时，当众指认妖精，逼得妖精只能在众目睽睽之下“脱掉”礼服仓皇逃跑。这样一来，对于国王等一众凡人来说，“公主是假冒的”这一事实，就在瞬间被揭开了，不必费太多的口舌。正所谓“一击必中”。接下来，只要全力去“追逃”即可。

“追逃”的过程也不复杂。“假公主”的真实身份很快揭秘。先是她的兵器“捣药杵”，然后，她藏身的地方叫“毛颖山”，还有“三个兔子洞”。最后，太阴星君和姮娥仙子赶到，说明了过往恩怨，收了玉兔。原来，故事开头“月夜”的设定，就是针对玉兔的。

值得注意的倒是一段小插曲：猪八戒看见“旧相识”姮娥，

又贼心不死地前去调戏，遭了悟空一顿打。

嫦娥姐姐（也叫“姮娥”）不应该是月宫之主吗？怎么小说里有很多个嫦娥？而月宫之主却是个叫“太阴星君”的貌似年纪不小的女神呢（孙悟空叫她“老太阴”）？

关于月亮、兔子、嫦娥、太阴星君的关系，说来话长。

先说嫦娥姐姐。“嫦娥奔月”的神话传说出现得很早。故事版本很多，大体是说羿的妻子嫦娥偷吃了不死药，飞入了月宫，从此大部分人认定她就是月宫的主人。不过这个上古神话历经几千年，演变到《西游记》的时代，人物身份，名字等都发生了不少的变化。

嫦娥姐姐在《西游记》中第一次非正式露面，是在猪八戒出场时的自述中。天蓬元帅遭贬，主要罪过是因为调戏了月宫的嫦娥。如果比较一下沙僧和小白龙所受的惩罚，你会觉得有点奇怪：沙僧只打破了一个杯子，不但被贬为妖，还要每七天受飞剑穿胸之苦，小白龙烧了龙宫殿上明珠，犯的是斩刑，与他们比起来，猪刚鬣的“调戏妇女罪”似乎判得轻了点——虽说一开始是该当斩刑，可后来李长庚求情，只打了两千锤，贬下界来，而且没有后续惩罚，当妖精还当得挺开心，娶媳妇（还先后娶了两个）、吃人肉一点不耽误。我们对此可以有各种解释，不过“嫦娥”在小说中的身份有助于理解这个问题。

且看孙悟空怎样向天竺国王介绍这些月宫神仙，“这宝幢下乃月宫太阴星君，两边的仙姝乃月里嫦娥。”由此可以看出，吴老先生给月宫中人排的“座次”，年长的“太阴星君”是主，相当于《红楼梦》贾府中的“老祖宗”，“嫦娥”则不是一位，而是一群年轻的仙女，甚至让我们联想到“宫娥彩女”，是太阴星君的下属甚至仆人，和“大闹天宫”中采蟠桃的“七衣仙

【清】冷枚绘《梧桐双兔图轴》

女”地位相似。

“太阴星君”的称号来自道教的所谓“十一曜”。道教将月亮、太阳、金星、木星、火星、土星等并为“十一曜”，称其神为“十一曜星君”。其中月神为“月宫黄华素曜元精圣后太阴皇君”，俗称“太阴星君”，就像太阳星君主管太阳，火德星君主管火星，水德星君主管水星，太白星君主管金星一样。

明白了吧，天蓬元帅调戏的“嫦娥”，其实是月宫里的一名普通宫女，而非月宫之主，所受惩罚自然比较轻。假如嫦娥是月宫之主，猪刚鬣调戏了她，那绝不会是打两千锤、贬下天界这么简单。

这一回的文本中，猪八戒“忍不住，跳在空中，把霓裳仙子抱住道：‘姐姐，我与你是旧相识……’”这位“霓裳仙子”，应该就是当年猪八戒调戏未成的那一位，是“嫦娥”中的一个。

【明】沈度 写 商喜 绘 《真禅内印顿证虚凝法界金刚智经》中的月宫仙子

而真公主的元神“素娥仙子”，则是另一位“嫦娥”。当然，在一些诗词中，“素娥”也代指月亮本身，因为月亮本身就是“素”（白）的。

再说说玉兔，或者说“月兔”。

早期的“嫦娥奔月”故事中，嫦娥因为“偷”药而奔月，所以奔月之后就变成了一只丑陋的“蟾蜍”，在冷清的月宫里受罚，不但“蹲监狱”，还要干活——捣药。所以，月宫也被称为“蟾宫”，与后来“吴刚伐桂”的传说相结合，衍生出了一个成语“蟾宫折桂”。过了几百年，嫦娥姐姐终于恢复了美女造型，捣药的活儿也找到了替工——兔子。所以《西游记》中玉兔精的兵器是一只捣药杵。至于兔子这种动物“住”进月亮的时间，却是很早的。有些资料提到月亮中的兔子，会引用玄奘在《大唐西域记》中记载的一个印度传说。

很久很久以前，在一片树林中住着一只狐狸、一只兔子和一只猿。一天，天帝释化身为一位老者来到林中，对它们说，我是来找你们的，现在我饿了，你们有什么吃的吗？三只动物分头去找。过了一会，狐狸衔来一条活鱼，猿猴带回很多奇花异果，只有兔子空手而归，还在空地上跳来跳去地玩。老者出言讽刺兔子，兔子就请狐狸和猿去捡一些柴火来，生上一堆火，然后对老者说：“我没有找到什么东西，我就用自己来供养您吧。”说完，兔子就跳进了火里。天帝释很悲伤，就让兔子的精魂住进了月亮里。

这个“月兔”的故事，公元前十世纪就已经在印度流传了，所以有人认为，我国的“月兔”故事应该是受了它的影响。的确，在我国的文献中较早提到“月兔”的是战国时楚国大诗人屈原（公元前340—前278年）的《天问》。从时间上来说，“中国月兔”

比“印度月兔”出现时间晚得多，前者是否受了后者影响，不得而知。不过，二者的内涵却有很大的区别。

屈原《天问》中关于月兔的句子是这样的：“夜光何德，死则又育？厥利维何，而顾菟在腹？”关于这句话一般的解释是，月亮有什么德行，可以死而复生（指月亮缺了又圆）？月光有什么好处，有一只兔子的影子在里边？此处的“顾菟”，即“顾兔”，古人觉得月亮里的一片阴影，看起来很像是一只回头张望的兔子。至于为什么把阴影想象成一只兔子，《诸神纪》中的解释是，因为月亮属阴，代表女性，月亮崇拜最初和先民的生殖崇拜有关——兔子的生殖能力是很强的，平均每月可以繁殖一窝小兔，每窝七八只到十几只不等，这么强的繁殖力，是应该被崇拜的（把月中阴影想象成蟾蜍，道理也是类似的）。《天问》之后，月中“顾菟”的形象时常出现。有的故事仍然是源于生殖崇拜，把月中“顾菟”说成是雄兔，地上的兔子都是雌兔，雌兔们只有仰望月中雄兔，才能怀孕。还有一种说法，“顾菟”不是一直待在月宫里的，每当月亮运行到北斗七星的第七颗“瑶光”的时候，兔子就会离开月亮，即“兔出月”。不知《西游记》中玉兔精的故事，灵感是否来源于此。